Die Deutsche Bibliothek – CIP-Einheitsaufnahme

Böckl, Manfred
Der Hexenstein: ein Roman aus dunkler Zeit / Manfred Böckl.
– Waldkirchen: SüdOst-Verl., 1997
ISBN 3-89682-002-8

ISBN 3-89682-002-8

Manfred Böckl

Der Hexenstein

Ein Roman aus dunkler Zeit

For my very good friends
Sandra and Mick
in Harlech
with all the best wishes from
Manfred Böckl

September 11th 1997

SüdOst Verlag

1 DIE TEUFELSBRAUT

Herbst 1681

Widernatürlich früh war die Abenddämmerung hereingebrochen; seitdem fegte die Wilde Jagd durch das abgelegene Tal tief im Herzen des großen bayerisch-böhmischen Waldgebirges. Der seltsam dämpfige Sturm ließ das Wasserrad der Einöd-Mühle grob in seinen Verankerungen knarren, wühlte in den Stroh- und Schindeldächern der umstehenden Gebäude, peitschte unter heulendem Klagen und dann wieder gefährlichem Röhren die Wipfel der Hofbäume gegen die Firste.

Im Stall brachte das Unwetter die Laterne auf gespenstische Weise zum Tanzen. Wie Geisterfinger huschten die irrlichternden Schatten über die Gestalt der Viehmagd hin. Geduckt, ängstlich zusammengekrümmt, kauerte sie im Dung zwischen den Rindern: mühte sich mit zitternden Händen ab, die hölzerne Milchbütte zu füllen. Doch dann, als das Toben der teuflischen Reiter draußen jäh beklemmend nahe kam und direkt über den Stall hereinzubrechen schien, bockte die große rote Kuh in Panik und schleuderte die junge Frau gegen die Wand. Der Kübel kippte um, die fahle Farbe der Milch mischte sich mit dem dunklen Seim der Jauche.

Im selben Moment ließ ein hereinfauchender Luftzug die Stalltür aufschmettern. Die Magd, betäubt vom Sturz, sah das Geschehen wie durch pludernde Schleier – und aus diesem Wabern und Schlieren gebar sich jetzt das Dämonische aus: die luziferische Fratze.

»Nein!« heulte die Frau auf. »Steht mir bei, ihr guten Geister, ihr Heiligen!« Sie erinnerte sich der kirchlichen Beschwörungsformel und kreischte verballhornt: »Appacke Sattan!«

Aber die satanische Kreatur wich nicht zurück; der erstickte Schrei ging unter im gierigen Ansprung des Bösen. Wieder bockte die Rote und stampfte wild um sich; gleich darauf hatten die haarigen, grausam zupackenden Klauen des ungleich gefährlicheren Wesens das junge Weib in die Futterraufe gezwungen; mit dem nächsten Herzschlag fiel der Dämon zähnefletschend über die Viehmagd her.

Die Hauer und Krallen mißbrauchten ihr Fleisch: ihre Brüste im zerfetzten Mieder und fast unmittelbar darauf ihren zuckenden und sich bäumenden Schoß. Sie schrie schrill auf, als dort unten der reißende Schmerz in sie drang und das Glied, das wie ein eisiges Messer war, sie schändete.

Sie wand sich hektisch, trat verzweifelt um sich, versuchte das Grauenhafte abzuwerfen – doch der finstere Schatten war unendlich stärker. Sie war vor allem deswegen so hilflos gegen ihn, weil diese lähmenden schwarzen Nebel von ihm ausströmten; diese Pfuhlklebrigkeit, die ihr die Seele gleich einem geschockten Tier bannte. Und deswegen erstarrte sie zuletzt unter dem wilden Ansturm dieses von der Finsternis ausgeborenen Wesens. Ihr Denken und Empfinden verwich, nur die pfuhligen Nebel waren noch existent: die höllengeborene Aura, die jetzt in einem blasphemischen Rhythmus um sie pulste und sie durchströmte wie Schlangen- oder Spinnengift.

Erst als der Luziferische sich – scheinbar nach einer Ewigkeit – keckernd und drohend wieder von ihr löste, zerfaserte auch das über ihr lastende widergöttliche Gespinst. Wie im Tiefsten vernichtet, brach sie aus dem vom Dämon über sie geschlagenen Kokon aus. Sie taumelte hoch; sah die blutenden Male an ihrem Leib, die ihr bewiesen, daß die Heimsuchung kein Wahn, sondern beklemmende Realität gewesen war. Und neuerlich mischte sich ihr schriller, entsetzter Schrei mit dem Toben der Wilden Jagd draußen.

*

»Still, Mariann! Nicht ankämpfen dagegen! Es hilft dir nichts, wenn du brüllst wie am Spieß! Dir in deiner Angst die Lippen blutig beißt! Ruhig sein, langsam atmen! Hast's doch oft genug bei den Kühen im Stall gesehen, wie's geht ...«

Mit hornigen Fingern massierte die Waldfrau den schweißgebadeten Leib der Marianne Dickh, die sich nach der Wehe in Panik auf dem Strohsack krümmte. Die flackernden Kienspäne an den Balkenwänden der Gesindekammer malten bizarre Muster über den halbnackten Körper der Stallmagd. »Die Tiere verkrampfen sich auch nicht, wenn ihre Stunde gekommen ist«, setzte die ältere Frau hinzu. »Mußt dir's nicht schwerer machen als sie! Bist ein junges, gesundes Weib! Brauchst dich vor gar nichts zu fürchten ...«

Gequält stöhnte die Gebärende auf. Stöhnte, ganz wie vor neun Monaten, verzweifelt an gegen das satanische Gespinst, das ihr auch jetzt wieder die Seele abwürgen wollte. Die Worte der Wehmutter waren lediglich wie weit entferntes Sturmpludern an die Schranken ihres Bewußtseins gedrungen. Viel stärker waren erneut das Grauen und die fürchterliche Erinnerung an die dämonische Fratze; hinzu kam, ebenfalls ganz wie damals, das eisige Messern in ihrem Schoß. Und deswegen brach es jetzt aus ihr heraus: »Sterben werd' ich ... Verrecken, weil ich's mit dem Teufel getrieben hab' ... Genau vor einem dreiviertel Jahr ...«

»Um Gotteswillen, Mariann!« Die eben noch beherrschte Stimme der Waldfrau klang nun ängstlich zischelnd. »Der Wahn einer Kreißenden ist's, der dir das eingibt! Bist keine Teufelsbuhlin! Wie kommst du darauf, daß du's mit dem Satan getrieben hättest?! Höchstens, daß der Leibhaftige dir das jetzt einzureden versucht ...«

Sie bekreuzigte sich; raunte, nahe am Ohr der Viehmagd jetzt: »Der Leibhaftige gibt dir's ein, weil er dich auf den Scheiterhaufen treiben will! Als eine Hexe! Samt deinem unschuldigen Balg! Und schreist du's weiterhin heraus und hören es die Falschen, der Müller oder sein Weib etwa, oder gar der Pfarrer, dann könnte es wahrhaftig noch so weit kommen! Also, sei still, Mariann! Und tu' einfach das, was dir aufgegeben ist! Bring das Kind zur Welt, auch wenn's ein lediges Balg ist! Ist trotzdem zu schade für den Scheiterhaufen, und du auch...«

Der Schock und dazu die Furcht in der Stimme der anderen Frau holten die Viehmagd in die Wirklichkeit zurück. Die pfuhlige Umstrickung wich endgültig von ihr. »Ich hab' nichts gesagt – und du hast nichts gehört, ja?!« keuchte Marianne Dickh. »Schwör's mir bei deiner ewigen Seligkeit!«

»Von mir erfährt keiner was... Ich hab's im Wald gelernt, das Maul zu halten... Wenn man dort als Kräuterweib in der Hütte lebt und nicht vorsichtig ist, kommt man allzu schnell ins Gerede... Kannst dich auf mich verlassen...«, murmelte die Wehmutter.

Sie wandte sich, während die Gebärende mit verkniffenen Lippen nickte, der Fensterluke zwischen den Balken der Kammerwand zu; in dem schwarzen Viereck malte sich die kaum wahrnehmbare Ahnung eines lichteren Scheins. »Der Tag will kommen«, sagte sie. »Und mit dem Tag kommt dein Kind. Glaub mir's nur. Trotzdem gebe ich dir jetzt noch einmal den Sud, damit du's leichter hast...«

Weicher Duft von Lavendel und Kamille mischte sich mit dem strengeren von wildem Thymian, Fenchel und Mohn, als die Alte den Pfropfen aus der Tonflasche zog und die Flüssigkeit in die Holzschale gluckern ließ. Mit zittrigen Händen griff die Kreißende zu, die Wehmutter unterstützte sie beim Schlürfen; wenig später entspannte der aufgewölbte Leib der jungen Frau sich.

»Siehst du, die Kräuter helfen immer; darfst dich bloß nicht gegen sie wehren«, mahnte die Alte. »Und jetzt laß ganz einfach die nächste Wehe kommen... Ruhig atmen und

Kraft sammeln... Und dann mitgehen mit der Welle in deinem Leib... Mitgehen, statt daß du dich dagegen aufbäumst...«

Nicht aufbäumen...? dachte die Gebärende benommen. Aber ich hab' mich doch aufbäumen müssen gegen den Teufel... Hab' doch mindestens das versuchen müssen... Wenn der Herrgott schon das andere zugelassen hat...

Noch einmal wollte die Erinnerung an das Gotteslästerliche sie übermannen – doch im nächsten Augenblick schwemmte der erneute schmerzliche Ansturm in ihrem Schoß all ihr Denken hinweg. Jetzt – und es war beinahe wie eine Gnade – zählte nur noch das Überwinden der unsäglichen körperlichen Pein. Der einen Pein und dann der nächsten; wieder und wieder in immer schnellerer Folge. Schier endlos, bis der viereckige Rahmen inmitten der Wandbalken scharf gegen das wäßrige Rot draußen abstach und das Reißen im Leib der Kreißenden völlig unerträglich wurde. Dermaßen unerträglich, daß sie wie ohnmächtig auf den durchfeuchteten Strohsack zurückfiel, sich dabei in ihrer Qual unbewußt die eigenen Fäuste wund biß. Ehe ihr aber die Sinne völlig schwanden, spürte sie, wie der Schmerz sich urplötzlich teilte; sie ahnte auch, daß die erfahrenen Hände der Waldfrau zugriffen. Gleich darauf ebbte die Pein völlig ab; nur ein tiefes, warmes Gefühl der Erlösung blieb.

Eine Weile später, nach dem dünnen Plärren und dem Wasserplätschern, drang die Stimme der Alten durch die schmelzende Dunkelheit: »Es ist ein Mädchen, Mariann! Ein gesundes Wurm mit geraden Gliedern...«

Ehe die Mutter noch fragen konnte, setzte die Kräuterkundige flüsternd hinzu: »Und keine Spur von einem Teufelsmal...«

»Kein schwarzes Geschwür?! Kein Blutknoten?! Auch sonst kein Malefizzeichen?! Wirklich nichts?!« brach es aus der jungen Frau heraus

»Kannst es selbst nachprüfen!« beharrte die andere. »Mußt dein Kind nur zu dir nehmen…«

Ihre Schwäche überwindend, griff Marianne Dickh zu und zog den Säugling an ihre Brust. Als sie das verschrumpelte und dennoch so makellose Körperchen küßte, dachte sie nicht mehr an die grauenvolle Finsternis jener Nacht und den Dämon, der aus dem Sturmbrausen heraus über sie hergefallen war. Denn jetzt zählte allein noch das unschuldige Bündel Leben in ihren Armen.

*

»Und du willst den Kindsvater nicht angeben?! Auch wenn ich dich in meiner Eigenschaft als Priester der heiligen katholischen Kirche ausdrücklich dazu ermahne?!« Mißbilligung und Verachtung schwangen allzu deutlich in der Stimme des Dorfpfarrers mit.

Marianne Dickh, die ihre mittlerweile vier Wochen alte Tochter ganz allein den weiten Weg von der Einöde zur Kirche geschleppt hatte, schüttelte trotzig den Kopf. »Ich hab's Euch vorhin schon gesagt, Hochwürden! Es geht keinen was an! Ich will nicht ins Gerede kommen dadurch, daß ich den … Vater benenne!«

»Dann eben nicht!« raunzte der Pfarrer. »Dann treib' die Hurerei halt weiter und rede dir ein, daß der Herrgott es dir und deinen Böcken einfach so durchgehen läßt! Wirst deine Strafe schon noch bekommen; wenn nicht im Diesseits, dann in der Ewigkeit…«

Er wandte sich schroff ab, schlug das Kirchenbuch auf, saugte am Gänsekiel, tunkte die Feder ins Tintenfaß und schrieb, die einzelnen Satzfetzen schmallippig mitmurmelnd: »Anno Domini 1680, den 29. Novembrii… Allhier in der Kirche zu Ringolay, Fürstbischöfliches Pflegamt Perlesreuth, Kurfürstentum Bayern… Wird vom Kuraten getauft das Kind der ledigen Viehmagd Maria-Anna Dickhin… Von

der Haindlmühle in der Einöd … Auf den Namen Afram …
Wird genannt Afra Dickhin, gleich der Mutter … Indem die
Maria-Anna Dickhin sich weigert, den Namen des Kinds-
vaters anzugeben …«

Der Sand rieselte aufs Pergament; mit wütender Gebärde
fegte die Hand des Priesters darüber hin. Das Wickelkind in
Mariannes Armen zuckte bei dem harsch kratzenden
Geräusch zusammen und begann zu greinen. Es plärrte
noch lauter, als der Dorfpfarrer das Sakrament vollzog:
hastig und lieblos.

Sofort danach verlangte der Priester von Ringolay seinen
weltlichen Lohn: einen vollen Gulden Taufgeld. Die
Viehmagd, die im ganzen Jahr mit nicht mehr als der vier-
fachen Summe abgespeist wurde, schien dennoch erleichtert, als sie die abgegriffenen Münzen neben das Taufbuch
auf dem Betpult klirren ließ. Den wimmernden Säugling
wieder im Umschlagtuch, verließ sie die Kirche sodann wie
auf der Flucht; warf lediglich noch ein klägliches »Vergelt's
Gott, Hochwürden!« über die Schulter zurück.

»Sich mit den Knechten oder gar den Bauern im Stroh
wälzen und dann mit der Sündenfrucht zu uns geschlichen
kommen, damit wir wenigstens das Wurm wieder christlich
machen – pfui Teufel!« raunzte der Pfarrherr hinter ihr her
und bekreuzigte sich.

Dann erinnerte er sich an das Taufgeld, sackte es ein und
setzte, während die Gestalt draußen vom Nebel verschluckt
wurde, murmelnd hinzu: »Als ob die eigentliche Sünde
damit aus der Welt geschafft wäre! Außer wenn die göttliche Gerechtigkeit letztlich dafür sorgt. Weil sie ihre Leibes-
frucht verkommen lassen, die Teufelsbräute. Und weil deswegen sowieso höchstens eins von drei solchen Hurenbäl-
gern das erste Jahr überlebt …«

*

Afra, die unehelich geborene Tochter der Viehmagd Marianne Dickh, erlebte nicht nur ihr erstes Jahr, sondern auch die folgenden. Verbissen kämpfte die Mutter für das Daseinsrecht des mageren Mädchens mit den seltsam fahlen graugrünen Augen und dem dazu kontrastierenden rabenschwarzen Haar. Vor allem diese ungebändigte, ebenholzfarbene Mähne des Bankerts ließ bei so manchem Hämischen im Waldtal zwischen Ringolay und Perlesreuth den Verdacht aufkommen, der Vater des Kindes müsse ein Welscher gewesen sein: ein Italiener oder Spanier.

Der eine oder andere besonders Mißtrauische wollte sogar noch Schlimmeres wissen; immer wieder, diese ersten Lebensjahre der Afra Dickh hindurch, wurde in den Spinnstuben oder den Wirtshäusern abergläubisch gemunkelt. Es sei schließlich bekannt, so hieß es, daß es auf den Mühlen nicht mit rechten Dingen zugehe; die bösen Geister würden in solchen Anwesen nächtens durch die Türlöcher hinein- und durch den Rauchfang wieder ausfahren. Der Leibhaftige selbst mache sich oft genug einen bösen Scherz daraus, das von den Bauern mühsam geerntete Korn unterm Mahlstein belialisch hinschwinden zu lassen, so daß von drei Sack Hafer dank des Finsteren zuletzt kaum ein einziger Sack Mehl bleibe. Und, so die Kleinbauern und Hörigen weiter, wenn der Teufel schon nicht vor dem Getreide zurückscheue, dann desto weniger vor den Röcken der leichtsinnigen Dirnen; an der Mariann und ihrem Wechselbalg könne man's zweifellos sehen: das höllenschwarze Haar und dazu die fahlen Augen des Bankerts seien doch ohne Frage die gotteslästerlichen Zeichen dafür.

Auch in der Einöde selbst wurden die Lästerzungen gewetzt; die Müllerin war hier die treibende Kraft. Wieder und wieder, wenn das ewige Knarren und Poltern des Wasserrades ihr einmal mehr zur Tortur wurde, brach der Haß gegen die Viehmagd aus ihr heraus: »Satanshur', du! Gleich hätten wir's erkennen müssen, daß dir der Leibhaftige im

Genick hockt, wie du damals aufgetaucht bist. Aus dem Wald heraus, abgerissen wie eine wildernde Katz'. Und hast nichts über dich sagen wollen. Bloß daß du irgendwo aus dem Böhmischen kommst, das haben wir rausgekriegt aus dir. Aus dem Böhmischen, wo die hussitischen Ketzer daheim sind: die Teufelsanbeter und Mordbrenner! Von dort drüben hast du uns den Schwarzen hergelockt in den Schmalztobel, in unser gottesfürchtiges Tal. Nachgefahren ist er dir, ist mit der Wilden Jagd über die Mühl' gekommen. Und dann hast du's getrieben mit ihm, hast ihn bocken lassen auf dir: den Gehörnten! Daß er dir den Wechselbalg macht, den unheiligen! Todsünderin, du!«

Immer die gleiche Tirade; jahrelang, nachdem das angebliche Teufelskind getauft worden war. Und fast nach jedem dieser Ausbrüche der unfruchtbaren und reizbaren Müllerin stießen noch am gleichen Abend in der Gesindestube auch die anderen nach: die beiden Mahlknechte und die Küchendirn; unbeweibt und unbemannt alle drei. Die triezten die Dickhin und stichelten so lange gegen sie, bis sie die steile Stiege zur Kammer unmittelbar unter dem Schindeldach hinaufhastete, wo auf dem Strohsack Afra lag: im Schlaf vor Hunger seibernd und mager wie ein kleines, ausgestoßenes Tier. Wie so oft schon schwor die Viehmagd sich und ihrem Kind dann, daß sie trotz allem beide überleben würden; sie, die Mutter, zumindest so lange, wie ihr Bankert sie brauchte.

Aus diesem Grund schlich Marianne häufig während der dunkelsten Nachtstunde gleich einer Diebin über den Hof und in den Stall; sie tat es, obwohl die Furcht und die Erinnerung an das Grauenhafte sie dabei manchmal wie Espenlaub zittern ließen. In der Dunkelheit drängte sie sich zwischen die dampfenden Leiber der Rinder, suchte ein Euter und molk in jagender Hast. War die Hornflasche gefüllt, huschte sie geduckt zurück ins Haus und brachte ihrem Kind die zusätzliche Nahrung. Gewissensbisse machte sie sich deswegen nicht; hatte freilich am nächsten Tag, wenn die betreffende Kuh weniger Milch als üblich gab, erneut die abergläubischen Anwürfe der Müllerin zu ertragen.

Böse Geister machte die Geizige dann dafür verantwortlich; keifte von unholden Weibern und Besenreiterinnen, welche in den Stall eingefahren seien: dort die Tiere verzaubert und die Euter verhext hätten. Und selbstverständlich jedes Mal wieder die infamen Anschuldigungen gegenüber der Viehmagd: »Du hast uns die Satansbuhlen ans Anwesen gebannt! Todsünderin, du! Teufelsbraut!«

Marianne Dickh, wie üblich, schwieg dazu; nahm das Schimpfen und die Gemeinheiten hin, schüttelte die Erniedrigung so gut wie möglich wieder ab. Manchmal auch, freilich nur selten, stellte sich der Müller zwischen die ledige Mutter und sein Weib. Er wies die Keifende zurecht und hielt ihr vor, daß ihr hemmungsloses Gerede am Ende noch ungleich größeres Unglück als ein paar verlorene Rahmbatzen über die Einöde bringen könne. Wenn etwa der Pfarrer von Ringolay auf das Gerede aufmerksam werde und durch den Priester die Obrigkeit ins Spiel käme: die fürstbischöflichen Schergen gar.

Erschrocken verstummte die Müllerin dann; ihr Gatte wiederum, dieser sonst meist so verschlossene, vierschrötige Klotz, konnte bei solchen Gelegenheiten unter Umständen sogar ein gutes Wort für die Viehmagd finden: ein paar Sätze über den Bankert mit ihr wechseln und nachdenklich nicken, wenn Marianne ihm versicherte, das Kind gedeihe, trotz allem.

Einmal geschah zwischen dem Hofherrn und der Stalldirne sogar etwas, was besser nicht ans Licht des Tages gekommen wäre. Wieder hatte die Dickhin heimlich die Hornflasche gefüllt und wollte durch die mitternächtlichen Schatten soeben zurück zu ihrer Kammer huschen, als der Müller plötzlich wie aus dem Boden gewachsen vor ihr stand und dabei jäh sein Windlicht aufblendete. Mit einem erstickten Schrei fuhr Marianne zurück, spürte mit dem nächsten Herzschlag die schwere, behaarte Hand des Mannes auf ihrem Mund, wollte in Panik zubeißen – und tat es letztlich dennoch nicht. Denn in sehr seltsamem, beinahe beschwörendem Tonfall flüsterte der Grobschlächtige ihr zu: »Mußt nicht schreien, weil… ich sag' nichts von dem, was du im Stall getrieben hast! Das… was geschehen ist, bleibt unter uns, gell?!« Und dann, während er die Zitternde nun unbeholfen in seinen Armen hielt: »Bring die Milch nur dem… Mädel. Das Balg kann's brauchen, und der Mühl' tut's nicht weh…«

Mit einem rauhen Laut brach der Satz ab; im nächsten Moment erlosch die Laterne, war die finstere Gestalt wie weggewischt. Und die Viehmagd, ohne daß sie das stoßende Schluchzen hätte unterdrücken können, rannte davon: zwischen die rauschenden Bäume, hinunter zum Bach. Erst dort fand sie ihre Beherrschung wieder, schlich mit nassen Augen zurück ins Haus. Doch das Gefühl der Dankbarkeit, gegen das sie sich, im Hinblick auf die Notdurft Afras, nicht wehren konnte, quälte sie noch lange; quälte sie bis zum Morgengrauen.

Auch in den folgenden Jahren brach diese seelische Wunde immer wieder auf. Manchmal sagte sich Marianne Dickh insgeheim, daß die Müllerin wohl recht haben könne, wenn sie von dem bösen Bann keife, der über dem Haindl-Anwesen laste. Doch im Gegensatz zur Meinung der anderen Frau war vor allem sie selbst, die verachtete Magd, hilflos in dieses finstere Netz verstrickt. Weil sie für ihr Kind verantwortlich war und sie mit dem Bankert überall sonst von den Höfen gejagt worden wäre, blieb sie an die Einöd-Mühle gefesselt. Nur hier war ihr ein Quentchen stets fragwürdigen Schutzes vergönnt, auch wenn die nun trotz ihrer Jugend rasch alternde Stalldirne lieber heute als morgen von hier geflohen wäre: weit weg aus der Gegend um Ringolay, wo die Menschen sie gebrandmarkt hatten und weiter brandmarken würden.

Manchmal träumte Marianne davon, den Ausbruch dennoch zu versuchen: nach Norden, wo hinter dem Grenzkamm des Waldgebirges die fruchtbaren böhmischen Herrschaften lagen. Vielleicht, so dachte sie in solch verzweifelten Stunden, gäbe es dort drüben ein anderes Tal; eines, in dem man nichts von meiner Vergangenheit wüßte. Einen Ort, wo man mich nicht länger leiden ließe für das, was ich in der Dunkelheit tat und nie wirklich begriffen habe …

Aber es blieb bei diesem ärmlichen Traum; um Afras willen verweigerte ihre Mutter sich selbst den Versuch einer Erfüllung. Zumindest jedoch durfte sich Marianne Dickh, als ihre fahläugige und schwarzhaarige Tochter den sechsten und siebten Winter überstanden hatte, sagen, daß sie nun auch weiterhin gedeihen würde. Dies war für die Viehmagd ein Trost, der sie letztlich für alles andere entschädigte – auch dafür, daß sie selbst nun immer erschreckender spürte, wie sehr die ewigen Sorgen und Erniedrigungen sie mit ihren kaum dreißig Jahren tief drinnen ausgezehrt hatten.

2 DER NEIDBERGER

Ganz allein hatte Marianne Dickh ihr Balg einst von der Einöde zur Kirche in Ringolay getragen. Jetzt, etwas mehr als siebzehn Jahre später, spielte sich ein völlig anderer sakraler Akt unter ganz ähnlich ärmlichen Umständen ab. Allein und frierend stand Afra vor der offenen Grube, auf deren Grund in der lieblos gehobelten Bretterkiste der Leichnam ihrer erschreckend früh verstorbenen Mutter lag.

Die Schwarzhaarige, immer noch mager, doch körperlich mittlerweile fast ausgereift, schien von den wenigen anderen Begräbnisgehern absichtlich gemieden zu werden. Das halbe Dutzend der Zaungäste – Betschwestern vor allem, dazu der Totengräber sowie ein Angetrunkener, den die Neugierde vom nahen Wirtshaus hergelockt hatte – hielt sich deutlich abseits der Trauernden: ballte sich zwischen Grube und Friedhofskapelle zusammen. Der Pfarrer wiederum, greisenhaft inzwischen, hatte sich seinen Platz wie verängstigt am jenseitigen Rand der Armengrabstätte nahe der Kirchhofsmauer gesucht; gleichsam als wolle er das dürftige Holzkreuz, das vorerst im Erdhügel gleich neben ihm steckte, als Schutz vor der Fahläugigen nutzen.

Jetzt, als der Priester krächzend das Seelengebet anstimmte, zuckte Afra Dickh zusammen. Ihr Körper krümmte sich jäh ein unterm dünnen Heranflirren der vom bitterkalten Wind getriebenen Schneekristalle. Doch nicht nur der beißende Januarfrost, sondern auch die verzerrten, vom fauchenden Luftzug zerriebenen lateinischen Satzfetzen schockten sichtlich die Tochter der Toten. Schockten sie offenbar dermaßen, daß ihr Leib im abgetragenen Umhang beinahe widernatürlich angespannt blieb bis zum Schluß; daß ihre Augen auf ebenso unnatürliche Weise trocken blieben, bis der Pfarrer sein Gebet mit einem hastigen »Requiescat in pace!« schloß.

»In Ewigkeit Amen«, klang von der Kapellenseite her das halbdutzendfache Echo herüber.

Gleichzeitig fiel, ebenso unvermittelt wie sie eingetreten war, die Erstarrung vom Körper der jungen Frau ab. Afra tat einen stolpernden Schritt auf die Grube zu, griff nach der hölzernen Schaufel, mühte sich mit der halbgefrorenen Erde, schleuderte die Brocken beinahe wütend in die Tiefe. Ebenfalls fast wie wegwerfend ließ sie den dreifachen Guß des geweihten Wassers vom Rutenwedel sprühen, zerknirschte dabei ein Wort oder einen Namen zwischen den Zähnen, stand im nächsten Augenblick auf Tuchfühlung zum Priester: beinahe so, als hätte etwas sie hingehext. Einen wehen, abwehrenden Laut ausstoßend, wollte der Kleriker ausweichen, doch schon spürte er den Druck des eiskalten Gegenstandes auf seiner Haut und fühlte sich mit dem gleichen Lidschlag wie auf der storren Erde festgebannt.

»Euer Lohn dafür, Hochwürden, daß Ihr Euch nicht einmal in ihrem Leben um sie gekümmert habt!« vernahm er die zischelnde Stimme der Schwarzhaarigen. »Und auch dafür«, das scharfe Flüstern schlug in ein kurzes, krampfhaftes Aufschluchzen um, »daß es Euch gleichgültig war, wer sie ins Unglück gebracht hat! Sie samt ihrem vaterlosen Balg…«

Das Eiskalte schien ihm mitten ins Herz zu nadeln und mit dem gleichen jagenden Pulsschlag sein Denken zu lähmen – als er aus der Beklemmung, die wie ein Vorbote von etwas Endgültigem war, wieder zu sich kam, wurde ihm bewußt, daß die Fahläugige, die ihm den Gulden in die Hand gedrückt hatte, ihn offenbar schon vor einer ganzen Weile wieder von ihrer Gegenwart befreit hatte. Denn er sah den ärmlichen Umhang nun bereits über die Karrenfurchen draußen auf dem Dorfweg flattern, während die Leichengänger und der Totengräber verstört auf ihn starrten.

»Sündig…« stammelte er. »Vor Gott ist sündig…«

»Jawohl! Mit dem Teufel hat's die Tote gehabt, und die Ausgeburt der Hur' ist keinen Deut besser!« räsonierte, die tönerne Branntweinflasche in der Hand, der Angetrunkene.

Nein, das habe ich nicht sagen wollen! dachte der Priester. Denn vielleicht war es so, daß wir selbst… wir alle… durch unsere Herzlosigkeit an ihr und ihrer Tochter gesündigt haben…

Doch er sprach es nicht aus; etwas in seinem Inneren, das wie ein nicht greifbarer Zwang war, wehrte sich trotz seiner besseren Einsicht dagegen. Deswegen ließ er die Hetzrede des Säufers unbeantwortet, griff jedoch, zum ungläubigen Erstaunen der anderen, zur Schaufel und begann eigenhändig das Grab aufzufüllen; nahm sich dabei vor: Auch den Gulden werde ich der Verwaisten zurückgeben. Morgen geht's nicht, da ist Sonntag, aber gleich in der kommenden Woche trage ich ihn hinüber zur Haindlmühle. Weil die alleingelassene Seele das Geld nötiger hat als ich; weil ich als Pfarrer in der Pfründe sitze und sie nicht…

*

Als der Priester von Ringolay jedoch fünf Tage später auf dem Anwesen in der Einöde nach Afra fragte, erfuhr er, daß sie noch am Abend des Begräbnisses die wenigen Habseligkeiten ihrer Mutter zusammen mit ihren eigenen ins Bündel geschnürt hatte und mit unbekanntem Ziel verschwunden war.

»Eine Frechheit ist's, so kurz vor dem Lichtmeßtag!« keifte die inzwischen ebenfalls ergraute Müllerin. »Hätt' sie's nicht machen können wie all die anderen Knechte und Mägde auch, so wie's der Brauch ist: am bevorstehenden Kirchenfest den alten Dienst aufkündigen und anderswo neu einstehen?! Aber nein, sang- und klanglos ist sie ausgerückt, die Hur', die verworfene…«

»Wird schon gewußt haben, warum«, mischte sich mit kläglichem Grinsen ihr Gatte ein. »Hast ihr und ihrer Mutter das Leben siebzehn Jahre zur Hölle gemacht; was hätt' sie da jetzt noch bei uns halten sollen?«

»Dann können wir nur hoffen, daß sie anderswo ein Dach über dem Kopf findet«, murmelte der Pfarrer.

»So ist's«, schnauzte der Haindlmüller; fluchte gleich darauf gräßlich auf den beißenden Rauch des Kienspanlichtes, der ihm plötzlich in die Augen geraten war. Und fluchte noch lauter, als sein Weib das letzte Wort haben mußte: »Der Teufel wird das Seine schon tun für sie; da brauchen wir anständigen Christenleut' uns keine Sorgen zu machen…«

*

Besorgt äugte Afra Dickh in die eisige Dunkelheit jenseits des meterhoch klaffenden Höhlenmundes hinaus. Zwar bot die mächtige Granitplatte, die, wie von einer Riesenfaust dort festgeklemmt, über der steinernen Kluft lastete, sicheren Wetterschutz nach oben. Falls der Wind sich jedoch während der Nacht drehte und erneut Schneefall aufkam, konnte der Frost sie trotz des kleinen Reisigfeuers, das sie mühsam entfacht hatte, lähmen. Als der Siebzehnjährigen zudem bewußt wurde, daß mit dem Verlöschen der Flammen durchaus auch die Wölfe oder anderes Raubzeug kommen konnten, vermochte sie ihre Furcht kaum noch zu beherrschen. Und dieses Gefühl steigerte sich zur nackten Panik, als sie plötzlich das Knirschen des Firns und gleich darauf die schweren Schritte vernahm, die sich der Grotte über den unterhalb befindlichen Steilhang näherten.

Mit angehaltenem Atem wich Afra zur rückwärtigen Höhlenwand zurück, preßte sich dort gegen den Stein. Über dem Kopf der Kauernden saugte die Felsspalte, die wie ein Kamin wirkte, das Funkensprühen und den Rauch des

20

sprotzelnden Feuers in ihren kantigen Schlund. Alle guten Geister! dachte die Schwarzhaarige, während in der Schlucht jetzt ein Ast brach und klackend Steine wegrollten. Ihr Heiligen und Nothelfer! Warum hab' ich nicht daran gedacht, die Flammen noch rechtzeitig zu ersticken?! Jetzt verraten sie mich! Das Nachtwesen, das sich dort unten herumtreibt, hat sie gewiß längst gesehen oder gewittert!

Im selben Moment kam es ihr in den Sinn, daß das Feuer sie aber auch schützen könnte; zumindest für eine kurze Frist noch, wenn es sich statt eines menschlichen oder anderen Unholdes um ein Raubtier handelte. Die Hand, mit der sie eben noch klamme Erde und verrottetes Laub über die Flammen hatte scharren wollen, erstarrte mitten in der Bewegung. Wiederum einen gehetzten Herzschlag später, weil ihr panisch arbeitendes Gehirn ihr sagte, daß ein metallisches Klirren dort draußen kaum von Wolf oder Bär stammen konnte, krallten sich ihre Finger dennoch hektisch in den Höhlenboden – doch kaum flog die erste Handvoll Schmutz in die Glut, schob sich bereits der riesenhafte Schatten vor das ausgezackte Oval des Höhlenmundes.

»Nein!« schrie Afra; gleichzeitig mit dem gellenden Angstlaut traf ein dünner Funken- und Ascheregen das Wesen. Für einen winzigen Augenblick wurden die Konturen von etwas ruppig Behaartem sichtbar; im selben Moment, da das wüste Bild sich ihr in die Netzhaut brannte, war die junge Frau nur noch ein zuckend eingekrümmtes Bündel Furcht. Zusammengekauert wie ein Ungeborenes im Mutterleib zitterte sie jetzt zwischen Fels und Feuer: war wie gebannt und konnte sich nicht mehr dagegen wehren, als die pelzige Pranke sich in ihre Schulter krallte.

Erst als sie die Laute hörte, löste sich ihre Lähmung in einem zweiten panischen Schrei: »Laß mich! Geh weg von mir!«
Aber die Pratze hielt sie weiter fest, schüttelte sie nun – und dann verwandelten sich die Laute in etwas, das sie zu fas-

sen vermochte: in eine rauhe, aber immerhin menschliche Stimme, welche jetzt wiederholte: »Was du hier mitten im Wald und im Bärenloch treibst, hab' ich dich gefragt! Los, mach den Mund auf, Dirn'! Hab' dich doch nicht so, als ob ich der Leibhaftige wär'…«

»Du bist nicht…?! Nein, jetzt seh' ich's auch…« keuchte die Siebzehnjährige und gab es endlich auf, sich gegen die Hand im Wollfäustling zu wehren.

»Schaue ich etwa so aus, als sei ich dem Höllenfeuer entsprungen – so vom Eiswind zerzaust, wie ich bin?« erwiderte mit seltsam gepreßtem Lachen der knapp dreißigjährige Mann. »Nein, glaub mir's nur, da hat's noch eine Weile hin, ehe der Teufel mich holt…«

»Aber wer… bist du dann?« fragte, immer noch nach Atem ringend, Afra.

»Das sag' ich dir – vielleicht – ein bißchen später«, kam die Antwort. »Jetzt red´ du erst einmal! Was du mitten in der Nacht im Bärenloch suchst, will ich endlich wissen!«

»Weggelaufen bin ich…«, setzte die Schwarzhaarige an. »Was hätt' mich noch halten sollen auf der Haindlmühl', ohne die Mutter, wo sie doch…?«

Ein dünner, scharfer Pfiff des Kerls im ruppigen Pelz unterbrach sie. »So?! Von der Haindlmühl' kommst du! Bist wohl gar die Afra? Die Tochter der… Verrufenen dort, die sie letzte Woche eingegraben haben?«

»Ich wüßt' nicht, daß sie je etwas Böses getan hätte! Sollst sie nicht so verleumden! Bist auch nicht besser als all die anderen Lügenbeutel!« fuhr die Verwaiste auf.

»Kann sein! Aber einer von diesen frommen Betbrüdern bin ich trotzdem nicht!« Das Lachen, das unmittelbar darauf folgte, klang auf einmal nicht mehr gepreßt; klang vielmehr wie befreit. »Deswegen ist's mir auch egal, was die Leut' über deine Mutter tratschen. Viel wichtiger ist's mir, daß ich dir trauen kann. Bist von deinem Dienstplatz weggelaufen, gegen Recht und Brauch; wirst deswegen auch mich nicht verraten…«

»Verraten?!« schnappte Afra. »Ich versteh' dich nicht…«

Der Mann grinste, nahm die Fellmütze ab, schüttelte sich das dunkelblonde Haar aus der Stirn, fixierte die junge Frau aus hellen, jetzt verwegen schimmernden Augen. »Hilf mir halt, dann wirst du's gleich begreifen«, sagte er dann – und zog Afra zum Höhlenmund.

Kaum hatten sie ein paar Dutzend Schritte hinaus ins Dunkel der Nacht getan, witterte die Schwarzhaarige den Blutgeruch. Gleich darauf schleppten sie den gehörnten Kadaver und dazu den eiskalten metallischen Gegenstand mit vereinten Kräften in die Grotte.

»So ist's und nicht anders«, feixte der Blonde, als sie wieder im Schein des Feuers kauerten. »Mit der Büchse da, die der Großvater selig einem Panduren im Dreißigjährigen Krieg abgenommen hat, hab' ich heute nacht den Hirsch erlegt. Hab' ihn natürlich sofort draußen versteckt, wie ich auf das Feuer hier im Bärenloch aufmerksam geworden bin. Weil ich keine Erlaubnis zum Schießen von den fürstbischöflichen Jägern eingeholt hab'. Deshalb wollte ich den Kadaver auch heimlich hier drinnen aufbrechen. Und jetzt frag' ich dich, ob du mir noch einmal helfen willst? Weil das Wildpret so schnell wie möglich zu meinem Anwesen gebracht werden muß, nachdem es ausgeweidet ist. Sonst könnten mich die Büttel des Bischofs doch noch beim Wickel kriegen…«

»Einen Hof hast du?! Wo?!« Nur das allein schien für Afra zu zählen.

»Das Prämbl-Anwesen ist's«, erwiderte der Wilderer stolz. »Drüben in Neidberg. Also, was ist jetzt?«

Die Siebzehnjährige besann sich nicht lange. »Gibt sonst eh keinen Platz, wohin ich gehen könnte«, murmelte sie. »Kann dir den Gefallen deshalb gern tun. Ist allemal besser, als wenn ich noch länger hier im Wald bleib'…«

Der Neidberger musterte sie von oben bis unten, sehr aufmerksam jetzt. Es schien ihm noch etwas auf der Zunge zu liegen. Doch dann, während er das Messer zog, sagte er nur: »Schnell! Viel Zeit haben wir nicht…«

*

Nicht ohne Grund hatte der Stolz in den Augen des Gregory Prämbl aufgeleuchtet, als er von seinem Besitz gesprochen hatte. Das Gehöft war, obwohl wie überall im Schmalztobel die feudalen Abgaben an den Fürstbischof auf ihm lasteten, besser instand gehalten als die umliegenden Anwesen: etwa ein halbes Dutzend an der Zahl.

Im diesigen Morgengrauen, als Afra das Dorf am Berghang und dann den fremden Hofplatz betreten hatte, war sie dennoch unsicher und erneut ziemlich verstört gewesen. Erst in dieser fahlen Stunde, nachdem die Gefahren des Winterwaldes endgültig hinter ihr lagen, war ihr wirklich bewußt geworden, daß sie sich durch ihre Komplizenschaft mit dem Wilderer gegen die Obrigkeit und die bedrohliche Macht der Kirche gestellt hatte. Doch dann, als die Sonne höhergeklettert war und die solide aus Bruchsteinen und Balkenwerk errichteten Mauern des Wohnhauses und der Wirtschaftsgebäude sich im klaren Licht zu baden begonnen hatten, war ein anderes Gefühl in ihr bestimmend geworden. Hier, so hatte sie gedacht, könnte ich mich heimisch fühlen! Könnte, wenn der Bauer es tatsächlich gut mit mir meint, ein ganz neues Leben anfangen…

Vorerst freilich war sie Gregory Prämbl behilflich, das mittlerweile zerlegte Wildpret einzusalzen und zum Suren vorzubereiten. Die beiden arbeiteten, während die übrigen Bewohner der Hube ihrem gewöhnlichen Tagewerk nachgingen, in einem Winkel der Scheune: gleich oberhalb der Tenne, von wo aus sie jeden Fremden sofort hätten ausmachen können. Der junge Bauer löste die Knochen aus, warf das Fleisch in die Bütte mit den schmutzig weißen, groben Kristallen; Afra rieb jedes Stück dick damit ein, schichtete es danach zu den anderen in einem zweiten, größeren Zuber und achtete darauf, daß das Wildpret so dicht wie möglich gepackt wurde.

»Stellst dich gar nicht dumm an«, sagte der Neidberger zuletzt und schenkte der Siebzehnjährigen ein Lächeln. »Auch heut' nacht, auf dem wilden Weg hierher, hast du kräftig mit zugepackt...«

»Das hab' ich gelernt auf der Haindlmühl', auch wenn ich dort bloß gut genug für die Drecksarbeit gewesen bin«, murmelte die Schwarzhaarige.

»Bei mir«, einmal mehr musterte Gregory Prämbl sie von oben bis unten, »könntest du auf der Stelle als Mitterdirn einstehen! Der Platz wär' frei; die andere hat mir zu Lichtmeß den Dienst aufgesagt. Bis dahin sind's nur noch ein paar Tage.« Er streckte die Hand aus, an der das geronnene Blut klebte: »Also, überleg' nicht lange und schlag ein...«

Afra sah den großen, starken Schattenriß des Mannes im Rahmen des Tennentors; dahinter den ordentlichen Hofplatz mit den fest gefügten Gebäuden im blendenden Licht. Ohne nachzudenken, ergriff sie die Rechte des Gregory Prämbl und drückte sie kräftig; das Schmerzen der groben Salzkristalle auf ihrer Haut nahm sie in ihrer Dankbarkeit hin.

»Ich seh', du machst keine Umstände; nimmst eine Sache genau so hin, wie sie gemeint ist«, lachte der Bauer. »Bleib so, dann werden wir zwei gut miteinander auskommen; sehr gut...« Seine Augen verengten sich fast unmerklich. »Und wenn dich die anderen vom Gesinde... oder auch die Bäuerin etwa dumm anreden, weil du von der Haindlmühl' kommst, dann sag's mir; dann werde ich dich schützen...«

»Vergelt's Gott!« Ein tiefer, wie erlöster Atemzug begleitete die Worte.

»Brauchst dich nicht bedanken, wir zwei sind doch Verschworene – oder nicht?« grinste Gregory Prämbl. »Und jetzt komm! Das Surfleisch muß in den Keller; da gibt's ein geheimes Gewölbe, das die Büttel des Bischofs nie im Leben entdecken könnten. Aber dir zeig ich's, weil du den Mund halten kannst, gell!«

»Kannst dich felsenfest auf mich verlassen!« nickte Afra. Und wäre in diesem Moment für ihren neuen Dienstherrn durch die Hölle gegangen.

*

Das Lichtmeßfest am zweiten Februar war vorüber, auch der letzte harte Wintermonat selbst war überstanden; jetzt, in der Märzmitte dieses Jahres 1699, schmolzen bereits die Schneefelder höher oben im Waldgebirge; fraßen die gurgelnden Fluten der angeschwollenen Bäche zusehends die Eisränder an den Ufern weg.

Im selben Maße, in dem die Tage wieder länger wurden, hatte sich auch die neue Mitterdirn auf dem Prämbl-Hof eingelebt. Ihr früheres Dasein, das verachtete Vegetieren als Tochter der Teufelsbraut in der Einöde mit der ewig keifenden Herrin und dem oft so arg verschlossenen Müller, schien nun allmählich in immer weitere Ferne zu rücken; zunehmend verflachten die harschen Erinnerungen.

An die Stelle der beklemmenden Lebenserfahrung ihrer Kindheits- und Jugendjahre war nun etwas ganz Neues und bislang Unbekanntes getreten. Die Schwarzhaarige hatte Heimat, wenn auch eine bescheidene, im Geviert des freier liegenden Bauernanwesens gefunden; sah sich im Neidberger Dorf zwar gelegentlich immer noch als Fremde, die sich nicht so recht einordnen ließ, behandelt; hatte jedoch auch gelernt, daß dieses vorsichtige Mißtrauen nicht unbedingt verletzen wollte: daß es sich überwinden ließ, wenn man nur selbst den ersten Schritt tat und ein freundliches Wort wagte.

Voller Eifer erledigte die Siebzehnjährige ihre täglichen Pflichten; ließ sich nicht lumpen, wenn nach der Stallarbeit zusätzliche Hilfe auch im Wohnhaus nötig wurde. Sie trachtete danach, neben dem Wohlwollen des jungen Bauern auch das seiner Gattin zu gewinnen: der manchmal etwas bedrückt wirkenden Theres Prämbl, die – nachdem sie zwei gesunde Kinder geboren hatte, ein drittes aber in der Wiege und ein weiteres schon im Mutterleib abgestorben war – gesundheitlich nicht ganz auf der Höhe zu sein schien. Um so dankbarer nahm die blasse Frau es hin, wenn die Mitterdirn sie stillschweigend entlastete; einmal, das Jahr stand jetzt in seinen letzten Apriltagen, sprach die Bäuerin es aus.

»Schaust aus wie eine Welsche, Afra, und drüben in Ringolay munkelt man allerhand Sachen über dich, aber ich wünsche mir, du würdest für immer auf unserem Hof bleiben – oder wenigstens noch die nächsten Jahre...«, bekannte sie. Die letzten Worte waren stockend gekommen; jetzt plötzlich verschattete etwas wie ein milchiger Schleier ihre Pupillen. Mit leiserer und hastigerer Stimme setzte sie hinzu: »Paß auf dich auf! Laß dich vor allem nicht mit irgendwelchen leichtfertigen Mannsbildern ein; du weißt schon: Solchen, die dich ins Unglück bringen könnten! Versprichst du mir das, Afra?! Versprichst du mir's in die Hand?!«

»Ich... hab' doch gar nichts mit denen im Sinn!« beteuerte die Schwarzhaarige verwirrt. »Hab' doch meiner Lebtag noch mit keinem...«

»Das weiß ich ja! Bist keine von der Sorte!« pflichtete ihr die Prämblin schnell bei. »Hab' überhaupt nur gemeint, daß du halt ein bißchen vorsichtig sein sollst...« Nach kurzem Zögern setzte sie hinzu: »Aber wenn's doch einmal so weit kommt; ich meine, daß sich ein Tunichtgut an dich heranmacht... dann sagst du's mir, gell! Dann hast du soviel Vertrauen zu mir...«

Ohne Hintergedanken nickte Afra; sie konnte dabei nicht ahnen, daß schon wenig später die kränkliche und herzensgute Bäuerin die Letzte sein würde, an die sie sich in ihrer Not hätte wenden können...

*

Das Frühjahrsgewitter hatte schon seit Stunden über dem nach Süden offenen Talboden des Schmalztobels gegrummelt; von der Donauebene war es heraufgezogen und hatte sich hier oben zwischen den langgestreckten Bergflanken festgerannt. Jetzt, in der einfallenden Abenddämmerung dieses ungewöhnlich drückenden Maitages, schien es, als wollte sich das Unwetter doch noch heftiger entladen. Jäh bauschte sich vom etwa eine Wegstunde entfernten Weiler Wittersitt und der dort fließenden Ohe her eine blauschwarz und schwefelgelb schimmernde Wolkenwand auf. Gleichzeitig begann ein drückender Steigwind zu stöhnen und sich mit pludrig-dämpfigen Stößen in die Wälder auf den Hügelkämmen zu wühlen.

Der wilde Luftzug fing sich auch in den grob gewebten Bettlaken, die Afra bereits mittags im Apfelgarten hinter der Scheune zum Trocknen aufgehängt hatte. Jetzt trachtete die Schwarzhaarige danach, sie so schnell wie möglich, ehe der Regen einsetzte, wieder zu bergen. Da der Wind aber mit jedem Atemzug der Siebzehnjährigen heftiger brauste, hatte die Mitterdirn bald alle Hände voll zu tun, um die Tücher in den Korb zu zerren. Aus diesem Grund bemerkte sie auch die Gestalt nicht, die sich ihr unter der irrlichternden Aura des Gewitters näherte.

Erst als die heißen Hände sie von hinten packten und sich um ihre Brüste schlossen, schreckte sie mit einem jähen Schrei hoch. Geschockt trat sie um sich; versuchte, die klammernden Pranken wegzustoßen und sich umzudrehen, um den Angreifer zu erkennen. Doch sie schaffte es nicht; vielmehr preßte sich eine der Hände nun plötzlich gegen ihr Geschlecht unter dem geschürzten Rock, während gleichzeitig der lüsterne Biß in ihren Nacken erfolgte: das Saugen zwischen den zupackenden Zähnen.

»Nein!« schrie sie erneut. »Laß mich! Ich will nicht! Ich bin nicht so eine…«

Im nächsten Moment, während die eine Pranke sie weiter peinigte, spürte sie die andere hart auf ihrem Mund; auch als sie ihrerseits zubiß, löste sich der gemeine Griff nicht. Statt dessen hörte sie nun direkt an ihrer Ohrmuschel das geile Zischeln: »Hab' dich doch nicht so! Schwarze Hex', du! Bist doch im Bärenloch draußen auch nicht so zimperlich gewesen, wie ich und du das Verbotene getan haben…«

Das Begreifen war entsetzlich für sie. Nicht irgendeiner der Knechte hatte sich vergessen; vielmehr er, von dem sie es nie erwartet hätte – weil ausgerechnet dieser Mann ihr Heimat geschenkt hatte. Und diese furchtbare Erkenntnis veranlaßte sie, die Zähne so tief in die schwieligen Handmuskeln des Bauern zu schlagen, daß sie salzig das Blut schmeckte.

Mit einem Knurren ließ er sie los, schlug jedoch einen Herzschlag später zu; traf sie brutal an den Brüsten. Versuchte, als sie sich keuchend zusammenkrümmte, neuerlich ihren Leib zu packen und sie wiederum dort unten, zwischen den Schenkeln, abzugreifen. Doch diesmal war sie auf der Hut und fuhr, der eigenen Schmerzen nicht achtend, herum. Dann, als sie dieses widerwärtige Glühen in seinen Augen sah, schnellte ihr Knie hoch und traf ihn am Gemächt. Jetzt war Gregory Prämbl es, der sich stöhnend krümmte; sein Schock schenkte der Siebzehnjährigen die Frist, die sie brauchte, um zum Staketenzaun des Gartens zu rennen, die Pforte aufzureißen und kopflos weiter und weiter zu fliehen: direkt in die heranbrodelnde Wolkenwand mit ihren infernalischen Farben hinein.

Sehr lange konnte sie überhaupt nicht denken; dann, als der steinige Hang sie zwangsläufig langsamer werden ließ, hämmerte ihr immer nur das eine durch den Schädel: Er jagt mich vom Hof! Oder die Theres, die Frau, tut's, wenn sie erfährt, was passiert ist! Und ich werde wieder die Ausgestoßene sein! Werde dann wieder keinen Platz haben, wo ich in Frieden leben kann!

Dies räderte fort und fort, während sie die Leite höher und höher hinaufkeuchte; es hörte erst auf, als der Blitz, keine zehn Sprünge weiter, zuckend zwischen die Baumwipfel schmetterte. Erst dann endete die Flucht Afras so jäh, als sei sie gegen eine Mauer geprallt. Unter dem hämmernden Donnerschlag, vom bläulichen Licht und vom bitteren Ozongeruch umwittert, brach die Schwarzhaarige wimmernd in die Knie; krallte sich fest am einzigen, das ihr jetzt noch Zuflucht bot: an der Erde – und wußte im nächsten Moment erneut von nichts mehr.

Sie kam erst wieder zu sich, als einmal mehr die Panik in ihr aufsprang, weil von neuem fremde Hände an ihrem Leib waren: Hände, die sie an das erinnerten, was der Bauer mit ihr angestellt hatte. Im Schock begann sie zu treten und zu wimmern, doch dann drang plötzlich die Stimme einer Frau in ihr Bewußtsein: »Ruhig! Brauchst keine Angst vor mir zu haben! Kennst mich doch…«

»Kölblin, du?« keuchte Afra; verschluckte sich in ihrer Erleichterung. »Mein Gott! Ich kann dir gar nicht sagen…«

Heftig setzte im gleichen Moment der Regen ein; das Rauschen und Prasseln des Wassers mischte sich mit dem Drängen der älteren Frau: »Später! Wir müssen schleunigst weg hier!«

Mit diesen Worten packte Maria Kölbl das Handgelenk der verstörten Siebzehnjährigen und zerrte sie quer über den Hang davon: auf einen grob geschichteten Steinwall zu, der sich wie eine gezackte und grau verschorfte Wunde über den Berg zog. Als die beiden Frauen den Rain erreicht hatten, fragte Afra sich, welchen Schutz die kaum hüfthohe Weidemauer ihnen eigentlich bieten sollte. Aber im selben Moment duckte sich die Kölblin und kroch durch ein verstecktes Loch unter einer vorspringenden Schroffe. Nachdem die Schwarzhaarige ihr gefolgt war, erkannte sie, daß sie beide in einer moosgepolsterten und von starken Quadern überwölbten Muldung kauerten.

»Hast nichts gewußt von dem Schlupf, den sich die Hirten hier vor langer Zeit einmal eingerichtet haben, was?« kam die Stimme der Neidberger Bäuerin durch das Halbdunkel. Afra glaubte, die leicht geschlitzten Augen der Mittvierzigerin dabei vor listigem Vergnügen funkeln zu sehen.

»Nein, davon hab' ich keine Ahnung gehabt«, erwiderte sie.

»Scheinst auch sonst ein bißchen ahnungslos zu sein, was?« murmelte die Kölblin; wrang dabei ihr kastanienbraunes Haar aus, streifte sich die Nässe von der breit gewölbten Stirn und den auffallend kräftigen Backenknochen.

»Warum …?!« Noch immer klang die Stimme der Mitterdirn gehetzt.

»Weil du geradewegs dorthin gerannt bist, wo der Blitz am ehesten einschlägt!« kam die Antwort. »Ich hab' dich den Hang hochhetzen sehen, als wärst du außer dir! Als sei der Leibhaftige hinter dir her …« Auf einmal lagen die muskulösen und dennoch seltsam weichen Arme der Maria Kölbl um die Schultern Afras, zogen den frierenden Oberkörper in den Schutz des rupfenden Umhangs. Und dann, nachdem die Siebzehnjährige die Wärme angenommen hatte, stellte die Bäuerin die entscheidende Frage: »Was ist passiert? Warum bist du vom Prämbl-Hof geflohen?«

»Du hast es mitgekriegt, daß ich …?!«

»Daß du von dort kamst?« Der behütende Druck verstärkte sich. »Das war nicht schwer. Das Pförtchen zu eurem Apfelgarten liegt direkt unter unseren eigenen Hofstelle. Als ich dich von dort weglaufen sah, hab' ich gewußt, daß etwas Schlimmes geschehen war. – Willst du mir nicht sagen, was...?«

»Nein, ich kann's nicht! Weil...« Ein Schluchzen schüttelte den Leib der Siebzehnjährigen – dann brach die Wahrheit plötzlich doch aus ihr heraus.

Die Kölblin, während draußen nach wie vor der Regen prasselte, hörte schweigend zu. Endlich, nachdem Afra sich die Schande von der Seele geredet hatte und ihre Tränen versiegt waren, kam, ins Nachlassen des Unwetters hinein, ihr Trost: »Der Prämbl ist halt ein geiler Bock; für keinen im Dorf ist's ein Geheimnis. Kannst mein eigenes Gesinde und auch meinen Alten fragen, oder auch die Leute auf den anderen Höfen: beim Heß oder beim Egger. Am wenigsten kann es die Theres leugnen, das bedauernswerte Weib des Saubeutels. Die hat schon genug gelitten unter seiner Brunst und seinem Fremdgehen. Aber gerade deswegen mußt du keine Angst haben; die gute Haut wird dich's nicht entgelten lassen, falls sie überhaupt was davon mitbekommen hat. Die weiß selbst am besten, was der Gregory für einer ist. Der hat ja erst im letzten Herbst deine Vorgängerin geschwängert, so daß sie zu Lichtmeß ihr Bündel hat schnüren müssen...«

»Deshalb hat er so dringend eine neue Magd gebraucht; jetzt begreif' ich alles...« stöhnte die Schwarzhaarige.

»Ja, aber du bist gescheiter gewesen als die andere«, versetzte Maria Kölbl. »Hast dich nicht von ihm in die Sünd' bringen lassen. Hast das einzig Richtige getan. Hast es dir nicht gefallen lassen und bist noch rechtzeitig weggerannt vor seiner Bocksgier. Jetzt weiß er, daß er mit dir kein solch leichtes Spiel hat; wird dich deswegen künftig wohl in Ruhe lassen...«

»Glaubst du wirklich?« Wie bettelnd hingen Afras helle Augen an den dunklen, slawisch geschlitzten Pupillen der älteren Frau.

»Mußt nur standhaft bleiben, dann kann er auch keine Macht über dich gewinnen!« bekräftigte Maria Kölbl. »Und wenn er's dich spüren läßt; wenn er dich jetzt bei der Arbeit schinden sollte, dann schüttelst du dich ab. Kommst einfach den einen oder anderen Abend zu mir herüber, das kann er dir nicht verbieten. Kommst zu mir, weil wir Freundinnen sind seit heute, nicht wahr...?«

»Ja, das werd' ich!« versprach die Siebzehnjährige; gleich darauf bekräftigten die beiden so unterschiedlichen Frauen ihre Abmachung durch eine innige Umarmung.

Als Afra im jetzt lediglich noch nieselnden Regen wieder auf dem Prämbl-Hof auftauchte, schienen die Worte der Kölblin sich zu bewahrheiten. Der Bauer, der nun auf der Tenne zugange war, funkelte sie zwar wütend an, machte jedoch keine Anstalten, sich ihr noch einmal zu nähern oder sie gar zur Rede zu stellen. Im Gegenteil: Als die Mitterdirn den scharfen Blick aushielt und ihn verbissen zurückgab, wandte sich der Dunkelblonde plötzlich um und verschwand wie geprügelt in der Scheune.

Er fürchtet sich vor mir! Weil er glaubt, daß ich's der Theres stecken könnte! dachte Afra. Natürlich werd' ich's nicht tun – aber wenn er Angst hat, dann werd' ich wohl doch in Neidberg bleiben können; muß nicht zurück in den Wald oder gar in die Fremde...

3 DER HEXENSTEIN

Frühjahr 1699 bis Sommer 1700

Von Monat zu Monat dämpften sich die beklemmenden Erinnerungen weiter ab. Die erste Heumahd an den tiefergelegenen Talhängen half dabei, dann das Austreiben der Rinder auf die Hochweiden; vor allem aber das immer wiederkehrende mühsame Unkrautjäten in den Roggen- und Haferfeldern. Je weiter der Frühling sich hinein in den Sommer drehte, desto kräftiger wucherten die Wicken, Dornenranken und Disteln auf den Äckern; mit blutigen Händen und schmerzenden Knien hatten vor allem die Mägde auf den verschiedenen Neidberger Höfen die verhaßte Arbeit zu tun.

Manchmal, wenn sie mit schmerzenden Knochen in ihrer Bettstatt unter den nackten Dachsparren des Prämbl-Hofes lag, sagte sich Afra, daß der Bauer recht gut auf weitergehende Rache an ihr verzichten konnte. Er mußte sie gegenüber den anderen Dienstboten noch nicht einmal besonders zurücksetzen. Die Pflichten, die er völlig zu Recht von ihr verlangen durfte – und nur dann und wann ein paar zusätzliche darüber hinaus – genügten, um ihr klar zu machen, wer das Sagen auf dem Anwesen hatte. Wer der unumschränkte Herr war und wer die kleine Mitterdirn, die sich zu schinden und krummzuschuften hatte.

Die Schwarzhaarige konnte ihm deswegen noch nicht einmal einen Vorwurf machen. Gleich ihr fronten Hunderttausende auf den Hofstellen, Feldern, Forsten und Weiden des riesigen bischöflichen Territoriums, damit die hörigen Bauern ihre Lehensabgaben an die Vögte der Klöster und Burgen leisten konnten; jene wiederum den Zins an die Schatzkammer des Kirchenfürsten selbst. Und damit sich in dessen Zehentstadeln, Kellergewölben und Truhen die

Naturalien und vor allem das Gold so hoch wie möglich zu häufen vermochten, wurden die Untertanen – und hier vor allem wieder die verachteten Mägde und Knechte – ausgebeutet bis aufs Blut. Viel zu früh verbrauchten sie sich und mußten zuletzt oft genug verrecken wie das Vieh: zusammengekrümmt auf den disteligen Feldbreiten, zusammenbrechend beim Holzeinschlag in den froststarren Wäldern – oder selbst in den Straßengräben, wenn ein Bauer einem dieser Ausgeschundenen noch nicht einmal mehr das Gnadenbrot hatte gönnen wollen.

Dies war das Los der von der Kirche angeblich so geliebten Mühseligen und Beladenen in Neidberg, Ringolay und Perlesreuth, drüben in Fürsteneck oder ein Stück oheabwärts in Wittersitt; hier und in zahllosen weiteren Lehensdörfern anderswo dazu. Dies war ihr Schicksal von Jahrhundert zu Jahrhundert gewesen: ein dreiviertel Jahrtausend der Feudalzeit jetzt schon; keiner durfte aufbegehren dagegen, niemand sich beschweren. Hätte jemand es gewagt, so wären im Handumdrehen die Kettenreiter und Rutenbüttel des Landesherrn im Dorf gewesen und hätten den Übeltäter wegen der Rebellion gegen die vorgeblich von Gott eingesetzte Obrigkeit aufs grausamste bestraft.

Auch Afra Dickh, ohnehin aus der untersten Hefe dieser recht- und schutzlosen Schicht stammend, dachte deswegen nicht daran, sich gegen ihr Schicksal aufzulehnen. Nie wäre ihr ernsthafter Widerstand in den Sinn gekommen; gegen den Fürstbischof nicht und ebensowenig gegen dessen Hörigen auf der Neidberger Hube: Gregory Prämbl. Nie hatte sie etwas anderes gelernt, als daß der Stärkere zu befehlen und der Schwächere zu gehorchen habe – und deswegen sagte sie sich, wenn sie nachts erschöpft auf ihrem Strohsack lag, bisweilen sogar: Er könnte es mich noch hundsgemeiner spüren lassen, daß er sich damals im Obstgarten die Zähne an mir ausgebissen hat; könnte mich noch immer von meiner Stelle jagen. Ich muß ihm dankbar sein, daß er's nicht tut; liefe ich ihm aber aus eigenem Entschluß weg, dann wüßte ich nicht, ob's anderswo besser wäre.

Am nächsten Morgen, oft noch vor Sonnenaufgang, packte die Schwarzhaarige erneut die knochenbrechende Arbeit an und klammerte sich innerlich, wenn ihr die Kräfte versagen wollten, ans nicht weniger gequälte Keuchen der anderen, die neben ihr fronten. Sie wußte dann zumindest: Ich bin nicht die einzige, die sich wie ein Vieh schinden muß; das ist halt das Gesindelos, so war's immer auf der Welt und wird in Ewigkeit so bleiben.

Den späten Frühling und dann den Sommer dieses Jahres 1699 hindurch hämmerte Afra sich das ein; ebenso im Herbst, als die Tage wieder kürzer und die Nächte allmählich frostig wurden. Nicht anders dachte sie, nachdem der Winter in diesem Jahr mit frühem Schnee eingefallen war; jetzt hatte sie immerhin den ärmlichen Trost, daß sie nun bald ihr erstes Neidberger Jahr überstanden hatte. Und dies, so schwor sie sich, wollte sie sich auch am Ende all der weiteren Jahre sagen können, die noch kommen würden.

Dennoch, trotz aller Plackerei und Freudlosigkeit, gab es gelegentlich auch lichtere Stunden, in denen der Siebzehn- und dann Achtzehnjährigen das harte Schicksal doch wieder erträglicher erschien. Immer dann, wenn sie sich hinüber auf den Kölbl-Hof und dort zur Bäuerin mit den fremdartigen slawischen Gesichtszügen flüchten konnte, spürte sie, wie das Harte tief drinnen in ihrem Körper sich lockerte; wie auch in ihrem Denken etwas weicher wurde. Manchmal konnte die Schwarzhaarige hier sogar ungezwungen lachen, konnte aus sich herausgehen und fast wieder zu einem unbeschwerten Mädchen werden.

Auch die ältere Frau, deren zweite Ehe nicht unbedingt unter einem guten Stern zu stehen schien, bekannte häufig: »Mit meinen beiden Ehemännern habe ich kein Glück gehabt. Der erste, der Jörg, hat mich oft geschlagen; hab's deswegen auch ein paarmal mit dem Knecht getrieben, ehe ich dann recht früh Witwe geworden bin. Und weil der jetzige, der Veith, das nach unserer Hochzeit erfahren hat, ist er mißtrauisch geworden, läßt mich's immer wieder spüren. Nein, mit den Mannsbildern kannst du mich scheuchen; stürbe mir der Veith auch noch weg, ich würde es kein drittes Mal versuchen. Aber wenn wir zwei zusammen sind, gell, Afra, dann ist's etwas anderes. Dann geht's uns beiden gut; dann sind wir wie zwei Schwestern – oder sind uns sogar noch ein bißchen näher...«

Fast immer dachte die herumgestoßene Mitterdirn in solchen Augenblicken unwillkürlich an ihre Mutter; stellte sich vor, die Mariann wäre keine verrufene und verachtete Viehmagd gewesen, sondern hätte ebenfalls das Sagen auf einem eigenen Hof gehabt. Ganz anders hätte sie selbst, die uneheliche Tochter der Teufelsbraut, dann im Leben stehen können. Wenn ihr das in den Sinn kam, dann verschwamm gelegentlich das Gesicht der Kölblin mit dem der verstorbenen Mutter; einmal mehr lagen die beiden Frauen, die Mittvierzigerin und die Jungfräuliche, sich dann unversehens in den Armen: weinten oder lachten zusammen; je nachdem.

So sahen der Trost und die Zuflucht aus, die es Afra immer wieder ermöglichten, ihr Los auf dem Prämbl-Hof zu ertragen. Im Frühling des Jahres 1700 freilich geschah etwas, das ihr das Leben auf einmal sogar wieder erregend erscheinen ließ. Denn über das abgelegene Tal tief im Waldgebirge brachen die Ausgeburten einer ganz anderen Welt herein.

*

In Windeseile flog die Nachricht von einem Ende des Schmalztobels zum anderen: »Liederliche Leut' sind da! Über den Grenzkamm hat sie der Wind hergetrieben! Drüben, im Alten Grund bei Wittersitt, haben sie die Karren im Kreis aufgestellt!«

Es war wie ein Fieber, das über die Dörfer, Weiler und Einöden hinraste; mehr vielleicht noch als die meisten anderen verspürte es Afra Dickh. Eine völlig unbekannte und dennoch seltsam vertraute Saite war in ihrer Seele angeschlagen worden, nachdem die Neuigkeit auch nach Neidberg vorgedrungen war. Und seitdem sehnte die Schwarzhaarige sich mit allen Fasern danach, das Fremdartige mit eigenen Augen zu sehen.

Doch sie hatte zu kämpfen, ehe es ihr endlich glückte. Der Bauer, der Gregory, schlug ihr die Bitte beim ersten Mal rundweg ab: »Nichts da! Am nächsten Sonntag kannst du zur Messe hinüber nach Ringolay gehen, aber dann kommst du sofort zurück auf den Hof! Ich brauch' jede Hand bei der Märzsaat; kann's nicht zulassen, daß sich da auch nur eins von euch Dienstboten drückt...«

Also kniete die Achtzehnjährige frühmorgens am Feiertag auf den eiskalten Fliesen ganz hinten bei der Kirchentür und bekam vom erregenden Treiben drüben bei Wittersitt nichts weiter mit als das Lamento des mittlerweile noch hinfälliger gewordenen Pfarrers: »Meidet die Gaukler und Fahrenden, ihr frommen Brüder und Schwestern im Herrn! Sucht ihn nicht auf: den Tanzplatz des Bösen! Verschließt eure Augen vor den Versuchungen, die ganz ohne Zweifel vom Leibhaftigen kommen! Tut vielmehr eure Arbeit, leistet unserem Herrn Jesus Christus damit den schuldigen Gehorsam – und betet, damit dieses Gaukelwerk des Höllenfürsten so schnell wie möglich wieder aus unserem friedlichen Tal hinweggefegt werde...«

Afra freilich vermochte nicht zu beten; vielmehr steigerte die Predigt ihr Verlangen nach dem Unbekannten noch. Am liebsten wäre sie auf der Stelle losgerannt, um das Verbotene im Alten Grund mit eigenen Augen zu sehen – doch der strikte Befehl des Prämbl stand dagegen.

Den ganzen Sonntag über, während sie auf dem Feld die Krähen aus den Furchen scheuchte, verzehrte sie sich in ihrer Sehnsucht nach den Liederlichen aus Böhmen, und auch während der folgenden sechs Wochentage änderte sich daran nichts, bis zuletzt doch das Unerwartete geschah. Für den nächsten Feiertag wurde der Bauer zum Fronen nach Perlesreuth befohlen, und sein gutherziges Weib, die Theres, ließ sich erweichen, als sie das Flehen in der Augen der Mitterdirn sah.

*

Der Alte Grund war ein verstrüppter Flecken Unland am Ufer der Ohe; am mäßig ansteigenden Berghang darüber und eine knappe halbe Wegstunde entfernt duckten sich die beiden Höfe des Weilers Wittersitt. Die Wüstung selbst war im Volksmund verrufen; einmal hatte Afra den Großknecht auf dem Prämbl-Hof eine uralte Sage darüber erzählen hören: Ein Friedhof mit ungeweihten Gräbern liege dort tief unter den Erlenwurzeln und dem Unkraut. Zu früheren Zeiten, als gelegentlich noch ein Bauer das Pflügen am Bachufer gewagt habe, sei das Schareisen auf schwarze Scherben und andere vermaledeite Gegenstände gestoßen. Auch stünde auf diesem Flecken vergifteter Erde der Hexenstein; der sei aufgrund dämonischer Bösartigkeit hier aus dem Boden gewachsen, und man müsse sich vor ihm hüten, wenn das Finstere nicht Macht über einen gewinnen solle...

Derartige Beschwörungen und dunklen Warnungen freilich waren vergessen, als Afra an diesem Sonntagmittag erlebnishungrig und außer Atem beim Alten Grund ankam. Im selben Moment jedoch, da sie das Treiben dort sah, glaubte sie sich tatsächlich in eine verzauberte Welt versetzt.

Aus dem Mund eines grinsenden, kohlenäugigen Kerls schlugen ihr glührote Flammen entgegen; fegten in hohem Bogen über den Platz zwischen den grell bemalten Plachenwagen hin. Verfaserten funkensprühend gleich einer Sternschnuppe am hellichten Tag – und schienen im nächsten Augenblick den belialischen Unhold auszugebären: den riesigen schwarzbraunen Bärenteufel, der nun plötzlich an der Seite des Feuerspuckers tanzte und tatzte. Der hinauftappte aufs hüfthoch über der Erde ausgespannte armdicke Seil und dort oben mit den Pranken flegelte, bis ein neuer Glutregen ihn verjagte und das fauchende Untier zurück in einen der Karren trieb.

Kaum hatte sich die Plane hinter der Bestie geschlossen, schossen aus einem anderen Wagen mehrere blitzschnell um die eigene Achse wirbelnde Gestalten heraus: gertenschlanke Körper in schreiend farbigen Kostümen, die keinen einzigen Knochen im Leib zu haben schienen, weil sie das Kobolzen, das Radschlagen und das Laufen auf den Händen so rasant und zugleich spielerisch-schwerelos beherrschten.

Mein Gott! dachte Afra begeistert. So etwas gibt es also auch im Leben! Und zuckte einen Herzschlag später noch verzückter zusammen, als der Schwarzäugige, der den Bären hatte kapriolen lassen, jetzt tamburinschlagend zwischen die Tänzerinnen sprang. Zimbeln und Fiedeln, von anderen Fahrenden gespielt, fielen ein; gleich darauf schien die Luft über dem Platz unter den jagenden, das Blut peitschenden Klängen und Rhythmen zu bersten: schien sich wie durch Magie zu verwandeln in ein süßes, verführerisches Gift.

Diese Verlockung aber schlug nun die umstehenden Dörper, die eben noch mit offenen Mündern gegafft hatten, in ihren Bann. In den verblüfft arbeitenden Gesichtern begann es zu zucken; die Gliedmaßen, zuerst verhalten noch, schienen sich selbständig machen zu wollen. Dann wagte der erste, ein junger Knecht, den Sprung hinein in die so andere und so berauschende Welt, sah sich aufgenommen in den Wirbel der schlanken böhmischen Leiber – und das war das Zeichen für alle anderen Bäuerlichen. Juchzend sprangen sie jetzt mit im liederlichen Reigen der Zigeuner: erstaunlich beweglich die einen; täppisch, ganz wie der Tanzbär, die anderen.

Auch Afra sah sich eingesaugt und verzaubert von der schrillen Musik und dem raschen, atemlosen Springen, Kreiseln und Stampfen: von der unbändigen Lust, die mit einem Mal schier greifbar über dem Alten Grund pulste. Ihr Gesicht brannte und ihr Herz jagte; ihr langes, ebenholzschwarzes Haar, das sich gelöst hatte, wehte gleich dem Schleier einer in Ekstase geratenen heidnischen Priesterin um das schmale Antlitz mit den seltsam hellen graugrünen Augen. Die peitschenden Rhythmen, dazu die Nähe der anderen und vor allem der Böhmen schienen etwas bislang völlig Unbekanntes in ihr zum wilden Ausbruch gebracht zu haben: etwas, das ungleich mehr mit den braunhäutigen Zigeunern als mit den schwerfälligeren Einheimischen zu tun hatte.

Einer der Fremden – und es konnte nach den unverbildeten Gesetzen der Natur gar kein anderer als der Bärenbändiger und Feuerspucker sein – wurde auf sie aufmerksam. Er sah sie, lachte sie mit seinen Glutaugen und den blendend weißen Zähnen an; drängte sich, sein Tamburin dabei noch rasender schlagend, an ihre Seite. Schlang ihr den Arm um die Hüfte und zog sie, als er keinen Widerstand spürte, noch näher an seinen nervigen, bitter und erregend nach Schweiß duftenden Körper. Hob und schwenkte die Achtzehnjährige noch tiefer hinein in das jagende Toben des Reigens; hielt sie jetzt so fest in seinen Armen, daß sie erschrocken und beglückt ihre Knie weich und kraftlos werden fühlte.

Dennoch tanzte sie leichtfüßig mit ihm; ließ sich dabei nicht nur von seinen Händen und seinem geschmeidig-harten Körper führen, sondern mehr noch von seinen unergründlichen Pupillen, in denen das unsägliche Geheimnis lockte. Sie konnte nicht mehr denken und spürte nur noch das eine: Daß sie am liebsten ewig so weitermachen und sich immer tiefer in den berückenden Strudel hineinreißen lassen wollte. In dieses rasend pulsierende Zentrum der verbotenen und dennoch göttlichen Freude, welches in seinem innersten Kern das von jeder jungen Frau zu lösende Rätsel barg ...

Doch plötzlich zersplitterte die Verzückung. Jäh brach in die berauschende Lust etwas anderes ein: ein harscher und scharfer mentaler Hieb. Denn der Zigeuner hatte sie, um seine Beute vor den anderen zu schützen, unter ein gelb-rot geflammtes Sonnensegel gezogen – und dort, unversehens strauchelnd, stieß sie gegen den grob gemeißelten Stein.

Schrammte sich die Schulter, von der längst das Umhängetuch geglitten war, am Granit; stutzte erschrocken, schrie in Panik auf, wand sich heftig aus den Armen ihres Tänzers. Starrte mit vor Furcht dunkel gewordenen Augen auf den Dolmen, den die Plache bislang verborgen hatte; keuchte mit dem nächsten Herzschlag: »Der Hexenstein!«

»Prosim – bitte! Weitertanzen!« forderte, verwirrt und ungeduldig, der Böhmische.

Aber die Schwarzhaarige hörte ihn gar nicht. Es war, als hätte der Anblick des großen Dolmen einen weiteren Bann über sie geschlagen: einen quälenden und bedrohlichen diesmal. Ganz hinten in ihrem Schädel glaubte sie erneut die Stimme des Großknechts flüstern zu hören; noch eindringlicher und schauerlicher als vor wenigen Tagen erst auf dem Prämbl-Anwesen: »Dämonen haben den abscheulichen Felsen gepflanzt ... Jeder Christenmensch muß sich hüten vor ihm ... Sonst krallen die im Alten Grund lauernden Unholden ihm ihre Fänge ins Fleisch ... Und fressen und fetzen ihm die Seele aus dem Leib ...«

Einen Lidschlag später verwandelte dieses Raunen sich in Bilder und vermischte sich gleichzeitig mit ihnen; ein grausames inwendiges Zerren und Flattern schien Afra zurückzureißen in ihre dunkle Kindheit auf der Haindlmühle. Das Zischeln der Stimme wurde überlagert von anderen Lauten und Visionen: die Wilde Jagd und die vor

Furcht zusammengekrümmte Mutter im Viehstall; der satanische Schatten, der über die Mariann herfiel und sie auf eine Weise schändete, die nicht zu begreifen war; das Stampfen der roten Kuh und das Blut der schandbar Gebärenden; das molochisch Vierschrötige später im Haus und auf dem Hofplatz; das Flügeln der Hexen über den gepeitschten Baumwipfeln, Schindel- und Strohdächern nächtens; zuletzt, fern von der verrufenen Mühle, das Hetzen des Opfers durch den frostklirrenden Wald – und wieder der Dämon, der sie, durch den Höhlenmund sich schnellend, ansprang.

Der Dämon mit der Fratze des Gregory Prämbl dort und der kohlenäugige Kerl hier – auch dies ging der Schwarzhaarigen jetzt plötzlich in eins. Mit einem Schrei, der halb noch immer aus den finsteren Regionen und halb bereits aus ihrem Wachbewußtsein kam, riß sie sich endgültig von dem jungen Zigeuner los und floh.

Floh den Hexenstein, als würde er brennen und könnte sie mit seinen Flammen vernichten; strauchelte, als sie in Panik weg wollte, erneut über etwas anderes Klobiges auf dem Erdboden – und erkannte, daß der große, weit mehr als mannshohe Dolmen von einem Ring kleinerer Felsbrocken umgeben war, die sich wie Jungwölfe um die Fähe scharten. Und diese geduckten Schroffen schienen nach Afras Knöcheln zu schnappen, ehe ihr die Flucht tatsächlich gelang: quer über den verstrüppten Flecken Unland mit den grell bemalten Wagen; weg von den juchzenden, tanzenden, kreischenden Böhmen und Dörpern; zuletzt den Karrenweg hinauf, der sich über die Hänge in Richtung Neidberg schlängelte.

*

Der Prämbl-Hof indessen konnte der Achtzehnjährigen nicht wirklich Zuflucht bieten. Und auch ihrer Freundin, der Kölblin, wagte Afra während der folgenden Tage nicht zu gestehen, was im Alten Grund geschehen war; unter anderem deswegen, weil sie es gar nicht mit Worten hätte ausdrücken können. Ebenso aber, weil sie gegen Ende dieser Woche selbst nicht mehr wußte, ob die Ereignisse am Hexenstein tatsächlich so grauenhaft gewesen waren, wie ihre Verwirrung es ihr vorzugaukeln versucht hatte.

Als ihr schließlich der Bauer, welcher von dem sonntäglichen Ausbrechen seiner Mitterdirn erfahren hatte, noch mehr Arbeit als ohnehin schon aufhalste, wendete sich das Blatt völlig. Afra, neuerlich vom freudlosen Gesindeleben ausgelaugt, begann sich nach jenen Stunden zu sehnen, in denen sie – wenn auch auf verbotene Weise – frei gewesen war. Das Tanzen und Ausgelassensein im Alten Grund, die unergründlichen Augen des Bärenbändigers und Feuerspuckers dazu, wurden nun abermals verlockender als alles andere – und gegen Ende des Saatmonats flüchtete die Achtzehnjährige wiederum aus ihrem klemmenden Dasein.

Stahl sich diesmal in der Nacht zwischen Samstag und Sonntag aus der Kammer und vom Anwesen; rannte den Weg hinunter zur Ohe im Mondlicht. Hörte endlich wieder die Zimbeln zirpen, die Fiedeln schrillen und das Tamburin pochen, sah die Feuer glühen und die Schatten dort im Kreis huschen – und konnte es auf einmal kaum noch erwarten, bis sie erneut Teil dieses berauschenden Treibens sein durfte.

Diesmal, vielleicht weil der Hexenstein heute hinter dem Rauchwabern und einer Gruppe von Zechern verborgen blieb, stieß sie den Kohlenäugigen nicht wieder zurück. Vielmehr suchte sie den berauschenden Kitzel in seinen Armen und an seinem Leib bis zum Morgengrauen; erst dann, nachdem sie ihm hatte schwören müssen, schon bald wiederzukommen, huschte sie lachend davon und schaffte es gerade noch, rechtzeitig zum Füttern wieder auf dem Prämbl-Hof zu sein.

Noch mehrere derartige Ausbrüche folgten: bis tief hinein in den Mai. Und trotz des Schlafmangels blühte die Achtzehnjährige auf; die harte Bauernarbeit ging ihr jetzt manchmal sogar leichter von der Hand als früher.

»Schaust aus, als hättest du dich verliebt«, versuchte die Kölblin ihr einmal auf den Zahn zu fühlen. »Wer ist's denn? Einer aus dem Dorf, oder etwa ein Fremder, ein Böhmischer vielleicht gar?«

Ganz nahe kam das Gesicht mit den geschlitzten Augen und den hohen Backenknochen ihr dabei, und einen Augenblick lang war Afra versucht, der erfahrenen Freundin ihr Herz auszuschütten. Doch dann spürte sie, daß das Geheimnis gewahrt bleiben wollte, und antwortete lediglich mit einem Lächeln. Weil ihr nämlich das Reden plötzlich wie ein Verrat an etwas Unnennbarem und gerade deswegen so Kostbarem erschienen wäre.

*

Während die Schwarzhaarige also schwieg, wetterte der alte Pfarrer von Ringolay immer heftiger gegen das in seinen Augen so abscheuliche Sündentreiben in der Talsenke bei Wittersitt. Und wieder war es der Dolmen, der letztlich die allsonntäglichen Tiraden auslöste; der greise Priester, dem gewisse menschliche Anwandlungen sonst nicht unbedingt fremd waren, schien sich im Kampf gegen einen tief in der Volksüberlieferung verwurzelten Aberglauben noch ärger als die ungebildeten Dörper in den Obskurantismus verrannt zu haben.

»Der Ort, an dem der Hexenstein steht, und wo in unseren Tagen das Böse erneut seine widergöttlichen Urständ feiert, ist seit undenklichen Zeiten als satanisch und dämonisch bekannt!« pflegte der Kleriker von der Kanzel zu keuchen. »Eure Vorvorderen, ihr lauen und im Glauben schwach gewordenen Schafe, haben nicht umsonst den Boden dort gemieden, auf daß er nichts als dornigen Wildwuchs trage! Nur reißende Tiere und Raben haben sich seit Menschengedenken dort noch getummelt: das Satanszeug, das jeder wahre Christ von seinen Äckern scheucht! Und Gottes Wille wäre es gewesen, daß der Platz auf immer geächtet bleiben sollte! Doch durch das Hereinbrechen der Fahrenden und Liederlichen über unsere friedlichen Grenzen wurde das Wollen Christi nunmehr mit Füßen getreten! Auf die Weisheit eurer Väter und Urväter haben die Böhmischen gespuckt, als sie ihre Zelte ganz wie die verdammte Rotte Korah dort aufschlugen! Aber damit noch immer nicht genug! Seit Wochen und Monaten nun schon locken diese Hussiten und Zigeuner euch Unwissende in ihre Fänge, um euch durch Tanz, Gaukelwerk und noch schlimmere Schelmenstücke vom rechten Weg abzubringen und in den Rachen des Teufels zu treiben, der euch in seiner Tücke verschlingen will!«

Hatte der Pfarrer den verängstigt glotzenden oder auch heimlich grinsenden Hörigen dann auf diese Weise die Leviten gelesen, kam er Sonntag für Sonntag zum selben Schluß: »Deswegen, weil man dem Leibhaftigen und Belialischen noch nicht einmal den kleinen Finger reichen darf, geschweige denn die ganze Hand, beschwöre ich euch im Namen des dreifaltigen Gottes, daß ihr das Übel und den Pfuhlgestank wieder aus dem Schmalztobel vertreibt und die Anbeter des schwarzen Höllenfürsten dorthin jagt, woher sie gekommen sind! Denn nur so kann der Friede wieder in unser Tal zurückkehren und können seine Bewohner erneut zur Gottesfurcht finden! Beherzigt dies und beherzigt es bald; ich flehe euch an! Und nun gehet hin und handelt im Namen unseres Herrn Jesus Christus; jetzt und in Ewigkeit, Amen!«

Zunächst wurden diese priesterlichen Sermones längst nicht von allen Kirchgängern ernstgenommen. Doch je häufiger der Alte seine Tiraden von der Kanzel keuchte, desto tiefer wurzelte sich das religiöse Gift mehr im Unterbewußten als im klaren Denken der Menschen ein; ganz allmählich verstummten die Spötter und wurden diejenigen, die jetzt nicht mehr bloß verängstigt glotzten, sondern aggressiv stierten oder gar die Zähne fletschten, zahlreicher. Die seit Jahrhunderten gezüchteten Ängste vor dem Unbekannten und Geächteten richteten sich jetzt auf das greifbar Fremdartige aus, und in der Mitte des Sommers hatte der Priester von Ringolay seine Herde so weit gebracht, daß sich der Obskurantismus nun konkret und von einer Stunde auf die andere Bahn brach.

Tobend stürzten an diesem Sonntag die Bauern und Knechte aus der Kirche; bewaffneten sich mit Sensen, Äxten und Heugabeln. Schirrten für den Pfarrer einen Wagen ein, nötigten ihn, der jetzt plötzlich sehr blaß wirkte, hinauf; scheuchten auch die Meßknaben mit Rauchfaß und Weihwasserkessel hinterher. Und dann raste die aufgepeitschte Rotte hinüber zur Ohe-Niederung bei Wittersitt; bekam unterwegs von den Weilern und Einöden weiteren Zulauf.

Als der außer Rand und Band geratene Haufen jedoch den Alten Grund erreichte, stellte sich heraus, daß die Böhmischen offenbar rechtzeitig Wind vom Herannahen der Aufgeputschten bekommen hatten. Menschenleer lag der verstrüppte Platz da; nur eingefallene und quer darüber frische Karrenspuren zeugten noch von denen, die nun schon monatelang hier gehaust hatten. Ein paar im drückenden Wind baumelnde bunte Stoff-Fetzen an einem der Ginstersträucher dazu; anderswo ein zerbrochener Topf und ein zertretener Laib Brot.

Diejenigen, welche die Zigeuner hatten jagen und vielleicht sogar meucheln wollen, brüllten vor Enttäuschung. Gleich darauf wurden Stimmen laut, wonach die Schwarzhaarigen und Braunhäutigen ganz offensichtlich vom Teufel gewarnt und von Unholden weggebannt worden seien, damit sie ihrer verdienten Strafe hätten entgehen können. Als damit einmal mehr die Hexen ins Spiel gebracht worden waren, richtete sich die nun nicht mehr einzudämmende Wut des Pöbels gegen den bewußten Stein.

Ein angetrunkener Knecht, zu Eckertsreuth im Dienst, machte den Anfang, ließ die Hosen herunter und setzte direkt neben dem uralten Dolmen einen dampfenden Haufen ins Unkraut. Grölend urinierten gleich darauf andere Enthemmte gegen den Monolithen oder bespuckten ihn unter lautstarken Verwünschungen. Schließlich unternahmen etliche sogar den Versuch, den behauenen Felsen zu stürzen, scheiterten jedoch mit diesem Vorhaben; der offenbar allzu tief eingegrabene Dolmen bewegte sich um keinen Zoll.

Der mittlerweile äußerst verschreckte Pfarrer von Ringolay erkannte, daß diese mißlungene Aggression wegen des Spotts der Umstehenden nun jeden Augenblick in eine wüste Schlägerei unter seinen christlichen Gemeindemitgliedern ausarten konnte. In seiner Not griff er zum einzigen Mittel, das ihm jetzt noch blieb: begann mit fistelnder Stimme zu singen und besprengte, während die Meßknaben wie besessen räucherten, den Stein mit Weihwasser. Verkündete sodann, daß durch solches Tun die bösen Geister zumindest für den Augenblick ausgetrieben seien und das Finstere damit keine Macht mehr über den Ort besäße.

Auf diese Weise brachte er die von ihm selbst Aufgehetzten schließlich wieder zur Räson. Allmählich verliefen sie sich: auf das Eckertsreuther Wirtshaus zu, wie aus dem Geschrei ihrer weltlichen Anführer zu entnehmen war.

Zusammen mit seinen Ministranten blieb zuletzt nur noch der greise Priester zurück. Zitternd taumelte er zum Karren und suchte dort Halt. Auf seinem wachsbleichen Antlitz malten sich hektische rote Flecken; seine wäßrigen Augen flackerten, als er nun wie unter einem Zwang noch einmal auf den Hexenstein starrte.

Etwas aus dem Dolmen wiederum schien plötzlich unsichtbar heranzuflirren gegen ihn und ihm eisig tief in den

Brustkorb und ans Herz zu greifen. Der Pfarrer spürte den tödlich kalten Schauer viel intensiver als damals, als er durch dieses Zeichen zum allerersten Mal geschockt worden war: am offenen Grab der Marianne Dickh, wo ihm deren Tochter Afra den Gulden in die Hand gedrückt und die aufsässigen Worte gemurmelt hatte. Danach war der frostige Stich in regelmäßigen Abständen wiedergekommen, doch immer nur kurz und oft nur wie eine Ahnung. Jetzt jedoch war es ganz so, als würde er sich im Thorax des Greises festbrennen, und die Todesangst bewirkte nun ein jähes, erschrockenes Umdenken des Priesters hinsichtlich dessen, was soeben im Alten Grund geschehen war.

Habe ich etwa den Fahrenden ebensolches Unrecht angetan wie seinerzeit der zusammengerackerten Viehmagd von der Haindlmühle?! schoß es ihm durch den Kopf. Habe ich überhaupt mein ganzes Leben dem falschen Herrn und einer falschen Lehre gedient, wenn am Ende das Abscheuliche stehen konnte, das sich heute an diesem Ort ereignete?! Und könnte es sein, daß das wahrhaft Teuflische ganz woanders lebt; nicht dort, wo ich es in meinem Wahn vermutete?!

Ohne daß er sich dagegen wehren konnte, hatten diese Gedanken, die möglicherweise die finale und kaum erträgliche Summe eines langen Lebens waren, ihn angesprungen. Und jetzt schien der Monolith ihm die Antwort zu geben: das betäubende und lautlos schmetternde Ja, das sich mit dem eisigen Brennen im Brustkorb des Priesters verband.

In Panik, den Blick geschreckt vom Hexenstein losreißend, keuchte er seinen Meßdienern zu: »Weg! Bringt mich zurück zur Pfarre ...«

Wenig später stand der Dolmen im Kreis der ihn umringenden Findlingsköpfe wieder wie unangetastet da; wurzelte zeitlos am Ufer der Ohe. Der Karren aber, über dem fetzenartig die weiten klerikalen Gewänder flatterten, wirkte vor dieser Kulisse nur noch wie ein schmutziger Fleck am diesigen Horizont.

4 DAS RUNDE HÄUSL

Herbst 1700 bis Frühjahr 1701

Afra Dickh hätte an diesem ersten November ihren neunzehnten Geburtstag feiern können. Doch der katholische Brauch der Gegend gestattete derartigen Müßiggang nicht; der Prämbl-Bauer hatte seiner Mitterdirn lediglich erlaubt, am Nachmittag den Ringolayer Friedhof zu besuchen.

Dort stand die Schwarzhaarige einmal mehr wie verloren am Armengrab ihrer Mutter, während der hinfällige Pfarrer, heute in Konzelebration mit einem fremden, hageren Mönch, den Allerheiligenumgang hinter sich brachte. Freilich kam die Monstranz unter dem pompösen Brokatbaldachin nicht bis zu den eingefallenen Hügeln entlang der Kirchhofmauer. Die direkte geistliche Fürsorge beschränkte sich auf die mit schmiedeeisernen Kreuzen gezierten Grabstätten der wohlhabenderen Verstorbenen, deren Hinterbliebene imstande waren, kupferne oder gar silberne Münzen in den Klingelbeutel klirren zu lassen. Infolgedessen ertrug Afra die Zeremonie nur mit Widerwillen; verschwand anschließend so rasch wie möglich und rannte beinahe kopflos in südwestlicher Richtung davon: dem dünnen, wässrigen Schein der Herbstsonne nach, die ihren Zenit bereits wieder überschritten hatte.

Erst als sie das dunkle Gleiten der Ohe zwischen den Erlen am Rand des verstrüppten Unlandfleckens erkannte, wurde ihr klar, was sie vom Friedhof weg und hierher getrieben hatte. Der Hexenstein in seinem Buckelkreis war es gewesen! Genauer: die erregenden Erinnerungen an das vergangene Frühjahr und den Sommer; die Sehnsucht nach der verbotenen Lebensfreude, die sie in jenen Monaten hatte empfinden dürfen. Unter der sie aufgeblüht war – und die sie dann um so schmerzlicher vermißt hatte, nachdem die Zigeuner so brutal vertrieben worden waren.

Das lockende Lachen des Glutäugigen schien wieder gegenwärtig zu sein, als die junge Frau sich nahe des Dolmen auf einen der kleineren Steine setzte. Wie behütend stand der verrufene Granitsporn jetzt über ihr; der Monolith, der nach ihren Erfahrungen und entgegen ihren früheren Ängsten ganz gewiß nichts Böses an sich hatte. Und als Afra dies dachte und dabei den Aberglauben der anderen innerlich verspottete, ereignete sich plötzlich das Wunder.

Von neuem, geboren aus dem Rauschen des Flüßchens und den dünn darüber hinziehenden Nebelstreifen, materialisierten die Silhouetten der bunt bemalten Karren; dazu das Sonnensegel, das sich in jener anderen Zeit zeltförmig über den Hexenstein gespannt hatte. Und im Flirren dieses magischen Gewebes erklang nun seltsam zart auch wieder die mitreißende Musik; ergötzten sich die Burschen und Mägde im ausgelassenen Einklang mit den Böhmischen. Vor allem aber war der Tamburinschläger und Feuerspucker zurückgekehrt; die unergründlichen Pupillen lächelten sie an, und dann zog er sie in seine Arme.

Der zusammengekauerte Körper der Neunzehnjährigen begann sich wie in Trance zu wiegen. Ihre graugrünen Augen glänzten wie verzaubert; winzig und doppelt spiegelte sich der Dolmen darin. Tiefer und tiefer ließ Afra sich hineingleiten in ihren berückenden Wachtraum. Der Hexenstein gönnte ihr mehr als die Menschen; schenkte ihr auf irrationale Weise doch noch so etwas wie eine Feierstunde anläßlich ihres Geburtstages. Und dann, wiederum wie durch Magie, mischte sich mit dem zarten, andersweltlichen Musizieren der Zigeuner ein weiterer Ton: das melodische Klagen einer Flöte.

So weich, so traumhaft getragen erklang die Kadenz, daß die Schwarzhaarige nur ganz allmählich aus ihrer Entrückung herausfand. Endlich, als ihr Blick sich schärfte, erkannte sie die Schafherde und bei ihr die beiden Hirten, von denen einer das einfache Instrument blies, während der andere den schmalen, hochrädrigen Karren zog.

Jetzt, als er sah, daß Afra auf ihn aufmerksam geworden war, ließ der jüngere Schäfer die Melodie mit einem fröhlichen Triller verklingen; rief gleich darauf lachend herüber: »Täusche ich mich – oder ist's tatsächlich eine Fee, die uns auf dem neuen Pferchplatz empfängt?«

Auch die junge Frau lächelte, als sie erwiderte: »Ich hab' immer gedacht, wer so viel im Freien ist wie ihr, hätt' schärfere Augen. Aber damit scheint's nicht weit her zu sein, wenn du eine einfache Mitterdirn für ein Elfenwesen hältst...«

Der Flötenspieler, der mittlerweile näher herangekommen war, musterte sie mit einem bewundernden Blick und versetzte: »Groß ist der Unterschied aber wirklich nicht! Bist ohne Zweifel die hübscheste Magd im ganzen Tal hier, weißt's sicher auch selbst. Und ich würde viel drum geben, wenn ich erfahren könnte, wie du heißt und wo du daheim bist...«

Die Neunzehnjährige, weil ihr das Spiel Spaß zu machen begann, ließ ihn zappeln. Wandte den Blick von dem Burschen mit dem lockigen blonden Haar ab und beobachtete scheinbar hingerissen den Älteren, der sich jetzt mit Hilfe der Hunde anschickte, die Herde auf dem Alten Grund zusammenzutreiben. Erst als der Flötenspieler scherzte: »Man hat's freilich schon öfter gehört, daß die Feenweibchen zwar wunderschön, aber auch stumm sind...«, erwiderte sie leise: »Afra rufen sie mich... Und der Hof, auf dem ich diene, ist kaum eine Wegstunde von hier entfernt...«

»Aha, und vermutlich wohnen lauter Blinde dort, wenn sie so eine schmucke Dirn wie dich hier einsam im Talgrund herumlaufen lassen«, versetzte der junge Hirte. »Wenn ich ein Knecht dort wär', wüßte ich bestimmt was Besseres mit dir anzufangen...«

»Du – mit mir?!« neckte ihn die Schwarzhaarige. »Wo ich dich doch überhaupt nicht kenne...«

»Sieht man's denn nicht, wie ich mein Brot verdiene«, antwortete der Blonde und schwenkte die Flöte. »Indem ich halt die Hammel mit meinem Spiel unterhalte...« Augenzwinkernd wartete er das Auflachen Afras ab, fuhr dann fort: »Ansonsten hat mich der Pfarrer auf den Namen Lorenz getauft; drüben in Thurmannsbang, wo mein Bruder und ich daheim sind.«

»Von so weit kommt ihr her«, wunderte sich Afra. »Gibt's denn dort kein Futter für eure Tiere?«

»Wir sind zwar in Thurmannsbang zuhause«, erklärte der Bursche, »aber unsere Familie ist seit alters her dem Vogt von Perlesreuth hörig. Und der hat uns mit der Herde auf die Winterweide hier im geschützten Talgrund befohlen, wo die Tiere auch bei Schnee und Eis noch ihr Auskommen finden können. Deshalb werden wir jetzt bis zum März hier lagern, bis wir die Schafe wieder höher auf die Berge treiben können...«

»Gleich ein paar Monate wollt ihr bleiben?« Die Augen der Schwarzhaarigen funkelten freudig. Denn plötzlich hatte sie begriffen, daß mit den Hirten auch die Kurzweil in den Alten Grund zurückkehren würde.

»Darfst uns natürlich jederzeit besuchen, wenn dich der Hafer sticht«, scherzte erneut der Flötenspieler.

Afra, die frivole Anspielung überhörend, erwiderte eifrig: »Vor ein paar Monaten waren auch schon Fremde da: Fahrende aus Böhmen! Die haben sogar ein großes Zelt hier im Talgrund aufgestellt. Gleich dort drüben, bei dem großen und den kleinen Steinen. Haben eine Plache darübergezogen und so Schutz vor der Sonne und dem Regen gehabt...«

»Dort drüben? Das wär' wirklich ein guter Ort!« Der ältere Schäfer war herangekommen, nun fügte er hinzu: »Am besten, wir messen den Platz gleich einmal aus...«

Mit langen Schritten, während die Hunde nun auf sich gestellt die blökende Herde umkreisten, ging er voran. Lorenz und die Schwarzhaarige, nachdem der Blonde ihr verschwörerisch zugeblinzelt hatte, folgten. Beim Hexenstein angelangt, schritt der Ältere langsam einmal um das Rund; klatschte die flache Hand zuletzt mit zufriedener Geste gegen den Dolmen.

»Wie's scheint, hat die Fee uns einen sehr guten Rat gegeben, was, Franz?« fragte sein Bruder.

Der Angesprochene nickte. »War alles andere als dumm, was die Böhmischen sich da ausgedacht haben! Und ein paar Planen haben wir schließlich auch auf dem Wagen. Bloß wär's unter denen allein in der jetzigen Jahreszeit noch immer zu windig. Man sollte besser zusätzlich noch eine Wand hochziehen und auch das Dach mit mehr als dem einfachen Tuch schützen...«

»Du meinst, ihr könntet tatsächlich ein richtiges Häusl hier bauen?« erkundigte sich Afra aufgeregt. »Eins, das dann für immer hier stehen würde?«

»Die Steine wären genau recht dafür«, murmelte Franz. »Von den kleinen, die rundum liegen, müßten halt die starken Streben hinauf zum großen laufen... Dann aus Flechtwerk und Lehm eine niedrige Außenmauer unter die Stangen gesetzt... Zuletzt alles mit den Plachen und Fichtenbärten abgedeckt; doch, ganz leicht würd's gehen...«

»Freilich!« pflichtete Lorenz ihm bei. »Hundertmal besser hätten wir's dann in der Nacht als unterm Schäferkarren. Könnten außerdem ein schönes Feuer brennen, drinnen in unserem runden Häusl; müßten bloß einen kleinen Rauchabzug lassen...« In seiner Begeisterung griff er erneut zur Flöte, blies einen juchzenden Triller, wandte sich gleich darauf wieder der Schwarzhaarigen zu: »Sag selbst, daß es dann fast wie in einem Palast wird! Und jedes Mal, wenn du kommst, werde ich für dich spielen dort drinnen! Hundert Stückl kenn' ich; die locken sogar den Teufel zum Tanz...«

Eben noch hatte Afra den Worten des Blonden hingerissen gelauscht; jetzt plötzlich erbleichte sie. Der letzte Satz hatte sie erschreckt. Unwillkürlich hatte sie wieder an den Pfarrer und dessen Höllenpredigten denken müssen; an den Haß der Aufgepeitschten dazu – und daran, was nach der Flucht der Zigeuner an Abscheulichem passiert war.

»Ich hätt's euch gleich sagen müssen!« platzte sie heraus. »Manche meinen, daß es hier beim Hexenstein nicht geheuer ist!« »Umgehen soll's in den Nächten! Unholde sollen tief unten in der Erde lauern! Andere wieder sagen, daß zuzeiten sogar die Wilde Jagd über den Alten Grund braust ...«

»Und was dergleichen Ammenmärchen mehr sind!« fiel ihr Lorenz ins Wort. »Dummes Geschwätz von abergläubischen Narren ist das! In Wahrheit kann gerade dieser Platz unmöglich vom Bösen besessen sein – wenn ihn sich eine wie du zum Träumen aussucht ...«

Er schenkte ihr ein warmes Lächeln; nur zu gerne hätte die Schwarzhaarige sich davon beruhigen lassen. Doch gleich darauf glaubte sie erneut die keuchende Stimme des alten Ringolayer Priesters zu hören: seine frenetischen Warnungen vor den Dämonen. Deswegen ging sie nicht auf die Schmeichelei des jungen Schäfers ein, sondern flüsterte beklommen: »Bin doch bloß zufällig hergekommen ... Und was die Leut' über den Hexenstein reden, das hat schon Hand und Fuß; alle wissen's ...«

»Aber du magst den Alten Grund, gell?« mischte sich Franz ein. Als Afra, weil sie die Frage mißverstand, zurückzuckte, setzte er schnell hinzu: »Nein, ich hab's nicht böse gemeint! Will nur sagen, daß er auch mir gefällt. Und ebenso dem Lorenz. Wir Schäfer kennen's einem Ort sofort an, ob er was taugt oder nicht, das gehört zu unserem Beruf. Würden wir die falsche Weide auswählen, könnten uns die Tiere vom Fleisch fallen. Damit wir's jedoch richtig machen, dürfen wir nichts auf das Gerede der Leute geben. Die Unwissenden auf den Höfen und in den Spinnstuben munkeln und raunen viel, wenn die Nacht lang ist und die Kienspäne rauchen. Und suchen sich nur allzu gern solch einsame Flurbreiten für ihre Dummheiten aus. Fürchten die Plätze, weil sie ihnen fremd sind; weil sie oft ihrer Lebtag nicht hinkommen...«

Er spuckte wegwerfend aus, fuhr dann fort: »Aber wir, die wir jahraus, jahrein in der Natur sind, haben ein besseres Gespür als die Stubenhocker. Gäb's da wirklich was Böses, wir würden es sofort merken. Und noch schneller als wir die Schafe. Doch hier, im Alten Grund, lauern keine Gespenster hinter den Erlen. Ebensowenig anderswo, wo's nicht geheuer sein soll: am Wackelstein drüben bei Zenting, oder auch beim Kreuzfelsen unterhalb der Saldenburg. Bloß ein bißchen einschichtig und verloren sind diese Orte, gefährlich ganz gewiß nicht!«

»Recht hat der Franz!« nickte der Blonde. »Da, schau dir bloß einmal die Schafe an, Afra! Ganz friedlich haben sie schon zu weiden begonnen. Und auch die Hunde sind ruhig; haben sich sogar gelegt. Einen besseren Platz hätten wir also überhaupt nicht finden können...«

»Wenn ihr's sagt, dann will ich's euch glauben«, erwiderte die Schwarzhaarige erleichtert. »Ich hab' aber auch nicht schweigen dürfen; hättet es mir sonst später einmal vorwerfen können...«

»Aha, weil mein Bruder oder gar ich dir schon gleich von Anfang an nicht ganz gleichgültig gewesen sind, was?« neckte Lorenz die junge Frau.

»Vielleicht...« lächelte Afra.

»Und das heißt, daß wir Freunde werden könnten, oder?« schmiedete der Blonde das Eisen weiter. »Daß du uns wirklich oft besuchen kommst, den langen Winter über?«

»Könnt' schon sein«, antwortete, leicht verlegen, die Neunzehnjährige. Als sie die unverhohlene Freude in den blauen Augen von Lorenz sah, wollte sie aber doch wieder ein wenig Abstand schaffen und warf deswegen mit einer schnellen Bewegung das lange Haar über die Schulter zurück.

Der Wind fuhr ihr dabei in die Locken; Afra, um das Gesicht wieder frei zu bekommen, drehte instinktiv ihren schlanken Körper ein wenig – im gleichen Moment erstarrte sie. Und wiederum einen Lidschlag später erblickten auch die beiden Hirten den Mönch, der sich, auf einem schmutz-farbenen Maultier sitzend und von seiner schwarzen Kutte sowie dem weißen Skapulier umflattert, näherte.

Die Hunde wurden unruhig; desgleichen die Schafherde, die plötzlich nach der entgegengesetzten Seite hin auszu-brechen versuchte. Nur indem sie mit gellenden Pfiffen die beiden Rüden hinterher scheuchten, gelang es den Thur-mannsbangern, Schlimmeres zu verhindern. Der höchstens dreißigjährige Kleriker indessen schien kein Gespür für das zu haben, was er angerichtet hatte. In raschem Kanter, während die Hunde jetzt aufgeregt bellend rings um die Herde im Kreis rannten, trieb er sein Reittier völlig heran; riß sodann hart an den Zügeln.

»Bei der Gerechtigkeit des Himmels!« fauchte der Geschorene. »Welcher böse Geist hat euch dazu getrieben, ausgerechnet an diesem von Satan besessenen Ort jene Tiere weiden zu wollen, welche unser aller Herr Jesus Christus unter seinen ganz besonderen Schutz gestellt hat?! Seid ihr denn wirklich so einfältig, nicht zu wissen, daß dieser Platz jeder anständigen Christenseele verboten und ein Greuel ist?!«

Erst jetzt, während der Kleriker weiter belferte, erkannte Afra ihn. Es war der Dominikaner, den sie heute schon ein-mal gesehen hatte: auf dem Friedhof von Ringolay, wo er in Konzelebration mit dem alten, hinfälligen Priester die Grä-ber der wohlhabenderen Bauern umschritten hatte. Und ganz wie bei dem sakralen Akt empfand die Schwarzhaa-rige auch jetzt wieder eine tiefe Abneigung gegen ihn – die sich allerdings in jähe Genugtuung verwandelte, als Franz nun einen Moment, in dem der Mönch Atem schöpfen mußte, dazu nutzte, um sich und seinen Bruder auf ziemlich ungewöhnliche Weise zu rechtfertigen.

»Eure Strafpredigt, Herr, trifft die Falschen!« rief er nämlich dem außer Rand und Band geratenen Kleriker zu. »Ihr solltet sie nicht uns, sondern dem Vogt des Fürstbischofs drüben in der Perlesreuther Fronfeste halten!«

»Dem Vogt... des Fürstbischofs?!« keuchte der Geschorene verblüfft.

»Ganz so ist es, denn kein anderer als er hat uns ausdrücklich befohlen, unsere Herde im Alten Grund bei Wittersitt zu weiden!« stellte nunmehr Lorenz fest.

»Hier?!« Der hagere Mönch ließ die geballte Faust anklagend in Richtung des Hexensteins schnellen. »Hier?! Wo der Priester von Ringolay erst kürzlich das Böse mit Hilfe von geweihtem Wasser und Räucherwerk bannen mußte?! Weil nämlich die Teufelsanbeter im Auftrag ihres Herrn grauenhafte Alfanzereien getrieben haben...«

»Er meint die Böhmischen; ganz harmlos waren die!« flüsterte Afra dem Blonden zu; spürte gleich darauf, wie seine Hand beruhigend die ihre umschloß.

»Und ihr wollt behaupten, ausgerechnet der Verwalter seiner Eminenz, des erlauchten Fürstbischofs, habe euch angewiesen, an einem solchen Ort auf die heilige Mutter Kirche zu spucken?!« erklang neuerlich die geifernde Stimme des Dominikaners. »Ihr lügt! Ich bin noch nicht einmal bereit, euch zu glauben, daß ihr Untertanen der Herrschaft in Perlesreuth seid! Viel eher vermute ich, ihr steckt mit denen unter einer Decke, die hier erst kürzlich den katholischen Glauben so arg mit Füßen getreten haben!«

»Dann ist es am besten, Ihr seht Euch einmal das da an!« erwiderte unerschütterlich der ältere Hirte. Er griff in den ledernen Schnürbeutel, den er am Leibgurt trug, zog ein petschiertes Stück Pergament heraus und reichte es dem Kleriker.

Das Maultier stand mit schräg nach hinten gerecktem Hals und eng an den Schädel gelegten Ohren da, während der Mönch las. Zuletzt stieß er die Luft scharf durch die Zähne, gab das Dokument unwillig zurück und zischelte: »Der Vogt scheint seinen Dienst nachlässig zu versehen! Wenn er noch nicht einmal weiß, an welch verrufene Orte er euch Hörige schickt!«

»Aber das Siegel ist echt, oder etwa nicht?« beharrte Lorenz; drückte dabei heimlich die Hand Afras.

»Das wird sich noch herausstellen!« drohte der Dominikaner. Im nächsten Moment fuhr er aggressiv auf die Schwarzhaarige los: »Auf jeden Fall hast du ganz gewiß nichts hier zu suchen! Luder, du! Herumtreiberin! Hast wohl die Mannsbilder gewittert und bist ihnen nachgestreunt gleich einer läufigen Hündin, was?!«

Afra sah die jähe Wut in den Augen des jungen Schäfers aufblitzen; rasch stellte sie sich zwischen ihn und den pfäffischen Eiferer. »Nicht...« hauchte sie dabei; so leise, daß allein der Blonde es hören konnte. Gleich darauf versicherte sie dem Mönch unterwürfig: »Ich hab' mich bloß verlaufen; kenne die beiden da überhaupt nicht! Bin auch schon wieder weg; hab' eh noch einen stundenlangen Weg bis zum Hof, wo ich diene...«

Mit den letzten Worten suchte sie bereits das Weite, brachte den Hexenstein zwischen sich und den Geschorenen auf dem Maultier, hastete jenseits des Dolmen auf die Ohe zu und sodann am Ufer entlang bachaufwärts.

»Nie wieder läßt du dich hier sehen; Hure, du!« vernahm sie noch einmal die gellende Stimme des Dominikaners; das gemeine Schimpfwort traf sie mental wie ein Hieb.

Sie strauchelte, ihr Fuß verfing sich in einer Erdkerbe und knickte um; etwas Scharfes ritzte ihr das Fleisch am Knöchel. Mit einem Wehlaut ging die Neunzehnjährige in die Knie, sah plötzlich das Blut quellen – und über den kleinen, pechfarbenen Gegenstand mit den scharfen Kanten sickern.

Die Erinnerung an das, was der Großknecht auf dem Prämbl-Hof zu raunen pflegte, blitzte heran: Daß es vermaledeite höllenschwarze Scherben im Alten Grund gebe! Hexenkot oder Dämonenzähne; vor Urzeiten dort ausgesät und aufgrund eines bösen Wunders versteinert! Wieder schrie Afra unterdrückt auf; schleuderte das Relikt – egal ob heidnisch oder vielleicht auch nur von den Zigeunern vergessen – weg, als wäre es eine bissige Ratte. Mit dem nächsten Herzschlag floh sie in panischer Hast weiter; trotz der nadelnden Schmerzen, die sich immer tiefer in ihren Knöchel zu nagen schienen.

Der Mönch, dessen Reittier jetzt störrisch zwischen den Schäfern und der rennenden Magd stampfte, wartete ab, bis die Schwarzhaarige hinter den Erlen verschwunden war. Erst dann drohte er noch einmal den Hirten, lateinisch diesmal; gebrauchte im selben Moment brutal die Reitgerte gegen die vierbeinige Kreatur. Grohnend und das gelbe Gebiß bleckend, kanterte das Maultier oheabwärts davon.

Mit geballten Fäusten starrte Lorenz dem Kleriker nach; mit stumm mahlenden Kiefersträngen Franz. Endlich tauschten die beiden Brüder einen trotzigen Blick und schickten sich an, ihr erstes Lager auf dem neuen Weidegrund einzurichten.

*

Der Dominikaner wiederum hetzte dahin wie gepeitscht; erst eine Viertelmeile weiter, dort wo der von Röhrnbach kommende Weg die Niederung kreuzte, zog er die Zügel an und bog nach rechts ab: die Hangflanke hinauf Richtung Perlesreuth. Und während das Maultier nun schwitzend gegen die Steigung ankämpfte, räderten im Schädel des Geschorenen unentwegt die heimlichen Obsessionen.

Beileibe nicht nur mit den widerborstigen Schäfern und der vermeintlich schandbaren Dirne hatten sie zu tun, sondern ebenso mit dem hinfälligen Pfarrer von Ringolay und der gut gespickten Pfründe dort. Dann wieder kreiste das besessene Denken des Mönches um gewisse Gerüchte, die ihm schon über den Schmalztobel zu Ohren gekommen waren: die Haindlmühle spielte eine Rolle dabei; auch wieder das Abscheuliche, das sich erst kürzlich im Alten Grund zugetragen haben sollte. Zwar hatte der in seinem Glauben neuerdings so seltsam wankelmütig wirkende Dorfpriester sich verschlossen gezeigt, hatte sich nur am Rande ansprechen lassen auf diese Ereignisse, doch gerade das schien ein Zeichen dafür zu sein, daß der Teufel um so grauenhafter in den Weinberg des Herrn geschissen hatte.

»Aber ich werde den satanischen Pfuhl ausmisten!« schwor sich zähneknirschend der Dominikaner, als das Maultier die Steigung des Karrenweges endlich überwunden hatte und in der Ferne jetzt über dem Mauerkranz und den Häusergiebeln die Zinnen der Fronfeste von Perlesreuth auftauchten; der zwiebelgekrönte Kirchturm dazu. »Schon sehr bald wird es geschehen, sofern nur der Herrgott ein Einsehen hat und vorher das Seinige tut; ein Ende soll es dann haben mit dem Auswuchern des belialischen Giftes, das sonst die einzig wahre Religion abwürgen könnte!«

Wieder gebrauchte der Mönch die Dornengerte gegen die vierbeinige Kreatur; ausschlagend preschte das Reittier davon und wurde nicht mehr langsamer, bis der fürstbischöfliche Marktflecken erreicht war.

*

Der Gott, den der Hagere mit den stechenden Augen angerufen hatte, schien jedoch zu zögern; schien, zumindest vorerst noch, andere Absichten zu haben.

Schon wenige Tage nach dem ersten Auftauchen des Geschorenen im Alten Grund hatten die beiden Hirten den

Bau ihres ungewöhnlichen Unterschlupfes dort vollendet. Das Runde Häusl, wie es bald auch von der ringsum ansässigen Bevölkerung genannt wurde, stand nun wetterfest und gedrungen am Rand des Erlenstreifens an der Ohe; sandte wie zum Hohn für die Abergläubischen jede Abenddämmerung seinen rauchigen Gruß über den verstrüppten Talboden hin. Die Hirten fühlten sich wohl am Feuer beim großen Stein unterm fichtenbärtigen Dach, und auch ihre Herde störte sich nicht am Ruf des Platzes. Die Tiere ästen friedlich und gediehen sichtlich dabei; auch sandte der Leibhaftige offenbar keine Wölfe oder anderes Raubzeug, wie so mancher Bigotte auf den Weilern und Einöden im Umkreis prophezeit hatte.

Trotzdem hetzte der Dominikaner, wann immer er mit dem greisen Pfarrer von Ringolay im Auftrag der Kirchenoberen konzelebriert hatte, unbeirrt weiter gegen das in seinen Augen so sündige Treiben in der Nähe von Wittersitt. Wieder und wieder bekniete er den alten Priester, noch entschlossener als damals im vergangenen Sommer gegen das vermeintlich Böse einzuschreiten.

»Die Zwielichtigen und Halbwilden dort treiben es um so unverschämter, je länger man es ihnen durchgehen läßt!« pflegte er zu insistieren. »Ein Fehler war es, daß der Vogt von Perlesreuth trotz meiner eindringlichen Vorstellungen nicht durchgegriffen hat! Denn auf diese Weise hat der Ungehorsam, der von dem verfluchten Ort ausgeht, Oberwasser bekommen! Man hört, diese Thurmannsbanger Heiden spotten jetzt schon ganz offen über die Religion, wenn sie im Schutz der Dunkelheit mit Gleichgesinnten ihre bösen Werke treiben! Auch sollen sich in gewissen besonders finsteren Nächten verworfene Weibsbilder bei ihnen aufhalten; vom Schwarzen besessene Unzüchtige, die von weit her gerannt kommen...«

Der Spätherbst und dann der Winter gingen über diesem Wühlen des Mönches hin. Doch stets, wenn der Dominikaner ihn aufzustacheln versuchte, schienen in der Seele des alten Dorfpriesters noch einmal die fast schon erloschenen Lebensgeister zu erwachen. Kämpferisch beinahe, wenn auch mit immer schwächerer Stimme und von Mal zu Mal mühsamer, erwiderte er dann: »Einmal habe ich es getan und habe dabei plötzlich das Böse in den Gesichtern meiner eigenen Schutzbefohlenen gesehen... Seither kann ich nicht mehr glauben, daß die Religion mit Hilfe der Strenge den Sieg erringt... Auch habe ich damals den Platz mit geweihtem Wasser besprengt; seitdem ist gewiß nichts Schlimmes mehr vorgekommen dort... Die Hirten tun doch nichts anderes als das, was auch unser Herr Jesus tat; sie weiden ihre Schafe... So müßt Ihr es sehen, Bruder: mit Milde... Denn anders kann der Friede im Schmalztobel nicht gewahrt bleiben...«

Der Dominikaner indessen blieb bei seinen verstockten Forderungen; blieb dabei den ganzen Winter hindurch, ebenso im zeitigen Frühling des Jahres 1701. Trieb in diesen Monaten, wenn er von Perlesreuth kam oder dorthin zurückkehrte, sein schmutzfarbenes Maultier drohend und so nahe wie möglich am Alten Grund vorüber. Oder zügelte es dort und ging einmal mehr die Schäfer und deren gelegentliche Besucher an; versuchte sie mit seinen besessenen Tiraden einzuschüchtern. Doch die Thurmannsbanger, welche einmal gegen ihn gesiegt und deswegen wenigstens einen Teil ihrer Furcht vor ihm und seiner Kutte verloren hatten, beharrten darauf, daß sie das Weiderecht im Tal der Ohe vom Verwalter des Fürstbischofs persönlich erhalten hätten; mit Brief und Siegel sogar. Und einmal mehr mußte der Geschorene dann unverrichteter Dinge abziehen.

Im späten März allerdings, als in den niedrigeren Lagen der Berge bereits wieder das junge Gras zu sprießen begann, waren Franz und Lorenz samt ihrer Herde von einem Tag auf den anderen aus eigenem Antrieb verschwunden. Nur das Runde Häusl – zu fest gebaut, als daß sie es hätten einreißen wollen – blieb im Alten Grund zurück.

Außerdem in Neidberg eine schwarzhaarige Mitterdirn, die sich jetzt plötzlich wieder sehr einsam fühlte, obwohl der Blonde sie zum Abschied getröstet hatte: »Wir kommen ja im nächsten Herbst wieder! Kein Hirte läßt einen so guten Platz ungenutzt liegen; auch der Vogt will's so haben!« Dennoch litt Afra unter der Vorstellung, daß sie nun sehr lange wieder nur die Einsamkeit im Alten Grund vorfinden würde, falls es sie gelegentlich doch wieder dorthin ziehen sollte.

Ebenso quälte sich aber insgeheim auch der Dominikaner. Denn obwohl er seine vermeintlichen Widersacher jetzt nicht mehr zu sehen brauchte, wenn sein Maultier die Ohe-Niederung passierte, hatte er trotzdem keinen wirklichen Sieg errungen. Vielmehr hatte der von seiner Seite so obsessiv geführte Kampf quasi unentschieden geendet, und dies peinigte ihn.

Doch dann, in der Aprilmitte, schien der Gott, dem er sich verschworen hatte, wider Erwarten doch noch ein Einsehen zu haben. Der alte Priester von Ringolay, der den Hexenstein in seinen letzten Lebensmonaten so entschlossen geschützt hatte, verstarb, jäh vom Mittagstisch weg, unter entsetzlichen Schmerzen.

»Etwas von einem eiskalten Dolch hat er gekeucht, wie es ihn gepackt hat!« verbreitete die Köchin im Dorf. »Gewimmert hat er gleich darauf, daß ihn tief drinnen im Herzen etwas zerfleische und zerkralle; daß es sei, als ob Teufelszähne dort wüteten! Und dann hat er bloß noch einen grauenhaften gurgelnden Schrei getan und war hin!«

Der Mönch, als er dies und wenig später das immer abgründiger werdende Raunen der Abergläubischen hörte, triumphierte. Ganz offensichtlich hatte der Alte die Strafe für seinen Verrat am katholischen Glauben bekommen. Und deswegen, so schwor der Dominikaner sich, müsse er selbst den Kampf jetzt um so entschlossener aufnehmen; den Kampf, zu dem er sich wie kein anderer berufen fühlte...

5 DER MÖNCH

April bis Juni 1701

»Ich habe gesündigt! Ich war schwach im Glauben und habe deswegen dem Bösen nicht mit allen Kräften widerstanden! Ungleich entschlossener hätte ich auf den verstorbenen Pfarrherrn von Ringolay einwirken müssen, nachdem der göttliche Wille mich an seine Seite gestellt hatte! Das Teuflische hätte dann schon vor Monaten ausgetilgt werden können drüben im Schmalztobel! Weil ich darin gefehlt habe, bitte ich unseren Erlöser Jesus Christus und dich, Bruder, als seinen Priester auf Erden um die Absolution…«

Der hagere Dominikaner kniete im Beichtstuhl der Perlesreuther Kirche; umklammerte nun die Beine des anderen Klerikers, der mit verhülltem Haupt auf der schmalen Bank vor ihm thronte. »Sprich mich frei von meinen Sünden!« setzte er wie außer sich noch einmal an. »Denn ich schwöre, daß ich den Fehler, den ich begangen habe, wieder gutmachen werde! Dies aber ist mir nur möglich, wenn ich mich in der Gnade des Herrn befinde…«

»Gerade du, Corbinian Wenkh, einer Seiner eifrigsten Diener im ganzen Fürstbistum, zweifelst daran?« Die Stimme des Perlesreuther Pfarrers klang erstaunt. »In der hiesigen Fronfeste, wo du nun schon seit drei Jahren deinen Dienst als Kaplan versiehst, hältst du die Mitglieder der Vogtei in allerstrengster geistlicher Zucht. Und auch als Konzelebrant des Verblichenen hast du doch gute Arbeit geleistet, hast mutig für die einzig wahre Religion gestritten. Was also hättest du dir vorzuwerfen, Pater?« Der Vermummte machte eine Handbewegung, um einen Einwand des Mönches abzuschneiden; setzte dann, nach kurzem Zögern, hinzu: »Manchmal habe ich eher den Eindruck, du seist im Dienst unseres Erlösers allzu eifrig; denkst, daß die

Kerze deines Glaubensmutes gleichzeitig an beiden Enden brennen müsse...«

»So und nicht anders erwarben sich die Heiligen den Lohn des Himmels!« brach es aus dem Knieenden heraus, wobei die hagere Gestalt sich kämpferisch reckte. Im nächsten Moment jedoch nahm Corbinian Wenkh neuerlich die demütige Kauerhaltung ein und flüsterte zerknirscht:»Vergib mir die Sünde der Hoffart, Bruder, und erteile mir auch dafür die Absolution!«

»Ich weiß nicht, ob es hoffärtig war, was du sagtest«, murmelte der Vermummte. »Vielleicht bräuchtest du statt meiner den Fürstbischof als Beichtiger...« Wieder besann er sich, schien noch etwas hinzufügen zu wollen, schlug letztlich aber nur hastig das Kreuz über der Tonsur des anderen und sprach danach die Formel: »Ego te absolvo!«

»Deo gratias!« Der theologische Dank des Dominikaners kam eine Spur zu schnell; hastig beinahe. Und nun, da der Mönch sich erhob, erschrak der Pfarrherr über den plötzlich sehr selbstgerechten und fanatischen Ausdruck in den fast schwarzen Augen des Geschorenen; jenen Abgründen, denen der kontrastierende, goldfarben geflammte Pupillenrand etwas Raubtierartiges gab. Auch die Bewegungen, mit denen Corbinian Wenkh jetzt dreifach das Kreuz schlug, wirkten ein wenig zu sprungartig; wieder fragte sich der Beichtiger, welch ein Mensch dieser Hagere, den er seit Jahren so gut wie täglich sah und dennoch nicht kannte, eigentlich war. Aber er fand, wie stets, keine Antwort; konnte dem Dominikaner nur irritiert nachstarren, als der jetzt das düstere Kirchenschiff durchquerte, sich wiederum wie abgezirkelt vor dem Hochaltar verbeugte und zuletzt durch das spitzförmig zulaufende Portal des Sakralbaues verschwand.

*

Was ist es, das mich hetzt und treibt?! Das mich zuzeiten innerlich zerfressen will mit diesem eiskalten Feuer, das dennoch heißer ist als jede Glut?! Wie lautet der Name dessen, der diese Qualen zutiefst in meiner Seele schürt?! Lautet er Gott, oder…«

Geschockt von dem, was ihm blasphemisch haarscharf am Denken vorbeigeschossen war, schrak der Mönch aus seinem gequälten Sinnen auf. Als hätte er sich in einen völlig fremden, nie zuvor betretenen Raum verirrt, musterte er die Einrichtung der frostigen Zelle, in der er sich befand: das Betpult, die Bettpritsche, die grob gehobelte Truhe; darüber, an der gekalkten Mauer, das übermannsgroße Kruzifix. Erst dort, am blutüberströmten Korpus des Gekreuzigten, fand sein Blick Halt. Der Dominikaner vermochte sich wieder in der Realität zu orientieren und begriff, daß er in seinem Quartier in der Fronfeste von Perlesreuth kniete: der uralten Zwingburg, welche die Macht des Fürstbischofs repräsentierte.

Doch mit dem gleichen Herzschlag, da er an diesen Unnahbaren dachte: an den Gesichtslosen, der im reichen Land zu Füßen des Waldgebirges residierte; dort, wo sich die drei Flüsse vereinigten und hoch auf dem Felsenrücken darüber die Festung thronte – in diesem gleichen Augenblick, da er jene Bilder zu sehen glaubte, verwich ihm die Realität erneut, und wieder stürzte er ab in das eisige, quälende Brennen.

Aber nicht länger nach dem Göttlichen – oder dem anderen – fragte diese stimmlose Stimme tief in seinem Inneren jetzt; vielmehr wühlte sie nunmehr sein allertiefstes und schauerlichstes Geheimnis auf: das um seine Herkunft.

Er sah sich wieder in jenem kleineren, ummauerten Ort, der einige Meilen östlich der Bischofsstadt am Ufer der Donau lag. Graublau sah er den Strom entlang des Pappelgürtels bei der Bootslände fließen; sah weiter drüben die dicht beforsteten Hangbuckel den Himmel verschatten. Aber auch im Ort selbst waren sie überall, diese riesigen und bedrohlichen Schatten: der Kirchenklotz mit den lauernden

Fensterschlitzen und den von auswuchernden Wappen oder gefährlichen Tierbildnissen gezeichneten Grabplatten in der Mauer; die steinernen, weit in die Tiefe gewölbten Torbögen der Kontorhäuser; die engen Gassen, in die kaum je ein Lichtstrahl fiel; dazu das Jagdschloß im Hintergrund, dessen Türme mit den wuchtigen Zwiebelhauben wie Keulen wirkten: ein Keulenwald, seinerseits wieder von blauschwarzen Baumwipfeln gerahmt und abgegrenzt.

Ganz am Rand dieser beklemmenden Welt, von der Wehrmauer und dem stinkenden Gerberbach gezwängt, lag das Armenviertel: die Wohnhöhlen der Tagelöhner und Siechen, der entweder randalierenden oder zittrig um Fusel bettelnden Säufer, der mittellos gewordenen Witwen dazu. Und inmitten dieses Miasmas die beiden feuchten Kammern der ledigen Wenkhin, die ihren Bastard so rätselhaft empfangen und dann unter Verwünschungen geworfen hatte: ihn, den verachteten Bankert, der trotz allem auf den achtbaren Namen Corbinian getauft worden war.

Jetzt, im zwanghaften Eintauchen in seine frühesten Erinnerungen, spürte der knapp dreißigjährige Mönch selbst den Geruch der Zurücksetzung und des Mangels wieder in den Nüstern; jenen schalen Dunst, der aus dem schimmeligen Mauerwerk drang, ebenso aus den bis zur Fadenscheinigkeit abgetragenen Kleidern und den Töpfen auf der Feuerstelle, deren Mief nach ausgekochtem Kohl niemals weggescheuert werden konnte. Schon anstelle der Muttermilch schien der Säugling diesen abstoßenden Brodem eingesaugt zu haben; später hatte der Geruch der Armut sein Aufwachsen wie ein klebriges Hemmnis begleitet. Stets war das so gewesen; auch an dem Tag, da er zum ersten Mal gefragt hatte, warum andere wohlhabend seien, die Mutter und er selbst aber so bedürftig?

Eine Antwort freilich hatte er nicht bekommen; nur die Tränen waren plötzlich über das Antlitz jener gelaufen, mit der er allein in den höhlenartigen Kammern lebte. Über jenes

Antlitz, das so ganz anders wirkte als die Gesichter der sonst im Armenviertel hausenden Vetteln. Immer noch füllig und von bläulich schimmerndem Schwarz war das Haar seiner Mutter; erregend kontrastierten die Augen damit: blau wie die Veilchen, die am Ende der Gasse zwischen den Trümmern eines Ruinengrundstücks wuchsen. Und wenn die während der folgenden Jahre nun rasch alternde Wenkhin in schwachen Stunden davon flüsterte, daß sie in ihrer Jugend auch einmal bessere Zeiten gesehen habe, glaubte Corbinian ihr. Es mußte ganz einfach so gewesen sein: wegen dieser Augen, die nicht in die verrufene Umgebung passen wollten.

Aber auch als Zehn- und Elfjähriger bekam er keine befriedigenden Antworten auf seine Fragen; dann nicht, wenn er mehr von diesen besseren Zeiten wissen wollte; ebensowenig, wenn er bohrte, um zu erfahren, wo eigentlich sein Vater geblieben sei. Neuerlich nichts als die Tränen und der verbissene Ausdruck um den Mund der Mutter: ein unbegreifliches Schweigen, das die Not und das Ausgestoßensein noch um ein Vielfaches verstärkte.

Zuletzt aber, in seinem zwölften Lebensjahr, der fundamentale Schock und gleichzeitig das Wunder! Der Schock, als er an diesem Wintermorgen neben dem Leichnam erwachte, dessen violett verzerrtes Antlitz ihm trotz aller Vertrautheit jetzt dennoch unendlich fremd erschien. Und das Wunder, als drei Tage später, gleich nach der Beisetzung des billigen Sarges nahe der Friedhofsmauer, der Priester zu ihm kam und ihn, den verachteten und verwaisten Corbinian Wenkh, nach kurzem Examinieren mit sich nahm. Weil es, wie der Kleriker gesagt hatte, die Pflicht der Kirche sei, sich ganz besonders um die Mühseligen und Beladenen zu kümmern.

Der Halbwüchsige verstand die Welt jetzt überhaupt nicht mehr, doch das war auch nicht nötig. Es genügte, daß er in der vermieften Wohnhöhle sein Bündel schnüren konnte; daß er sodann fürs erste im Pfarrhof aufgenommen wurde: hinter den Mauern jener Welt, von der in der Gasse stets nur ehrfürchtig oder auch beklommen geflüstert worden war. Jetzt, ganz plötzlich, war der Zwölfjährige zu einem winzigen Teil jener kalten und dennoch irgendwie bergenden Fremdartigkeit geworden; in der folgenden Woche dann brachte ihn der Priester in ein noch feudaleres Gebäude: ins bischöfliche Jagdschloß.

Dort nahm sich ein anderer, ihm völlig unbekannter Kleriker seiner an; einer in einem schlichten, ebenholzschwarzen Gewand, das aufgrund der blendend weißen, raffiniert gefältelten Halskrause dennoch sehr vornehm wirkte. Der befragte ihn noch einmal und betrachtete ihn zwischendurch immer wieder mit dünnen Lippen und wie verstörten Augen; entschied endlich: »Dank der Großherzigkeit der heiligen Mutter Kirche sollst du in ein Kloster gebracht und später vielleicht in den Orden aufgenommen werden!«

Die Kutsche dann, sehr früh am folgenden Tag, und in der Kehle des Jungen das mühsam zurückgepreßte Heulen, als der ummauerte Flecken an der Donau hinter dem Schleier der Winternebel verschwand. Scheinbar endlos die Fahrt: zuerst Meile um Meile stromabwärts, dann auf einem Serpentinenweg über die nördliche Talflanke in die bis zum Horizont sich erstreckenden Bergwälder hinein. Und für weitere Stunden das Rütteln und der Frost in dem lederbezogenen Wagenkasten, bis zuletzt die Abtei auftauchte. Als der Zwölfjährige bei der Ankunft verstört fragte, ob man ihn denn in ein fremdes Land gebracht habe, erntete er ein spöttisches Lachen des Kutschers und bekam die Antwort: »Bist immer noch im fürstbischöflichen Herrschaftsgebiet; könntest noch einmal tagelang weiterfahren, ehe es enden würde...«

Dennoch befand Corbinian Wenkh sich auf unbekanntem Territorium und bekam dies während der ersten Zeit seines blutjungen Novizentums sehr oft und sehr schmerzhaft zu spüren. Als Jüngster unter den anderen Zöglingen war er der Prügelknabe; seine anrüchige Herkunft kam hinzu. Gerade weil er im Armenviertel so mühselig und beladen gelebt hatte, hatten die Mönche offenbar ein besonderes Interesse daran, ihn zu biegen und neu zu formen; ihn in christlicher Demut zu schulen, wie sie ihm zwischen den Rutenstreichen und den sonstigen harten Lektionen steckten.

Dem Zwölfjährigen – da er intelligent war, erkannte er es bald – blieb nur die Wahl zwischen Zerbrochenwerden und Anpassung. Und weil er noch vor kurzem zum Abschaum gezählt hatte, war es beinahe natürlich für ihn, daß er sich, wenn auch leidend, durchbeißen wollte, um nunmehr nach oben zu kommen. Also klammerte er sich an diese Vorstellung mit allen Fasern, wurde demütig über die Maßen und dickfellig dazu; tauschte auf diese Weise allmählich die Rolle mit den anderen Zöglingen: schob sich im Seminar von der hintersten Bank immer weiter nach vorne. Und machte dadurch die Oberen auf sich aufmerksam, die in ihm nun genau jenes Material erkannten, aus dem die Domini Canes, die Hunde des Herrn, geformt werden wollten.

Von da an wurde das Leben im Kloster durchaus erträglich für ihn. An die Stelle des Gescheuchtwerdens und der Pönitenzen trat nun das ernsthafte Studieren; das Eindringen in das unverrückbare und damit zutiefst beschützende Weltbild der Scholastik. Als er erst einmal gespürt hatte, welch zweifelsfreien Halt im Leben und in der kirchlichen Hierarchie diese Gedankengebäude vermittelten, nahm er die Dogmen und Sentenzen in beinahe manischer Kritiklosigkeit an; erwarb sich so weitere Meriten. Galt nun als einer der vielversprechendsten Novizen und bekam, nachdem er das halbe Habit mit dem vollständigen vertauscht hatte und Mönch geworden war, seine ersten klerikalen Aufgaben übertragen. Stand jetzt seinerseits den Zöglingen als Zuchtmeister vor; bildete sich gleichzeitig wie besessen weiter. Vertiefte sein Wissen um die Lehren des Augustinus, des Thomas Aquinus und vor allem die des Dominikus selbst: des ersten und heiligsten Inquisitors, wie seine Mentoren ihm gesagt hatten.

Kaum war der nunmehrige Pater Corbinian Wenkh in sein drittes Lebensjahrzehnt eingetreten, betraute der Abt des Klosters ihn mit einer ersten eigenverantwortlichen Aufgabe. Als Prediger gegen das hie und da auch in den Donauländern immer noch aufflackernde protestantische Ketzertum zog er an den Ufern des großen Stromes entlang; brachte die fürstbischöflichen Untertanen zum Reden, las den Zweifelnden die Leviten und gab diejenigen, die auch dann nicht zu Kreuze kriechen wollten, heimlich bei der Obrigkeit an. Nachdem er sich auf diese Weise den Ruf eines aufrechten Glaubenskämpfers erworben hatte, war im Frühling 1698 die Berufung ins bayerisch-böhmische Waldgebirge erfolgt: als Kaplan auf die Fronfeste von Perlesreuth zunächst, kürzlich zudem als kommissarischer Nachfolger des verstorbenen Kuraten von Ringolay.

»Ein Sprungbrett zu noch höheren Weihen könnte das Amt an der Grenze des Fürstbistums sein!« hatte ihm der Abt des Mutterklosters drei Jahre zuvor gesagt. Und der Mönch hatte ihm und sich selbst geschworen, die Chance – um des alleinseligmachenden katholischen Glaubens und des Triumphes der heiligen Mutter Kirche willen – mit allen Kräften zu nutzen.

Jetzt freilich, als er rändig aus seinem langen Sinnen hochschreckte und sich verwirrt in der asketischen Realität seiner Zelle wiederfand, sprang ihn erneut der quälende Zweifel an: diese stimmlose Stimme tief in seinem Inneren, die sich zumeist dann vernehmen ließ, wenn er den Glauben allzu konsequent zur Rechtfertigung seines allertiefsten Antriebs heranzuziehen versuchte.

Denn dann – und auch jetzt wieder – sah er plötzlich nicht mehr das Bild eines Dienenden und Demütigen vor sich; vielmehr sah er sich selbst jenen gewaltigen Burgberg über dem Zusammenfluß der drei Ströme erklimmen und dort all die Hindernisse überwinden, bis er endlich im selben Gemach wie derjenige stand, der für ihn während solcher Obsessionen stets nur wie ein dunkler, gesichtloser Schatten war. Doch irgendwann, wieder und wieder schwor er es sich in seinen Wach- oder Alpträumen, würde sich dieser Schatten umformen zu einem Antlitz, und die Augen darin würden ihn erkennen: ihn, Corbinian Wenkh, der erst damit in letzter Konsequenz jenen Pfuhl hinter sich gelassen hätte, in den eine finstere Macht ihn geschleudert hatte: jenen Sumpf der Armut und des Verachtetseins, den er als vaterloses Kind so zu hassen gelernt hatte.

Mit einem unterdrückten Schrei kam der Dominikaner jetzt völlig wieder zu sich. »Vater, vergib mir!« keuchte er. »Vergib mir, wenn ich an dir gezweifelt habe! Ich weiß ja, ich bin ein Sünder und deiner nicht wert…« Und dann uferte dieses dunkle Bekenntnis, dessen Sinn er selbst nicht völlig begriff, in einen wilden Gebetssturm aus: in ein fanatisches Ringen mit dem göttlichen – oder auch anderen – Wesen, das über Stunden hinweg kein Ende nehmen wollte.

*

»All dies ist nun in meine geistliche Obhut gegeben!« Corbinian Wenkh, und diesmal quälten ihn keinerlei Glaubenszweifel, flüsterte den Satz fast triumphierend, als er wenige Tage später einmal mehr durch den Schmalztobel ritt.

Zwar führe ich bis jetzt die Gemeinde nur kommissarisch, überlegte er weiter; erfülle ich aber meine Aufgabe gut, dann könnte aus dem jetzigen Provisorium der halben Woche auf der Ringolayer Pfründe sehr wohl etwas Festes werden. Erst als ihm durch den Kopf schoß, daß auch dies noch längst nicht das Ende seiner Karriere sein mußte, erschrak er wiederum; peitschte mit dem nächsten Lidschlag das Maultier zu schnellem Trab. Dennoch blieb das beklemmende Gefühl, bis er hinter der nächsten Wegbiegung den Hof erspähte, den er visitieren wollte.

Jeden Weiler und jede Einöde im Umkreis von Ringolay inspizierte der Mönch in dieser und den folgenden Wochen. Ganz wie er es einst an der Donau gelernt hatte, fühlte er den Bauern und dem Gesinde auf den Zahn, versuchte die Spreu vom Weizen zu trennen; brachte die Lauen, wenn sie auch nur ein wenig vom Gift des Zweifels angekränkelt zu sein schienen, durch Drohungen wieder zur Räson. Die Bigotten begrüßten solchen Glaubenseifer, andere wieder begannen den Dominikaner insgeheim zu hassen; in jedem Fall ging ihm schon bald der Ruf voraus, ein Gottesknecht von ganz besonders scharfer Art zu sein. Wie scharf, stellte sich heraus, als er in der Maimitte auch in Neidberg auftauchte.

Der Reiter auf dem schmutzfarbenen Maultier erschien zur Mittagsstunde auf dem Prämbl-Hof. Ehe die vespernden Bauersleute und das Gesinde sichs versahen, stand der Mönch bereits in der Küchenstube, musterte den Inhalt der hölzernen Schüssel in der Mitte des Tisches und belferte sofort los: »Knödel in der Fleischbrühe an einem ganz gewöhnlichen Wochentag! Ich glaube, der Herr hat mich auf ein Anwesen geführt, auf dem die Sünde der Hoffart daheim ist!«

Gregory Prämbl, der als einziger ein faustgroßes eingesurtes Stück auf dem Teller hatte, verschluckte sich erschrocken. Die Bäuerin, hektisch errötend, entschuldigte sich: »Es ist doch nur, weil der Bauer den ganzen Morgen so hart im Holz gearbeitet hat; weil er halt die Kraft braucht...«

»Still!« Eine herrische Geste begleitete den Befehl des Klerikers. Aber seine Aufmerksamkeit dabei galt nicht mehr der Theres; vielmehr fixierten die fast schwarzen Augen jetzt die Mitterdirn, die sich weiter unten am Tisch über ihren Teller duckte. Und dann, nachdem sich über seiner Nasenwurzel eine steile Falte ausgebildet hatte, setzte der Dominikaner hinzu: »Du da! Dich kenne ich doch! Hast dich im vorigen Herbst an einem unheiligen Ort herumgetrieben!«

»Ich... versteh' nicht...« stotterte Afra.

»So?! Dann will ich dir auf die Sprünge helfen!« raunzte der Mönch. »Beim Hexenstein, drüben bei Wittersitt, warst du! Zusammen mit den aufsässigen Hirten, die damals meine Vorhaltungen in den Wind geschlagen haben!«

»Davon weiß ich nichts! Weiß nur, daß die Schäfer den Befehl vom Perlesreuther Vogt hatten, ihre Herde im Alten Grund an der Ohe zu weiden!« Die Stimme der Mitterdirn klang jetzt fester. »Und wenn der Vogt einem was anschafft, dann kann's nichts Böses sein...«

»Bist du wahnsinnig?! So mit einem geweihten Priester der Kirche zu reden?!« fuhr ihr jetzt plötzlich der Bauer über den Mund. Das Stück Surfleisch war wie durch Zauberei von seinem Teller verschwunden. »Willst du etwa behaupten, daß der hochwürdige Pater lügt?!« Unvermittelt brüllte Gregory Prämbl los: »Deine Schande hat er vielmehr an den Tag gebracht; Miststück, du! Und ich hab' keine Ahnung gehabt, daß du dich in der Gegend herumtreibst; mit wildfremden Hurenböcken noch dazu...«

»So etwas macht die Afra nicht«, versuchte die verschreckte Theres den abscheulichen Vorwurf abzudämpfen. »Ist ein armes Ding, unsere Mitterdirn; wollt' sich höchstens ein bißchen Gesellschaft suchen. Weil sie keine Angehörigen mehr hat, seit damals ihre Mutter so schnell verstorben ist; die Viehmagd Mariann Dickhin von der Haindlmühl'...«

Jäh flatterte die Kutte der Dominikaners. Unvermittelt stand er ganz nahe bei der Schwarzhaarigen; seine Stimme klang nun zischelnd: »So?! Auf der Haindlmühle warst du früher?! Und die Maria-Anna Dickhin war deine Mutter?!

Jetzt fügt sich eins zum anderen! Jetzt wird mir klar, warum du dich heimlich, ohne Wissen deines Dienstherrn, zu den verbotenen Orten schleichst! Weil es dir im Blut liegt! Weil auch die andere, die dich als Bankert geworfen hat, so eine war! Jawohl, sie haben es mir schon gesteckt, anderswo auf den Höfen, daß die einen ganz schlimmen Ruf hatte! Daß sie sich mit den finsteren Mächten eingelassen haben soll …«

»Nein! Das dulde ich nicht, daß Ihr so über meine Mutter redet!« brach es aus Afra heraus.

»So?! Verbieten willst du es mir?!« Die finsteren Augen des Mönches glühten. »Leistest also einem geweihten Priester Widerstand?! Weißt wohl nicht, daß allein das ein Zeichen dafür sein könnte, daß du dem einzig wahren Glauben abgeschworen hast …«

»Das hab' ich nicht!« Die Mitterdirn zitterte, als sie es herausschrie. »Ich … ich werd's Euch auf der Stelle beweisen, Hochwürden!« Mit den letzten Worten war sie aufgesprungen, rannte nun durch die Stube: hinüber zum Herrgottswinkel, wo unter dem Kruzifix der Weihwasserkessel hing. Riß dort den Wedel aus der Tonschale und spritzte sich die Flüssigkeit über Kopf und Körper; wieder und wieder, immer hektischer, bis die Bäuerin bei ihr war, ihr in den Arm fiel und sie beschwor: »Laß gut sein, Afra! Der Pater glaubt's dir ja eh schon, daß du keine solche bist, und wir anderen wissen's auch! Hättest ja längst verbrennen müssen durchs Weihwasserspritzen, wenn du wirklich eine Todsünderin wärst …«

Damit zog sie die nun krampfhaft schluchzende Mitterdirn zum Tisch zurück, wandte sich dort an den Dominikaner: »Ihr habt's selbst gesehen! Es ist nichts Böses an ihr! Nur daß sich manche Leut' die Mäuler über sie zerreißen, weil sie halt früher so ein armseliges Wurm gewesen ist …«

»Mag sein – oder auch nicht …« Der Mönch schien immerhin unschlüssig geworden zu sein; war vielleicht von dem überraschenden Ausbruch Afras auch unangenehmer berührt, als er zugeben wollte. Jedenfalls machte er jetzt keine Anstalten mehr, weiter in die Schwarzhaarige zu dringen; drohte ihr lediglich noch: »Auf jeden Fall werde ich von jetzt an ein ganz besonders strenges Auge auf dich haben!«

Dann wandte er sich brüsk von ihr und den anderen ab, kniete sich auf die feuchten Dielen unter dem Kruzifix und war im nächsten Moment wie erstarrt im Gebet versunken. Afra wiederum, als sie das Zeichen der Theres sah, schlich gleich einer geprügelten Hündin aus der Stube. Inbrünstig hoffte sie dabei, daß der fürchterliche Auftritt keine Folgen für sie haben würde.

*

Diese Hoffnung jedoch täuschte, wie sich während der folgenden Tage herausstellte. Zwar ließ sich der Kleriker in dieser Zeit nicht noch einmal auf dem Prämbl-Hof blicken; an seiner Stelle ging jedoch nun der Bauer bei jeder Gelegenheit auf die Mitterdirn los.

»Du bringst das Anwesen in einen dermaßen üblen Ruf, daß die Leute bald auf uns alle spucken werden!« schrie er die Schwarzhaarige mehrmals täglich an. »Ins Unglück treibst du uns! Das ist der Dank dafür, daß ich dir damals ein Dach über dem Kopf gegeben habe! Nie im Leben hätt' ich mich mit dir einlassen dürfen; gottverlassene Hur', du!«

Kein Wort hingegen von dem, was sich der Prämbl selbst in jenem Spätwinter des Jahres 1699 im nächtlichen Wald beim Bärenloch geleistet hatte; auch davon nicht, was wenige Monate später im Apfelgarten geschehen war. Diese eigenen – und konkreten – Verbrechen schien der Bauer völlig vergessen oder auch verdrängt zu haben; einzig die vermeintlichen Untaten seiner Mitterdirn trieben ihn um. Mehrmals war Afra deshalb versucht, ihm mit gleicher – oder sogar schwergewichtigerer – Münze heimzuzahlen; wagte es aber letztlich doch nicht. Sie spürte, daß er sofort brutal zugeschlagen hätte, wenn ihr auch nur die geringste Andeutung entschlüpft wäre. Notgedrungen fraß sie die ständigen Erniedrigungen also in sich hinein, flüchtete sich aber jetzt wieder so oft wie möglich auf den Nachbarhof: zur Kölblin.

Maria, die zum zweiten Mal unglücklich Verheiratete, war es schließlich auch, die der Magd des Gregory Prämbl den einzig gangbaren Ausweg aufzeigte. »Es nimmt kein gutes Ende, wenn du noch länger bei ihm bleibst!« sagte sie in der Junimitte zur Schwarzhaarigen, die heulend bei ihr in der Küche hockte. »Früher oder später passiert noch ein Unglück; ich seh's direkt kommen! Deswegen ist's besser, du schnürst dein Bündel und ziehst hier bei uns ein…«

Das Schluchzen Afras brach ab; ungläubig fragte sie: »Aber was würde dein Mann dazu sagen, der Veith?«

Wegwerfend erwiderte die Kölblin: »Wenn wir nur zusammenhelfen, dann muß er's hinnehmen. Zwei Frauen, die wissen, was sie wollen, sind allemal stärker als so ein Kerl. Und ich halt' zu dir; anders als drüben die Theres, die gegen den Gregory überhaupt nicht mehr aufzumucken wagt, seit der Pfaffe bei euch gewesen ist…«

»Du bist die einzige Freundin, die ich hab'…« Neuerlich begann die Neunzehnjährige zu schluchzen; flüchtete sich dabei in die Arme der älteren Frau mit den slawischen Gesichtszügen, die ihre Mutter hätte sein können. Die Kölblin streichelte ihr das ebenholzfarbene Haar, ließ sich viel Zeit dabei, sagte zuletzt leise: »Du ziehst zu mir, gell? Gleich heut' noch! Der Gregory wird eh froh sein, wenn er dich los hat. Und ich versprech' dir auch, daß es dir an nichts fehlen soll bei mir…«

Afra richtete sich auf, schneuzte sich und nickte. »Ich dank' dir, Maria! Und ich werd' deine Barmherzigkeit auch nicht ausnützen. Bis Lichtmeß ist's bloß noch wenig mehr als ein halbes Jahr, dann such' ich mir anderswo einen neuen Platz…«

»Darüber reden wir noch einmal, wenn's so weit ist«, versetzte aufgeräumt die Bäuerin. »Jetzt geh' ich mit dir hinüber zum Gregory, helf' dir beim Packen; dann kann er dir nichts mehr tun! Und dann feiern wir deinen Einstand auf dem Kölbl-Hof. Es paßt grad'; einen ganz besonders guten Maiwein hab' ich dieses Jahr angesetzt. Als ob ich's geahnt hätte, daß wir zwei ihn bald kosten würden ...«

Wenig später, der Prämbl-Bauer hatte ihre plötzliche Kündigung so leichthin akzeptiert, als hätte er sie längst erwartet, sah die Welt endlich wieder freundlicher für die Neunzehnjährige aus.

Die beiden Frauen saßen jetzt in der guten Stube des Anwesens; auf dem Tisch stand die rubinrot glühende böhmische Glasflasche mit dem Maiwein. Zuerst hatte sich Afra noch gewundert, daß es hier ein solch kostbares Kleinod gab, doch mittlerweile, weil der aromatische Trank dieses schwebende Hochgefühl in ihrem Gehirn erzeugte, zerbrach sie sich den Kopf nicht mehr deswegen. Vielmehr genoß sie jetzt die guten Worte und die gelegentlichen Berührungen Marias; fühlte sich auf beinahe erregende Weise geborgen, wenn die Hand der Freundin sie streichelte.

Gleichzeitig schien ihr auch der Lebensmut zurückgekehrt zu sein. Denn als die Kölblin sich nach dem dritten oder vierten Becher fast spöttisch erkundigte: »Wirst du jetzt wirklich dem Mönch gehorchen und das Runde Häusl meiden?«, erwiderte die Schwarzhaarige unter trotzigem Lachen: »Vom Pfaffen laß ich mir gar nichts verbieten! Im Herbst, wenn die Hirten zurück sind, wird er's schon merken ...«

Sommer bis Herbst 1701

Vorerst freilich gehörte der Alte Grund im Ohetal bei Wittersitt wieder der Natur – und dazu dem Dominikaner. Immer häufiger, seit er um Sonnwend die Vision erlebt hatte, suchte Corbinian Wenkh den verstrüppten Flecken Unland auf; vernachlässigte darüber sogar seine einst so besessen durchgeführten Inspektionsritte durch den Schmalztobel. Statt dessen trottete oder kanterte, während die Julisonne stach und dann die Augusthitze brütete, das Maultier zumindest einmal die Woche zum verrufenen Areal; stundenlang trieb der Mönch dann im Schatten des Runden Häusls sein seltsames Wesen.

Kauerte dort beim Hexenstein und schabte am Sockel des Dolmen, stocherte mit seinem Messer in die Fugen unter den ringsum liegenden Felsbuckeln. Sandte Stoßgebete zum Himmel, wenn die Klinge unerwartet auf Widerstand stieß; erbleichte dann oft mit zusammengepreßten Lippen, nachdem sich herausgestellt hatte, daß nichts weiter als ein Kiesel ihn genarrt hatte. Dann wieder umschritt der Pater den gesamten Platz mit exakt abgezirkelten Schritten; witterte, wo ein verfallener Rain sich einbog, mit geblähten Nüstern in die verschiedenen Himmelsrichtungen: peilte über den hageren Daumen nach Süd oder Nord. Riß sich womöglich gleich darauf die Finger an einem wild wuchernden Brombeerbusch blutig, stieß jedoch regelmäßig unter dem aus der Erde gefetzten Wurzelwerk neuerlich nur auf Würmer oder Steingrus; verharrte mit krummem Rücken und setzte seine scheinbar so irrwitzige Suche um so verbissener fort.

Dennoch lag ein Sinn in alldem; zumindest für den vom religiösen Wahn zuzeiten so gepeitschten Corbinian Wenkh. Nach jedem Fehlschlag schoß es ihm von neuem zwanghaft

fordernd durch den Schädel: Hatte er nach dem stundenlangen Flehen und Gottbeschwören in seiner Zelle zu Perlesreuth etwa nicht die Eingebung gehabt?! War ihm nicht
die glühende Aura zu Häupten des Gekreuzigten erschienen?! Hatte denn nicht die jenseitige und trotzdem so deutlich vernehmbare Stimme wie schmetternd zu ihm gesprochen?! Und dann, nachdem er sich diese rhetorischen Fragen gestellt hatte, unerschütterlich die Antwort: das trotzige
und oft genug laut herausgekeuchte »Doch!«

Wieder und wieder beteuerte er sich, daß er den überir-
dischen Befehl tatsächlich vernommen hatte und ihn deswegen nun auch mit allen seinen Kräften befolgen mußte!
Den Auftrag Christi, jenen verborgenen und abgründigen
Kern des verruchten Platzes ausfindig zu machen; den finsteren Dämon, der von dort aus das gesamte Tal vergiftete,
ans helle Tageslicht zu zerren und ihn sodann mit der schärf-
sten Waffe der Theologie zu vernichten!

Deswegen trieb es den Dominikaner all diese Wochen
hindurch so unwiderstehlich zum Alten Grund. Deswegen
vernachlässigte   er   seine   seelsorgerischen   Pflichten
anderswo dermaßen, daß die Lauen im Glauben allmählich
wieder aufzuatmen begannen. Deswegen nahm er es hin,
daß ihn die Köchin im Pfarrhof zu Ringolay immer verstör-
ter musterte; daß manche Lästerzungen im Kirchdorf bereits
munkelten, der Mönch, welcher in früheren Zeiten den Teufel so heftig bekämpft habe, sei jetzt, da er offensichtlich wie
ein unvernünftiges Tier im ungeweihten Boden scharre,
unter Umständen gar selbst dem Schwarzen verfallen.

Corbinian Wenkh indessen blieb standhaft in seinem
Gottvertrauen und damit in seinem befremdlichen Tun:
quälte sich, das Areal beim Runden Häusl immer tiefer auf-
wühlend, weiter und weiter hinein in seine Obsession – bis
in der Mitte des Erntemonats, am Tag nach Mariä Himmel-
fahrt, das Unerhörte geschah. Einmal mehr stieß das Messer
des Dominikaners zwischen Hexenstein und Bachufer auf

Widerstand; diesmal jedoch fand der Hagere nicht bloß Kiesel oder zersplitterten Steingrus in der von ihm so manisch gepflügten Erde, vielmehr legte die Klinge einen winzigen grünspänigen Fleck frei.

Der Mönch, nachdem er ein inbrünstiges Stoßgebet gen Himmel gesandt und sich blitzschnell dreimal bekreuzigt hatte, schabte vorsichtig weiter. Bald wurde klar, daß sich ein größerer metallischer Gegenstand dort unten befinden mußte: etwas, das zudem eine seltsam gerundete Form zu haben schien. Corbinian Wenkh, als er dies begriffen hatte, war versucht, jegliche Vorsicht fahren zu lassen; um ein Haar hätte er das satanische Relikt mit seinen ungeschützten Händen berührt. Aber im letzten Augenblick besann er sich, richtete sich hastig auf und rannte zu seinem Maultier, in dessen Satteltasche sich jene Werkzeuge befanden, die er jetzt mehr als alle profanen benötigte.

Erst nachdem der Dominikaner seinen eigroß aus dem Boden lugenden Fund mit dem Weihwasser besprengt und auf dem kleinen Erdhügel unmittelbar daneben das vom Fürstbischof höchstpersönlich gesegnete Kreuz aufgepflanzt hatte, wagte er es, erneut das Messer in die Hand zu nehmen. Lateinische Bannsprüche murmelnd, kratzte er weiter; legte Zoll um Zoll immer mehr Grünspäniges frei, bis das Relikt ganz aus dem Boden geschält war.

Mit angehaltenem Atem musterte Corbinian Wenkh es, wurde aber vorerst nicht schlau aus der so ungewöhnlich gewölbten und zudem mit trockener Erde verkrusteten Form. Vorsichtshalber bekreuzigte er sich neuerlich, siebenmal jetzt; erst dann schob er das Messer noch einmal unter den unheiligen Gegenstand und schleuderte ihn heraus auf die Grasnarbe. Im selben Moment geschah das Grauenhafte: Der Dominikaner, als die Erde sich vom stumpf schillernden Metall löste, erblickte den Dämon!

*

Simon Daickh, seines Zeichens Gastwirt und Viehhändler im Markt Perlesreuth, zudem Schöffe am bischöflichen Pfleggericht Fürsteneck, hörte den grausigen Schrei von der Ohe herübergellen. Erschrocken zügelte er die beiden Braunen, die den Wagen mit den hölzernen Steigen zogen. Die in den Verschlägen rumorenden Ferkel, die Daickh drüben im Böhmischen günstig erstanden hatte, stimmten ein protestierendes Lamento an. Der korpulente, etwa vierzigjährige Mann mit dem buschigen, rotblonden Schnauzbart achtete nicht darauf; spähte, während die Rösser jetzt unwillig stampften, angespannt zum Alten Grund hinüber. Erst als er dort die winzige schwarzweiße Gestalt erkannte, die offenbar von einem unsichtbaren Feind bedrängt wurde, ließ er plötzlich scharf die Peitsche knallen. Die Pferde bäumten sich halb, galoppierten dann mit zornigem Wiehern los.

*

Die Ausstrahlung des Dämons schien wie giftiger Schlangenseim auf der Haut des Dominikaners zu brennen. Das immaterielle Ätzen ging von dem mondsichelartigen Hörnerpaar aus, das die Fratze des Unterweltlichen überhöhte. Aber auch der Torso des Belialischen wirkte so abstoßend, daß der Mönch, während er verzweifelt focht, immer wieder vor Abscheu würgte. Denn der Leib dieses Teufelswesens war ganz ohne Zweifel weiblich. Abscheulich quollen die Brüste aus dem Korpus; noch abgründiger wirkte das molochisch geschlitzte Organ zwischen den Schenkeln. Von dort her, aber ebenso gräßlich von dem spitzen Gehörn schienen die unsichtbaren Klauen und Krallen nach Corbinian Wenkh zu greifen: schienen ihm den Atem abzuschnüren, während er, Beschwörungen ächzend, das Höllische mit Weihwasser bespritzte.

Wie besessen ließ der Dominikaner den Wedel peitschen; bemühte sich gleichzeitig, an das vom Bischof geweihte

Kreuz zu kommen, das noch immer im Erdhaufen steckte, um es als zusätzliches Schwert gegen den Dämon gebrauchen zu können. Doch eben, als er glaubte, es packen zu können, tobte in seinem Rücken ein derartiges Röhren, Poltern und Stampfen auf, daß er in seiner noch einmal übersteigerten Panik glaubte, das Herz müsse ihm zerspringen.

Gleichzeitig hörte er eine wie aus den Wolken herunterdonnernde Stimme:»Himmel, Arsch und Hagelsturm! Was führt Ihr Euch denn hier auf wie ein Wahnsinniger, Hochwürden?! Ich hatte schon gefürchtet, eine Natter hätte Euch gestochen, als ich Euch von ferne brüllen hörte und Euch wie besessen herumspringen sah! Und jetzt stellt sich heraus, daß Ihr mit Eurem Weihwasserwedel nichts weiter als unschuldige Mücken scheucht!«

Außer sich, den Dämon für den Augenblick vergessend, fuhr der Mönch herum. Starrte, über die schwitzenden Rösser hinweg, in das fassungslose Gesicht des Simon Daickh. Wie durch schwindende Nebel hindurch erkannte er schließlich den Perlesreuther, fing sich ein wenig und keuchte:»Von wegen Mücken! Siehst du sie denn nicht, die Ausgeburt der Hölle?! Da!«

Während er erneut den Wedel sprühen ließ und jetzt endlich auch das Kruzifix ergriff, stampfte sein Fuß hart neben die auf dem Boden liegende Figur; schleuderte einen Erdschauer darüber, zuckte im nächsten Moment wie verbrannt zurück.

»Was ist das?« Mit einem erstaunlich behenden Sprung war der beleibte Viehhändler vom Wagen herunter, bückte sich und wollte nach dem vom Grünspan überzogenen Gegenstand greifen. Doch der Dominikaner verwehrte es ihm mit beschwörend dazwischengehaltenem Kreuz; fauchte ihn dabei an:»Nicht! Außer du willst auf ewig in der Hölle brennen!« Und erneut ein Weihwassersprühen, dazu ein heulendes »Apage Satanas!«

»Ach so, Ihr meint, Ihr hättet einen Dämon oder gar den Teufel selbst hier im Alten Grund ausgegraben!« Die Mundwinkel des Simon Daickh zuckten. »Aber ich glaube nicht, daß es sich bei dem seltsamen Ding da um den Höllenfürsten in höchsteigener Person handelt. Hab' immer gehört, der Schwarze sei häutig und haarig, stinke auch grauenhaft nach Fürzen und Schwefel, und gerade daran könne man ihn unzweifelhaft erkennen. Das hier jedoch scheint mir aus einem ganz harmlosen Bronzeguß entstanden zu sein, und deswegen denke ich eher ...«

»Harmlos?! Bronzeguß?!« schnaubte der Mönch. »Ja, siehst du denn nicht die ganz abscheulichen belialischen Attribute?! Und dazu die giftgrüne Haut, wie bei einer Kröte?!

»Das Metall hat eben viele hundert Jahre unter der Erde gelegen«, beharrte der Viehhändler. »Deshalb hat sich der Grünspan drauf abgesetzt. Ist nicht das erste Mal, daß ich sowas sehe. Der Freiherr drüben im Böhmischen, von dessen Vogt ich die Ferkel da gekauft habe, verwahrt eine Menge solcher Sachen in seinem Schloß. Uralte Götzenbilder sind's; habe aber noch nie gehört, daß sie einem wirklich gefährlich geworden wären ...«

Mit diesen Worten bückte sich Simon Daickh und machte Anstalten, die kaum mehr als handgroße Bronze aufzuheben. Doch wieder fuhr das Kruzifix dazwischen, und der Dominikaner fistelte: »Nein, sage ich! Ich bin verantwortlich für dein Seelenheil und kann es nicht zulassen, daß du schnurstracks zur Hölle fährst, wenn du den Dämon berührst! Ohnehin hast du dich schon schwer genug versündigt durch das, was du eben von dir gegeben hast!«

»Na gut. Wenn's keiner anfassen darf, dann bleibt das Trumm eben hier liegen«, gab sich der Viehhändler scheinbar geschlagen.

Corbinian Wenkh zögerte, schüttelte dann den Kopf. »Auf keinen Fall darf dies geschehen! Der Dämon würde sonst blitzschnell das ganze Tal vergiften! Nach Ringolay müssen wir ihn bringen! In den Bannkreis der Kirche! Nur dort kann er unschädlich gemacht werden!«

»Aber wie denn, wenn ich ihn nicht berühren darf – und Ihr auch nicht, Hochwürden?« insistierte Daickh.

Der Blick des Dominikaners irrte gehetzt zwischen der Bronze und dem Wagen des Viehhändlers. Dann forderte er: »Los, hol mir eine von den Sausteigen herunter!«

»Eine ... was?!« Daickh schien endgültig am Verstand des Klerikers zu zweifeln. Doch als er das fanatische Glühen in den Augen des anderen bemerkte, gab er nach: »Also gut, auch wenn ich's beim besten Willen nicht begreife ...«

Als der Verschlag, aus dem es erneut frenetisch quiekte, auf der Erde stand, sandte der hagere Dominikaner ein langes lateinisches Gebet zum Himmel. Danach ging er in die Knie und näherte sich, in der einen Hand den Weihwasserwedel, in der anderen das Kreuz, Zoll um Zoll der bronzenen Plastik. Zuletzt, wobei ihm in hellen Tropfen der Schweiß ausbrach, klemmte er das vom Grünspan überzogene Idol blitzschnell zwischen seine beiden geistlichen Waffen – und schleuderte es durch die Latten der Steige zwischen die auseinanderfahrenden Ferkel.

Vor Erleichterung aufstöhnend, verkündete er danach: »Unser Herr Jesus Christus hat einst einen unreinen Geist in eine Schweineherde gebannt! Und auf dieselbe Weise werden auch wir den Dämon jetzt nach Ringolay schaffen können!«

*

Als das Fuhrwerk und der nebenher reitende, ununterbrochen seine Beschwörungen deklamierende Mönch den Ort erreichten, stand die Sonne bereits tief. In der Ferne, Perlesreuth zu, schien eine brodelnde, schwefelfarbene Wolkenwand ein Unwetter anzukündigen. Die besorgten Blicke der Dörfler wanderten immer wieder zum südöstlichen Firmament; die erst zu einem Teil eingebrachte Ernte im Schmalztobel war möglicherweise gefährdet. Doch Corbinian Wenkh nahm keinerlei Notiz von den Ängsten der Menschen; schrie sie vielmehr an: »Fort mit den Weibern und Kindern! Versteckt euch in den Häusern! Die Männer kommen auf der Stelle mit mir! Hinüber zum Schindanger!« Als er die verständnislosen Reaktionen bemerkte, setzte er hinzu: »Das Böse gilt es zu verbrennen! Das Belialische, das im Alten Grund aus der Erde gefahren ist! Das euch alle miteinander verschlingen könnte, wenn der geweihte Priester eures Herrn Jesus Christus nicht über euch wachen würde!«

Ein allgemeiner Tumult war die Folge. Während die Frauen mit ihren Bälgern kreischend flüchteten, scharten sich die Männer, hastig Feuermaterial und dazu irgendwelche Hieb- und Stichwaffen an sich reißend, um den Karren des kreidebleich gewordenen Simon Daickh. Jetzt wies der Dominikaner auf die kotverschmutzten Steigen mit den nun völlig außer Rand und Band geratenen Tieren und erklärte mit überschnappender Stimme: »Dort, zwischen den Säuen, lauert der Dämon! Aber er wird zurück zur Hölle fahren, sobald er den Ansprung der reinen Flammen verspürt!«

Die Dörfler, denen innerhalb weniger Augenblicke jegliche Ratio abhanden gekommen zu sein schien, pflichteten ihm mit frenetischem Gebrüll bei. Dutzende Hände griffen ins Zaumzeug der Rösser und in die Speichen des Wagens; wenig später hatte das Gefährt die Hütte des Abdeckers jenseits der hinteren Friedhofsmauer erreicht. Dort kulminierte das Irrationale in einer Szene, die sowohl barbarisch als auch zutiefst grotesk wirkte.

Unter dem verhaltenen Protest des Simon Daickh riß der Mönch den Verschlag auf, in den er zuvor das satanische Bildnis gebannt hatte; verstört flohen die Ferkel. Wiederum mit Hilfe seiner geistlichen Waffen, wobei er das Lateinische jetzt förmlich aus sich gellte, beförderte der Kleriker das abgründige Wesen ans schwindende Tageslicht. Schleuderte es sodann auf einen entsetzlich stinkenden Haufen von Eingeweiden, den der Abdecker an diesem Nachmittag in einer Grube deponiert hatte. Mit schreckgeweiteten Augen starrten die nächststehenden Dörfler auf die teils grünspänige, teils kotbesudelte Figur; ein panisches Flüstern wurde laut und hastig von Mund zu Mund weitergegeben: »Die Dreifaltigkeit sei uns gnädig! Der Leibhaftige ist's! Wie ein geiles, verworfenes Weibsstück schaut er aus...«

Im nächsten Moment flogen unter Flüchen und Stoßgebeten die Reisigbündel, Knüppel und Wergfetzen in das Loch; gleichzeitig rannte der Schinder mit dem qualmenden und funkensprühenden Feuerbrand heran. Corbinian Wenkh, so etwas wie gierige Lust in den verzerrten Zügen jetzt, riß die Fackel an sich und stieß sie tief in den Scheiterhaufen, unter dem der vorgebliche Dämon begraben lag. Dann, ins Fauchen und Hochprasseln der Flammen hinein, erklangen die Sentenzen des Exorzismus: »Apage Satanas! Libera nos, Christe, a malo et imagine Luziferis! Apage! Apage...«

Wieder und wieder diese wie bellend hervorgestoßenen Beschwörungsformeln des Mönches, dazu das gequälte und immer manischer werdende Stöhnen der jetzt rings um das schwarz qualmende Feuer Knienden. Und als grauenhafter Höhepunkt, während von Perlesreuth her die ersten Blitze des Unwetters über das Tal zuckten, eine Funkengarbe, die jäh über die berstenden Scheiter emporschoß: violett, giftgrün und dann, ganz wie das Firmament, schmutzig gelb.

»Der Auswurf der Hölle! Der abscheuliche Seiber des Bösen! Der belialische Furz, mit dem der Dämon zurück in die Unterwelt fährt!« Der Dominikaner, den Arm gegen das Blendwerk reckend, schrie die Sätze wie besessen. Vieldutzendfach wurden sie aus speichelnden Mündern, mit wild zuckenden Gesichtern, unter tollhausartigen Gesten wiederholt. Und auch als der Mönch nun nach der Schaufel des

Schinders griff und die Brandstelle zuzuschütten begann, folgten ihm die Dörfler wie gepeitscht darin. Kaum ein Vaterunser später zeigten nur noch dünne und jetzt wieder graue Rauchfäden die Stelle an, wo das satanische Wesen seine schwarze Seele ausgehaucht hatte.

»Mit knapper Not ist die Gefahr noch einmal an uns allen vorübergegangen!« stellte Corbinian Wenkh zuletzt fest. »Aber ihr wißt: Überall und zu jeder Stunde kann das Böse seine Krallen von neuem nach euch ausstrecken! Meidet deshalb von nun an vor allem den Alten Grund! Denkt immer daran, wie recht ich mit meinen Warnungen vor diesem verfluchten Platz hatte! Tut Buße wegen eurer Ungläubigkeit und bemüht euch, wieder stärker im alleinseligmachenden katholischen Glauben zu werden! Beginnt noch in dieser nämlichen Stunde damit, da der Teufel zumindest für diesmal aus eurem Tal fliehen mußte! Folgt mir deswegen jetzt zur Kirche, wo wir unserem Herrgott für die Errettung aus schwerster Not danken wollen!«

An der Spitze der Verstörten schritt er davon. Allein der Gastwirt und Viehhändler Simon Daickh blieb auf dem Schindanger zurück. Fassungslos schüttelte er den Kopf, dann machte er sich fluchend daran, seine Ferkel wieder einzufangen. Wenig später trieb er die Rösser in schnellem Trab aus dem Dorf: mitten hinein in die Wetterwand, die ihm weniger bedrohlich erscheinen wollte als der Fanatismus des Dominikaners.

Gebe Gott, so dachte er, daß sie in Ringolay wieder zur Besinnung kommen! Daß sie den Verstand nur vorübergehend verloren haben! Daß sie den Hokuspokus des Geschorenen doch noch durchschauen! Denn wenn sie's nicht tun, dann könnte im Schmalztobel am Ende wahrhaftig noch das Höllische ausgeboren werden! Aber nicht aus der unschuldigen Erde, sondern aus den Seelen der Gläubigen selbst, mit denen der Mönch sein unverantwortliches Spiel treibt! Und dann, man weiß es schließlich aus

früheren Zeiten, wäre das Grauenvolle in der Tat nicht mehr
aufzuhalten!

*

Während der folgenden Wochen, bis hinein in den September, herrschte eine seltsame Stimmung im Pfarrdorf und
ebenso auf den umliegenden Weilern und Einöden.
Gedrückt und voller Scheu vor dem Nächsten taten die meisten ihr Tagewerk, gaben sich andererseits fast bis zum
Exzeß den von Corbinian Wenkh allabendlich angesetzten
religiösen Übungen hin: zeigten sich beim stundenlangen
Beten und Psalmensingen glaubenseifrig wie schon seit
Menschengedenken nicht mehr. An den Türstöcken der Stuben und Ställe tauchten zuhauf die vom Dominikaner
geweihten Kruzifixe auf; dazu die im Volksglauben überlie-
ferten zusätzlichen Rettungsmittel: Büschel bestimmter
Kräuter, verballhornt auf Täfelchen gekritzelte Bannsprüche
oder auch aus den vererbten Erbauungsbüchern geschnittene und mit silbernen Nägeln fixierte Papierfetzen.

Es war, als erwarteten die Menschen in der Tat das
Erscheinen weiterer Dämonen, nachdem sich der eine so
unversehens im Alten Grund gezeigt hatte. Immer wieder
kochte der Wahn auf; drohte der Irrsinn von neuem loszu-
brechen. Besonders die Frauen im Tal von Ringolay beka-
men dieses ständige irrationale Schwelen zu spüren.
Ohnehin seit ihrer Geburt zurückgesetzt und als minder-
wertig betrachtet, mußten sie sich jetzt noch mehr als sonst
ducken. Tag und Nacht schien jener Vorwurf über ihnen zu
hängen, den keiner aussprach und der dennoch in allen
Gehirnen spukte: Die Vorstellung, gerade sie, die vom Priester, ehe der das Belialische vernichtet hatte, bestimmt nicht
ohne Grund in die Häuser gescheucht worden seien, könnten insgeheim im Bund mit dem Bösen gewesen sein; könnten zuletzt gar noch die Ernte vernichten. Und nur durch

immer besesseneres Frommtun vermochten die Weiber sich letztlich zu schützen; stachelten dadurch zur Freude des Mönches die allgemeine Religiosität noch schärfer.

Aber dann, als die Feldfrüchte ohne Verluste eingefahren worden waren, begann die Stimmung im Schmalztobel sich erneut zu drehen. Wieso eigentlich, so wurden nunmehr andere Stimmen laut, solle das Tal denn vom Bösen verseucht sein, da der Herrgott es einmal mehr so offensichtlich gesegnet habe? Die reiche Ernte könne doch im Grunde nur eines bedeuten: Daß es Christus gut mit den Seinen meine. Niemals jedoch könne man sich solcher Gnade erfreuen, wenn man gleichzeitig mit dem Schwarzen im Bunde stehe. Und das wiederum bedeute, daß das Finstere längst ausgetilgt sein müsse: durch die reinigende Verbrennung, die der Dominikaner seinerzeit so mutig ins Werk gesetzt habe.

Zuerst nur vereinzelt, dann häufiger waren solche Worte zu hören; mit der Zeit gaben sie mehr oder weniger die allgemeine Stimmung wieder. Nur da und dort noch, auf jenen Höfen, wo die Bauern sehr verrannt und ganz besonders bigott waren, hielt sich hartnäckig das Tuscheln und obskurantistische Beschwören, wann immer sich irgendwo an einem Feldrain eine Fremde zeigte, zur unguten Stunde ein Käuzchen schrie, oder die Wolken am Himmel sich zu scheinbar bedrohlichen Formen ballten. Doch auch derartige Ausuferungen wurden gegen Ende des Altweibersommers immer seltener; zuletzt sah es ganz so aus, als sei der Friede in das abgelegene Bergtal zurückgekehrt.

*

Die mittlerweile fast zwanzigjährige und von Corbinian Wenkh übel in Verruf gebrachte Afra Dickh, die während dieses religiös überhitzten Sommers so zurückgezogen wie möglich gelebt hatte, konnte nun wieder aufatmen. Nicht länger mehr mußte sie sich auf dem Kölbl-Anwesen verbergen: fast wie eine Aussätzige, die im Dorf und selbst vom übrigen Hofgesinde eigentlich nur deshalb noch geduldet worden war, weil die Bäuerin ihre Hand über sie gehalten hatte.

Zumeist im Stall, da sie dort am besten vor argwöhnischen Blicken geschützt war, hatte die Magd über viele Wochen hinweg ihr tristes Tagewerk vollbracht. Nur gelegentlich in einer der schwülen Nächte, wenn der Bauer im Wirtshaus hockte, hatte Maria Kölbl, die Freundin, ihr einen gewissen Ausgleich verschaffen können. Verstohlen hatten die beiden Frauen sich dann in der Schlafkammer der Eheleute zusammengesetzt, hatten sich raunend gegenseitig zu trösten versucht; hatten dann und wann auch wieder den Wein getrunken, der das Gehirn auf so seltsame Weise zum Schweben brachte und die Gefühle schwer und dunkel machte. Ein- oder zweimal war auch noch ein wenig mehr geschehen, doch die Erinnerung daran war später, wenn die angenehme Betäubung wieder verflogen war, lediglich noch wie ein kaum greifbarer Schatten gewesen: wie etwas Unwirkliches, eher Geträumtes. Und nun, da ihr mit dem Verflackern des Glaubenswahns auch die Freiheit zurückgegeben wurde, schienen der Schwarzhaarigen diese Dinge bereits wieder sehr weit jenseits der Realität zu liegen.

Dieses Empfinden wurde noch stärker, als mit den ersten Herbststürmen erneut das ungebundenere Leben in den Schmalztobel zurückkehrte: in Gestalt der beiden Hirten aus Thurmannsbang, die im vergangenen Winter zu Freunden der Neidberger Mitterdirn geworden waren. Auch jetzt wieder trieben sie ihre Herde zum Alten Grund, pferchten sie dort ein und bezogen das Runde Häusl, ohne sich scheinbar am mittlerweile noch schlechteren Ruf des verstrüppten Ortes zu stoßen.

Als die Nachricht davon auf den Kölbl-Hof drang, hatte Afra das Gefühl, als weiche ein Alpdruck von ihr. Die Vorstellung von friedlich äsenden Schafen am Ufer der Ohe erweckte in ihr den Eindruck, als habe es dort in Wirklichkeit niemals jenen gespenstischen Fund und ebensowenig die Dämonenverbrennung auf dem Schindanger von Ringolay gegeben. Statt dessen meinte sie jetzt plötzlich wieder das heitere Flötenspiel zu hören; dazu die Komplimente des blonden Burschen, den sie seit dem Frühjahr beim besten Willen nicht hatte vergessen können. Und deswegen lief sie schon gleich in der ersten Samstagnacht nach dem Eintreffen der frohen Kunde los in Richtung Wittersitt, um wenigstens einmal wieder völlig unbeschwert sein zu können.

Lorenz hieß sie aufgeräumt willkommen; nahm sie ohne weitere Umstände in die Arme, schwenkte ihren leichten Körper im Kreis und rief lachend: »Die Fee ist wieder da! Jetzt kann der Winter einfallen mit krachendem Frost; ich weiß schon, wo ich trotzdem die nötige Wärme finde...«

Auch Franz, der ältere Bruder, begrüßte sie herzlich. Etwas später freilich, als sie zusammen am Feuer unter dem vom Dolmen getragenen fichtenbärtigen Dach saßen, wollte er wissen: »Ist's tatsächlich wahr, daß der verrückte Mönch, der uns schon im letzten Herbst die Schwierigkeiten machte, es den Bauern jetzt noch nachdrücklicher als damals verboten hat, hierher zu kommen? Weil seiner Ansicht nach die Dämonen im Alten Grund hausen und er angeblich selbst einen ausgegraben und zurück in die Hölle gesandt hat?«

»Ja, er tobt und geifert, wenn der Ort in seiner Gegenwart auch nur erwähnt wird«, murmelte die Schwarzhaarige; jäh ernüchtert auf einmal. Doch gleich darauf kehrte ihre gute Laune zurück, denn Franz beteuerte: »Mag er doch das Maul wetzen; uns kratzt das nicht! Weil wir auch heuer wieder den Auftrag des Perlesreuther Vogts haben, die Herde hier über den Winter zu bringen!«

»Und lustig dürfen wir's uns dabei auch machen«, fiel Lorenz ein. »Das kann uns der Dominikaner nicht verbieten. Uns nicht und auch nicht den anderen, die versprochen haben, daß sie sich dann und wann hier sehen lassen, damit's uns nicht zu langweilig wird …«

»Was für andere Leut'?« Der Schalk blitzte in Afras Augen. »Auch so hübsche Burschen wie du …?«

»Eher ein paar Jahre älter«, gab der Blonde grinsend zurück. »Hast den einen oder anderen früher eh schon kennengelernt. Weißt's doch, daß die Kartenspieler meinen, hier im Runden Häusl hätten sie ein ganz besonderes Glück. Aber diesmal wird's ihnen und uns noch mehr Spaß machen, wenn die Trümpf' gedroschen werden. Weil nämlich auch Böhmen dazukommen wollen, die sich noch besser auf eine zünftige Unterhaltung verstehen: solche mit der Bauerngeige und dem Zymbal …«

»Das Hackbrett können die spielen?!« Unwillkürlich zuckten die Füße der Schwarzhaarigen im schnellen Takt auf dem gestampften Lehmboden. »Das Instrument, von dem es heißt, man könnt' mit dem Tanzen gar nicht mehr aufhören, wenn man's hört …«

»Ja, gell, da juckt's dich gleich«, lachte Lorenz. »Wäre ja auch kein Wunder bei so einer feschen Dirn. Aber heute«, er zwinkerte ihr schelmisch zu, »mußt du dich schon noch mit meiner Flöte zufriedengeben …«

»Ich hab' ja eh so hart darauf gewartet«, bekannte Afra und blickte den Blonden dabei mit solch verführerischem Augenaufschlag an, daß er feixend das Instrument hervorholte.

7 DAS SATANSGOLD

Herbst 1701 bis Frühjahr 1702

Schwarz verschattet lastete das Gemäuer der uralten Zwingburg über dem Marktflecken. Nur beim Zugang zur Fronfeste, wo die beiden Hellebardiere in ihren Brustharnischen
und Wappenmänteln standen, malte sich das flackernde
Fackellicht auf den Quadern; spiegelte sich zudem in den
bleiverglasten Fenstern höher oben im Torturm.

Das Antlitz des Mönches dort drinnen schien von diesem blutroten Schimmer dämonisch überstrahlt zu werden.
Fratzenhaft wirkten die Gesichtszüge des Corbinian Wenkh,
als er in fanatischem Tonfall forderte: »Ihr dürft es nicht
zulassen, Herr! Ihr dient damit dem Bösen! Eure Seele bringt
Ihr in Gefahr, wenn Ihr dem abscheulichen Treiben im Alten
Grund bei Wittersitt nicht Einhalt gebietet!« Der Kleriker
begleitete jeden Satz mit einer wie peitschenden Handbewegung. Doch vielleicht gerade deswegen erntete er von
seinem Gegenüber scharfen Widerspruch.

»Was untersteht Ihr Euch, mir in mein Amt hineinreden
zu wollen?!« schnauzte der Perlesreuther Vogt Josef
Schönauer den Dominikaner nämlich jetzt seinerseits an.
»Ebenso wie ich steht Ihr in den Diensten seiner Durch-
laucht, des Fürstbischofs, und solltet deswegen auch die
Rangordnung kennen! Mich und keinen anderen hat unser
aller Herr mit der Wahrnehmung seiner Interessen hier im
Einzugsbereich der Fronfeste beauftragt! Und meine Pflichten, auf die ich geschworen habe, erstrecken sich auch auf
die Schäfer, die zu Thurmannsbang das kirchliche Lehen
innehaben! Möglichst hohen Zins sollen sie aufgrund ihrer
Arbeit an die bischöfliche Kasse abführen; das aber können
sie nicht, wenn sie keine ergiebige Winterweide haben! Deshalb werde ich die Hirten auf gar keinen Fall aus dem Ohetal zurückrufen!«

»Aber das Seelenheil dieser Sünder...« setzte Corbinian Wenkh, trotz der harschen Rüge, erneut an.

»Faselt mir nicht schon wieder davon!« wies ihn der Vogt zurecht. Der sanguinische Schädel des athletischen ritterbürtigen Mannes war puterrot angelaufen. »Ihr seid Priester, habt damit einen guten Blick auf das, was die Altargemälde dem einfachen Volk verschleiern! Solltet eigentlich wissen, daß für den Herrn des Bistums ganz andere Dinge zählen: die handfesten nämlich! Wenn Euch das aber bisher nicht klar war, dann begreift es gefälligst jetzt! Ihr wollt doch Karriere machen; der hiesige Pfarrer hat's mir schon mehr als einmal gesteckt! Gut so – aber dann müßt Ihr auch entsprechend handeln und dürft wegen des blödsinnigen Weidegrundes drüben bei Wittersitt nicht andauernd gegen den Stachel löcken...«

Der Mönch rang sichtlich mit sich, platzte dann, fast wie gegen seinen eigenen Willen, abermals heraus: »Es ist nicht nur irgendein Stück Wildnis! In eigener Person habe ich schließlich den Dämon dort aufgespürt...«

»Irgendein altes Gelump habt Ihr gefunden!« fiel ihm der Vogt wütend ins Wort. »Einen Dreck habt Ihr ausgegraben, habt ihn danach in einer Sausteige nach Ringolay gekarrt und ihn außerdem auch noch feierlich exorziert! Gewisse Leute hier in Perlesreuth, und es sind gewiß nicht die dümmsten gewesen, haben sich vor Lachen gekugelt, wie's der Simon Daickh ihnen in seinem Wirtshaus gesteckt hat! Zum Narren habt Ihr Euch damit gemacht! Habt Euch bis auf die Knochen blamiert! Und auch deswegen verlange ich jetzt von Euch, daß Ihr als Dorfkurat nicht länger den Inquisitor spielt und es endlich gut sein laßt! Ohnehin ist der Schaden, den Ihr angerichtet habt, bereits groß genug!«

Noch einmal öffnete der Dominikaner den Mund, um sich zu rechtfertigen – doch als der Vogt drohend die Stirn runzelte und gleichzeitig einen jähen Schritt in die Richtung des Mönches machte, kuschte dieser. Sein hagerer Oberkörper knickte ein; wie ein geprügelter Seminarist duckte er sich, machte auf dem Absatz kehrt und retirierte zur Tür. Während er jedoch gleich darauf durch die verwinkelten Gänge der Fronfeste zu seiner Zelle hastete, glühte in seinen fast schwarzen, goldfarben umsprenkelten Pupillen der Fanatismus stärker denn je.

*

Überschäumende Lebensfreude leuchtete in der gleichen Novembernacht aus den graugrünen Augen Afras. Draußen, über dem Ohegrund und den dicht gepackten Fichtenbärten, die wie eine überdimensionale Flechthaube über dem Hexenstein hingen, heulte der bereits schneeträchtige Wind; drinnen im Runden Häusl jedoch verbreitete das Feuer eine derartige Hitze, daß die fidele Gesellschaft, die sich heute nicht zum erstenmal hier zusammengefunden hatte, in den Unterkleidern tanzen, karten und musizieren konnte. Und die Schwarzhaarige, während sie sich von Lorenz immer wilder im Kreis wirbeln ließ, genoß das ausgelassene Treiben mit allen Sinnen.

Auf der aus Krummholz zusammengefügten Bank gleich neben der Tür hockten die beiden Böhmischen und spielten auf, als seien sie vom Teufel besessen. Der eine, der mit dem verwegen gezwirbelten Schnauzbart, ließ die Finger mit rasender Geschwindigkeit über die drei Saiten der Bauerngeige huschen; drehte mit der anderen Hand die Kurbel am Klangkörper und verstärkte damit wie durch Zauberei die archaisch wirkenden Tonfolgen. Scheinbar wie besessen schlug gleichzeitig sein Kumpan mit dem zu zwei Zöpfen geflochtenen nußbraunen Haar das Zymbal; benutzte ein silbernes Hämmerchen dazu, das wie ein Kobold auf dem Hackbrett hin und her zu springen schien.

Die Tänzer – außer Afra und dem Blonden befanden sich noch drei weitere Paare in dem kreisrunden Raum – versuchten der aufpeitschenden Melodie so gut wie möglich zu folgen. Ihre Gesichter glühten vor Lust; ab und zu stießen die Burschen fordernde kehlige Schreie aus, schrill trillernd fielen die Mädchen dann ein. Wenn dies geschah, schlug sich stets einer der Glücksspieler ganz hinten im türabgewandten Winkel juchzend auf die Schenkel; die anderen beiden, einer davon Franz, nutzten solche Gelegenheiten, um abwechselnd zur Tonkruke mit dem Kornbrand zu greifen, ehe sie die Karten erneut auf den zwischen den Knien der Hasardeure stehenden Wurzelstock knallen ließen.

Jetzt eben steigerten sich die schnalzenden Schläge im Winkel zum Stakkato; gleich darauf gellte das erregte Geschrei auf: »He, du Lump! Die Sau hast schon vorhin ausgespielt! Ein Gauner bist! Ein ganz miserabler Hundsfott!« Und sofort die jähzornige Antwort: »Nenn' mich noch einmal so, und du hast mein Stilett im Wanst sitzen; Lügenbeutel, du!«

Als die beiden Streithähne wutentbrannt aufsprangen, geriet die erschrockene Neidberger Magd aus dem Takt: hing plötzlich strauchelnd im Arm ihres Tänzers. Mit demselben Herzschlag blitzte drüben auch schon die kurze Klinge; Franz jedoch, während die Musik jetzt mit einem Mißton abbrach, fiel dem Angetrunkenen in den Arm und herrschte ihn an: »Weg mit dem Messer! Oder willst du, daß der Mönch das Runde Häusl abreißen läßt, weil hier eine Bluttat passiert ist?! Er tät' nur lauern auf so eine Gelegenheit, der Geschorene!«

Jäh ernüchtert, ließ der Angesprochene das Stilett verschwinden; der andere, den er eben noch bedroht hatte, reichte ihm grinsend die Schnapskruke.

»Dobre! Gut so! Nicht streiten, lustig sein!« goß der schnauzbärtige Böhmische mit der Bauerngeige weiteres Öl auf die Wogen. Und im nächsten Moment ging das ausgelassene Treiben weiter, als sei nichts geschehen. Auch Afra ließ sich rasch wieder vom Takt der fremdartigen Musik mitreißen und dachte über den gefährlichen Zwischenfall nicht weiter nach. Daß der eine oder andere Besucher des Runden Häusls nicht ganz harmlos war, wußte sie ohnehin längst; dieses Risiko mußte jeder in Kauf nehmen, der hier zu Gast war. Ungleich mehr zählte die Lust, die sie auch in dieser Nacht wieder suchte; jene Daseinsfreude, die sie sonst so gut wie nie erleben durfte. Und deswegen ließ die Schwarzhaarige sich jetzt noch exzessiver in die berauschende Melodie und in den herben, berückenden Duft des jungen Männerkörpers hineinfallen; vergaß alles um sich herum, als Lorenz wenig später ihren Mund suchte und ihr in jäh aufschäumender Gier die Zunge zwischen die Lippen preßte.

*

»Richtig aufgeblüht bist du, seit du manchmal in der Abenddämmerung verschwindest und erst mit dem Morgengrauen zurück auf den Hof kommst. Fast könnte man glauben, du würdest in solchen Nächten auf dem Besen reiten oder dir sonstwie Freude in der anderen Welt suchen...« Lächelnd sagte die Kölblin die Sätze; musterte ihre Magd dabei jedoch mit einem kaum sichtbaren Lauern in den geschlitzten Augen. Als sie freilich das Erschrecken in den Pupillen Afras sah, setzte sie schnell hinzu: »Aber nein, Herzchen, ich will dir nichts unterstellen und dich auch nicht aushorchen. Es ist mir nur aufgefallen, daß du dich verändert hast seit dem Sommer. Vielleicht gerade weil du jetzt so oft deine eigenen Wege gehst: hinüber nach Wittersitt, zum Alten Grund. Und ich würde halt gar zu gerne wissen, ob's dort wirklich so ausgelassen zugeht, wie die Leute behaupten...«

»Ja, lustig treiben wir's schon«, gab die Schwarzhaarige zu. »Aber es geschieht gewiß nichts Verbotenes dort...«

»Hast bloß ein wenig Spaß mit den Mannsbildern, was?« bohrte Maria nach. »Oder vielleicht auch mit einem ganz bestimmten? Los, gib's schon zu; vor mir brauchst du doch keine Geheimnisse zu haben...«

»Ich geh halt hin wegen dem Lorenz«, gestand Afra. »Kenne ihn ja schon von der Zeit her, wie ich noch gar nicht bei dir auf dem Hof gewesen bin...«

Mit hintergründigem Lächeln huschte die Kölblin hinüber zur Truhe, holte die rubinrot glühende Flasche und die Gläser heraus. Gleich darauf, nachdem die Schwarzhaarige den ersten Schluck des selbst angesetzten Weins zu sich genommen hatte, insistierte die Bäuerin: »So, und jetzt erzähl' mir noch ein bißchen mehr vom Runden Häusl! Weißt doch, daß ich deine Freundin bin; daß wir zwei auf Gedeih und Verderb' verschworen sind...«

Im selben Moment schien einmal mehr ein wabernder Schleier zwischen die Zwanzigjährige und ihre Umwelt zu gleiten. Hektische rote Flecken malten sich auf ihren Wangen, als sie zu schwärmen begann: »Das Zymbal und die Bauerngeige müßtest du einmal hören! Die böhmische Musik! So wild und süß ist die, daß sie einen im Handumdrehen verzaubert! Fast ist's, als würde man die Erde nicht mehr unter den Füßen spüren! Als könnt' man statt dessen ganz frei durch die Luft fliegen...«

In ihrer Begeisterung vollführte Afra ein paar beschwingte Tanzschritte, fiel Maria dann um den Hals und schloß: »Ach, ich kann's einfach nicht beschreiben; müßtest es wirklich selbst erleben...«

»Dann nimmst du mich also einmal mit zum Alten Grund? Bald schon?« Wieder irrlichterte, kaum merklich, das Lauern in den Augen der Kölblin.

»Freilich tu' ich's«, versprach die Schwarzhaarige arglos; löste sich von der älteren Frau und goß sich hastig Wein nach. »Mußt mir nur sagen, wann du Zeit hast. Dann gehen wir zusammen hin; ich versprech's dir.«

Mit großen Schlucken trank sie erneut, suchte jetzt förmlich die bestrickende Betäubung – und wehrte sich nicht, als nunmehr die Kölblin zu ihr kam und sie auf beinahe fordernde Art an sich zog. Sie fühlte sich vielmehr seltsam geborgen dabei und war außerdem plötzlich sehr froh, diesen festen Halt an der Brust der Freundin zu finden.

*

Die vom Klerus nur zähneknirschend geduldeten uralten Bräuche zur Wintersonnenwende waren, oft heimlich, auf den Höfen praktiziert worden; die Weihnachtstage waren darüber verstrichen. Jetzt, in einer der Rauhnächte zwischen dem Christfest und dem Dreikönigstag, ging es im Runden Häusl ausgelassener zu denn je.

Ganz unzweifelhaft stand die Neidberger Bäuerin mit den slawischen Gesichtszügen auch heute wieder im Mittelpunkt. Maria, deren Gestalt und Antlitz im diffusen Licht des offenen Feuers beinahe wieder jung wirkten, hatte den Rock bis hoch über die Knie geschürzt, hatte zusätzlich die obere Verschnürung ihres Mieders gelöst. Auf diese Weise, fast schon schamlos ihr fülliges Fleisch darbietend, tanzte sie um den Dolmen; blieb jedoch dabei wie zum Hohn für die Männer für sich: stieß die immer wieder zupackenden Hände der lüsternen Kerle mit girrendem Lachen weg.

Manchmal blitzte es dabei aus ihren geschlitzten Augen wie im geheimen Einverständnis zu Afra hinüber; zur Schwarzhaarigen, die sichtlich schon mehr als genug getrunken hatte. Vor allem aber galten die flammenden Blicke den böhmischen Musikanten, damit diese ihren Instrumenten noch jagendere Rhythmen entlocken sollten. Dann aber, ganz plötzlich, schien die Kölblin die Kartenspieler aufreizen zu wollen. Fast auf Tuchfühlung zu ihnen ließ sie jetzt ihre Hüften sich wiegen und zucken: vor diesen Älteren, die das Hasardieren ihretwegen ohnehin längst eingestellt hatten und mit speichelnden Mündern glotzten.

Die glotzten und immer schwerer atmeten, bis einer von ihnen, der wohlhabende Freibauer Josef Tauschen aus Marchetsreuth, es nicht mehr aushielt und der scheinbar außer Rand und Band Geratenen zurief: »Geh ganz her zu mir, du Hex'! Wenn du es eh schon so scharf treibst, daß der Schwarze seine helle Freud' an dir hat, dann kannst du auch mir das Vergnügen machen! Gar nicht viel mehr verlang' ich von dir, als daß du dich auf meinen Schoß setzt! Weil ich nämlich dann sicher bin, daß ich heut' nacht noch einen Haufen Gold gewinn'!«

Mit dunklem Lachen hielt die Kölblin inne und verwahrte sich: »Glück in der Liebe, Pech im Spiel, so heißt's leider...«

»Das gilt für die anderen, aber nicht für uns zwei!« Der Mittfünfziger rempelte den neben ihm Sitzenden an, welcher ebenfalls aus Marchetsreuth stammte. »Da, der Haas, der glaubt an solche Sprüch'. Weil er halt als Schmied bloß seinen Amboß und seinen Hammer kennt – und nichts darüber hinaus. Aber ich bin schlauer! Hab' das Wissen um solche Sachen schon mit der Muttermilch eingesogen: Daß das Glück sich am besten zwingen läßt, wenn man ein ganz besonderes Weibsbild im Arm hält; eine Eingeweihte, die sich auf die schwarze Kunst versteht und die richtigen Beschwörungen flüstern kann. Und dazu bist du doch genau die Richtige, Maria! Oder täusch' ich mich da...«

Wieder verzogen sich die Lippen der Angesprochenen zu einem zwiespältigen Lächeln; im selben Moment fuhr der schwer betrunkene Haas auf: »Einen solchen Schmarrn hab' ich meiner Lebtag' noch nicht gehört...«

»So?!« zischelte ihn der Tauschen-Bauer an. »Dann trau' dich halt und probier's aus!«

»Dein Geld wird's kosten, nicht das unsrige!« mischte sich der dritte Hasardeur, der Hofbesitzer Georg Frueth von Wittersitt, ein; funkelte den Freibauern dabei giftig an: »Bloß weil du nicht mehr wie ein Junger kannst, willst du dich mit dem finsteren Geschwätz bei der Neidbergerin einschmeicheln. Aber die wird dir was pfeifen! Die versteht von der verbotenen Kunst nicht mehr als ich oder du, weil's so was überhaupt nicht gibt...«

»Bist du dir da so sicher?!« Ein leise drohender Unterton schwang in der Stimme der Kölblin mit. Und dann, obwohl die jetzt in der Nähe stehende Schwarzhaarige sie noch daran zu hindern versuchte, saß sie mit einem Mal auf dem Schoß des Tauschen-Bauern. Griff, während der Mittfünfziger triumphierend seinen Arm um ihre Hüfte legte und die Musik mit einem schrillen Mißton abbrach, nach dem Haufen der Spielkarten, mischte sie neu und hielt den Packen dem Schmied hin: »Heb ab! Und schau, was passiert!«

Gleich darauf drängten sich alle, die sich im Runden Häusl aufhielten, um die Neidbergerin und die Hasardeure. Und wurden Zeugen, wie der Marchetsreuther sein Satansgold gewann. Die Stiche schienen ihm wie von selbst zuzufallen, wenn nur die Kölblin die anderen mit ihren geschlitzten Augen fixierte und dabei die dunklen Beschwörungen raunte: »Galgenschweiß zu Rattenblut, Nonnenkreiß zu Schlangenbrut, Sündenpreis zu Höllenglut...«

Und der Haufen der Münzen vor ihr und ihrem Verbündeten wuchs dabei unentwegt; zunächst lockte der Tauschen-Bauer seinen immer verwirrter wirkenden Kontrahenten die silbernen Heller aus den Beuteln, sodann die goldenen Gulden. Während die Nacht verstrich, kam auf diese Weise beinahe der fünffache Jahreslohn eines Knechtes zusammen: ein kleines Vermögen. Erst im Morgengrauen – die Musikanten und Tänzer waren mittlerweile verschwunden, und auch die beiden Hirten mußten nun notgedrungen hinaus zu ihrer Herde – endete das gotteslästerliche Spiel.

Bis auf den letzten Kreuzer geschröpft, warfen der schwitzende Schmiedemeister Haas und der rotblonde, etwa vierzigjährige Bauer Frueth die Karten hin; musterten die Kölblin nunmehr mit ganz anderen Augen: ängstlich der Marchetsreuther, lauernd der Wittersitter. Und dann packte

Georg Frueth die Neidbergerin plötzlich, schüttelte sie und herrschte sie an: «Wenn's der Mönch erfährt, was du heute nacht hier getrieben hast, läßt er dich an den Schandpranger stellen!«

»Was?! Der erste, der's Maul auftut, hat auf der Stelle mein Stilett im Fleisch stecken!« fuhr aggressiv der Tauschen-Bauer auf.

Maria Kölbl setzte unerschrocken noch eins drauf: »Es wird ihm eh keiner hinreiben, weil derjenige sonst selbst mit der Kirchenstrafe rechnen müßt' ...«

Mit schiefem Grinsen lenkte der Wittersitter ein: »Ich hab's ja gar nicht so gemeint! Hab' bloß sagen wollen, daß wir alle miteinander vorsichtig sein sollten.« Sein Feixen wurde schmeichelnd. »Überhaupt sollten wir von heut' an zusammenhalten wie Pech und Schwefel; oder, Maria? Weil wir nämlich dann noch viel mehr Spaß haben könnten ...«

»Darauf scheiß' ich! Mir reicht's, was ich in dieser Rauhnacht hab' erleben müssen!« protestierte der Schmied.

»Möchtest also dein Geld nicht zurückgewinnen?« insistierte Georg Frueth. »Dabei wär's mit der Hilfe unserer Freundin wirklich ein Kinderspiel ...«

»Eh ...?« Der Marchetsreuther glotzte ähnlich wie Stunden zuvor, als die Kölblin ihn und die anderen mit ihrem schamlosen Tanz verrückt gemacht hatte.

»Ja, weil sich doch eigentlich jeder von uns einmal mit ihr zusammentun könnte«, rückte der Wittersitter nunmehr mit seinem Plan heraus. »Wenn wir nur ab und zu ein paar Gimpel herlocken würden, dann könnten wir alle reihum gewinnen!« Er fixierte die Neidbergerin. »Müßtest bloß mir und dem Haas deine Gunst genauso schenken wie heut' dem Tauschen-Bauern! Wie wär's damit, Maria?«

»Tu's nicht!« warnte Afra. Ihre Augen beschworen die Freundin. »In einer einzigen Nacht ein bißchen zaubern, da kann nicht viel passieren! Aber es könnt' anders ausgehen, wenn du's einmal zuviel treibst! Dann könnt' dir das Satansgold Unglück bringen! Könnt' dich dann zum Beispiel einer von den Ausgenommenen hinhängen...«

»Geh zu, Dirndl! Die Kölblin hat's doch vorhin schon gesagt: Keiner würde sich's trauen; würde sich immer selbst mit hineinreiten!« fiel der Freibauer ein, der sich sichtlich für den Vorschlag des Wittersitters zu erwärmen begann.

Dieser wiederum legte wie beschützend den Arm um die Schulter der Schwarzhaarigen und sagte sehr freundlich: »Es ehrt dich ja, daß du dir Sorgen um deine Bäuerin machst. Aber andererseits hast du mir neulich erst gesagt, du suchst eine neue Stelle, weil dich die Maria nicht länger auf dem Hof behalten kann. Und wenn ich mir's recht überlege, dann könnte ich durchaus eine Mitterdirn brauchen; besonders wenn sie nicht auf den Kopf gefallen und noch dazu so speziell mit der Kölblin ist...«

»Das wäre ein Wort! Gell, Afra!« Maria schoß einen beschwörenden Blick auf die Zwanzigjährige, streckte dem Frueth gleichzeitig ihre Hand hin. »Schlag ein, Georg! Zusätzlich zur neuen Dirn kriegst du mich für die eine oder andere verbotene Nacht. Und der Schmied kann gerne auch mit im Spiel sein; der Tauschen-Bauer ist's sowieso schon. Alle drei werdet ihr den Nutzen haben; mir selbst gebt ihr ein Drittel davon ab...«

»So gilt's!« rief erfreut der Wittersitter, einen Augenblick später bekräftigten auch die beiden anderen Hasardeure die Abmachung.

Selbst Afra unterdrückte nun die immer noch leise in ihr nagenden Bedenken; die Freude über die neue Stelle, die sie ganz in der Nähe des Runden Häusls antreten würde, bewog sie dazu. Und dann, als der nunmehr ebenfalls vorfreudige Schmied darauf bestand, den Pakt mit einem kräftigen Schluck Kornbrand zu begießen, schwemmte der Alkohol auch die letzten Ängste der Zwanzigjährigen weg.

*

»Wirst es gut haben beim Frueth! Ist kein unrechter Kerl, der Wittersitter; hat auch ein schönes Anwesen. Hättest es überhaupt nicht besser treffen können, Afra! Und das alles bloß, weil ich mich ein wenig in der verbotenen Kunst versucht und ihn mir dadurch verpflichtet hab' ...« Selbstzufrieden sagte die Kölblin die Sätze. Beim Wäschebreiten auf der gefrorenen und vom Firn überpuderten Hauswiese, die im Licht der Januarsonne schimmerte, fielen sie. Jetzt lachte Maria auf und zwinkerte Afra zu. »Lustig ist's aber schon, wie leicht die Mannsbilder auf einen hereinfallen; bloß weil man Hokuspokus unterm Hexenstein treibt...«

»Hokuspokus? Dann ist's also gar keine Teufelsbeschwörung gewesen? Neulich, in der Rauhnacht? Und vorgestern wieder?« Die Schwarzhaarige ließ das brettsteife Bettlaken, an dem sie gezerrt hatte, fahren und griff nach der Hand der Bäuerin. »Eigentlich hab' ich eh schon die ganze Zeit mir dir darüber reden wollen! Komm, sag mir's, was wirklich dahinter steckt! Wie du den anderen das Gold aus dem Sack holst? Ich kann's einfach nicht für möglich halten, daß der Teufel dabei seine Hand im Spiel hat...«

»Ist aber schon so, daß es mit dem Leibhaftigen zu tun hat...« erwiderte die Kölblin dunkel. »Weil der Satan eben in den Köpfen der Leute sitzt... Weil er überall dort ist, wo eins an ihn glauben möchte... Mußt ihn dann nur noch ein bißchen kitzeln, mit den finsteren Sprüchen, und schon hast du das Spiel gewonnen...«

Sie bemerkte das Erschrecken der Zwanzigjährigen; lachte neuerlich auf. »Nimm nicht alles ernst, was ich sag'! Die Wahrheit ist, daß es sich um eine ganz harmlose Kunst handelt, auch wenn sie vielleicht ein bißchen schwarz ist. Hab sie von meiner Mutter selig gelernt, und vielleicht geb' ich das Wissen eines Tages an dich weiter...«

»Nein, das möcht' ich nicht! Ich könnt' das sowieso nie! Die Männer erst so verrückt machen, und dann...« Für einen Moment sah Afra die Neidbergerin, die doch so viel für sie getan hatte, mit anderen Augen; verspürte jähes Mißtrauen. Und sehnte sich gleichzeitig wie nie nach der neuen Stelle.

Aber als die Kölblin ihr gleich darauf beim Ausbreiten der starren Wäschestücke wie eine Gleichgestellte zur Hand ging, verflog die Anwandlung ebenso schnell wieder. Eigentlich ist's doch schade, daß ich schon in ein paar Tagen mein Bündel schnüren muß, dachte die Schwarzhaarige jetzt. Ich hab' gute Monate hier auf dem Hof gehabt; viel bessere als auf der Haindlmühle und dann beim Prämbl, dem Vieh. Und vielleicht hab' ich ja wirklich auch wieder Glück beim Frueth; kenn' den Bauern schließlich schon ganz gut vom Runden Häusl her. Und außerdem hat die Maria schon recht. Wenn er zusammen mit ihr die Gimpel rupfen will, dann muß er auch mich gut halten; im Grund' hätt' sie's überhaupt nicht besser einfädeln können...

*

In der folgenden Woche, zu Lichtmeß, bezog Afra Dickh ihre Kammer unter dem fast bis zur Erde herabgezogenen Dach des Frueth-Hofes im Weiler Wittersitt, der im ganzen lediglich aus zwei Anwesen bestand. Zusammen mit ihr nahm eine weitere, fast noch kindliche Magd ihren Dienst auf: die erst zwölfjährige Marei Paumanin, welche von nun an das Kleinvieh hüten sollte.

Zunächst haderte die Schwarzhaarige ein wenig mit ihrem Schicksal, weil sie die Bettstatt mit der anderen teilen mußte. Als sie jedoch das magere Mädchen mit den großen verschreckten Augen ein wenig näher kennengelernt hatte, wandelten sich ihre Gefühle. Unvermittelt empfand sie das Bedürfnis, die Halbwaise, die von einer ärmlichen Kate außerhalb des Schmalztobels stammte, zu beschützen.

Zudem erklärte der rotblonde Bauer ihr unter vier Augen: »Die Bäuerin will's eben so halten. Damit die Knechte sich nichts herausnehmen können. Aber auf diese

Weise werdet ihr es im Winter auch wärmer haben als jede für sich allein; das ist viel wert, wenn der böhmische Wind übers Tal pfeift.« Mit vertraulichem Zwinkern setzte er hinzu: »Und wenn du einmal wieder zum Runden Häusl willst, gibt's trotzdem keine Schwierigkeiten. Weil das Kammerfenster so tief unten liegt und die ganz jungen Dirndl wie die Ratzen schlafen. Steigst einfach hinaus; das kriegt die Marei im Traum nicht mit. Und wird, wenn du bloß rechtzeitig wieder zurück bist, hoch und heilig schwören, daß du die ganze Nacht bei ihr gewesen bist...«

Während der folgenden Wochen bewahrheiteten sich diese Worte. Mehrmals verschwand Afra, kaum hatte sich die übermüdete Halbwüchsige in den hinteren Bettwinkel verkrochen, völlig unbemerkt; stieg später, wenn die Sterne allmählich zu verblassen begannen, ebenso verstohlen wieder ein. Und konnte sich sagen, daß sie es damit bedeutend bequemer hatte als in früheren Zeiten, denn von Wittersitt zum Runden Häusl war es höchstens eine halbe Stunde Wegs: einfach über den Hügelbuckel hinter dem Weiler und dann stracks hinunter in den Talgrund der Ohe.

Nur einmal, als die Schwarzhaarige nach einer besonders aufwühlenden Nacht mit Lorenz allzu leichtsinnig geworden war und bei ihrer Rückkehr den Weihwasserkessel neben dem Fenster vom Nagel riß, schreckte das Hüterdirndl aus seinem schweren Schlaf hoch und starrte mit verquollenen Augen auf die ältere Magd, die eben noch unter das Fell auf dem Strohsack hatte schlüpfen können. Doch geistesgegenwärtig beruhigte Afra sie: »Mußt keine Angst haben! Ist bloß die närrische Katz' gewesen, die hereingesprungen und dann gleich wieder hinaus ist.« Daraus entwickelte sich schließlich sogar eine Art Spiel zwischen den beiden. Wann immer die Zwölfjährige unruhig geträumt hatte oder meinte, in der Nacht etwas gehört zu haben, sagte sie am Morgen lachend: »Ich glaub', der Kater war schon wieder da...«

Auf diese Weise drehte sich das Jahr 1702 allmählich in seinen windpludrigen März und dann in den April hinein. In der Mitte dieses wetterwendischen Monats freilich blieb dem Hüterdirndl der Spaß mehr als einmal im Hals stecken. Beim Erwachen nämlich sah sie nun öfter die verheulten Augen der Schwarzhaarigen; die jedoch weigerte sich, über ihren rätselhaften Kummer zu sprechen. Marei wiederum konnte nicht ahnen, daß die Tränen mit dem Verschwinden der Herde drüben im Alten Grund zusammenhingen; daß ein blonder Schäfer daran schuld war, den seine Lehenspflichten nun erneut anderswohin gerufen hatten.

Bald allerdings schien Afra ihre Lebensfreude wiedergefunden zu haben – und damit hatten vor allem die Kölblin und der Wittersitter Bauer zu tun. Denn diese beiden sorgten, während die frühe Maisonne jetzt schon wieder kräftig über dem Schmalztobel strahlte, dafür, daß das Treiben im Runden Häusl auch ohne die Hirten weiterging. Und die Schwarzhaarige, weil sie jung und dazu heißblütig war, befolgte jetzt den Rat, den ihr die Neidbergerin gegeben hatte: »Pfeif' auf den einen – und such' dir dafür drei andere!«

Für diesen Leichtsinn indessen sollte die Mitterdirn schon wenig später bitter bezahlen...

8 DIE WETTERFICHTE

Mai 1702

Eiterfarben hing der Vollmond in dieser Nacht über dem Runden Häusl. Drinnen, unterm fichtenbärtigen Dach, führte die Kölblin sich auf, als sei sie vom Teufel besessen!

Halbnackt hockte sie auf dem Schoß des Haas aus Marchetsreuth, der diesmal den Gimpel zu rupfen gedachte: einen Devotionalienhändler aus dem Donaugäu, der zu einem der böhmischen Wallfahrtsorte unterwegs war. Doch wo die Neidbergerin sich sonst mit ihren Zaubersprüchen und dem Zurschaustellen ihres üppigen Fleisches zufriedengegeben hatte, schien ihre Schamlosigkeit heute überhaupt keine Grenzen mehr zu kennen. Mit immer verworfeneren Darbietungen brachte sie ihr glotzendes Opfer um den Verstand.

Rieb, wenn sie die Karten für ihren Kumpan ausgab, den Daumen der anderen Hand obszön zwischen Zeige- und Mittelfinger. Wetzte, sobald der Schmied einen Stich gemacht hatte, das gewonnene Blatt innen am entblößten Schenkel. Schob es sich mit lasziver Geste in den klaffenden Spalt zwischen den Brüsten; verengte die Katzenaugen dabei zu lüsternen Schlitzen.

Löste sich jetzt plötzlich, während die Musikanten ihre aufpeitschende Melodie zum Stakkato steigerten, von den Spielern und tanzte vor dem Feuer. Griff sich unvermittelt den Besen und zog ihn sich unterm zuckenden Becken zwischen die Beine. Sprang, den groben Stiel reitend, zurück zum Marchetsreuther. Schwang sich erneut auf dessen Schoß, lachte dabei gellend. Packte unversehens den Kopf des Schmieds, leckte ihm das Bartmaul und preßte ihm die Zunge zwischen die Lippen.

Unvermittelt dann fauchte sie den anderen, den Gimpel, an: »Los! Zeig schon her, was du bringst! Schmier doch die

Sau mit ihrem eigenen Rahm! Laß den Eberschwanz stechen hin auf die Königin! Wichs den Buben dazu, beim satanischen Arsch! Hol' dir deine Trümpf' aus der goldenen Höllenfud, wenn du's Zeug dafür im Sack hast!«

Und der Devotionalienhändler, immer verwirrter nach der Schnapskruke greifend, mit immer stärker sich rötendem Schädel und zunehmend schafsblödem Blick, spuckte seine Kreuzer und Gulden aus; alles verlor er an den Haas, noch ehe das riesige Gestirn über dem Alten Grund seinen Zenit erreicht hatte. Zuletzt torkelte er fluchend hoch, schlug dabei fahrig drei Kreuze über Stirn, Mund und Brust; floh sodann, weitere haltlose Verwünschungen ausstoßend, ins Freie: hinaus in die unwirklich helle Nacht.

Drinnen, beim Hexenstein, köpfte der Marchetsreuther, nachdem er die Beute mit seiner Kumpanin geteilt hatte, einen weiteren Krug. Mit bocksgeilem Grinsen setzte er ihn der Neidbergerin an die Lippen, nötigte die besessene Bäuerin übermäßig zum Trinken, raunte ihr dabei zu: »Los, sauf'! Daß du noch hitziger wirst! Und dann treiben wir's miteinander, gell?!«

Die Kölblin, Kinn und Hals vom Kornbrand triefend, lachte einmal mehr schrill auf. Griff dem Schmied dabei ans Gemächt, platzte gleich darauf heraus: »Beim Höllenschwarzen! Bist ja stieriger als ein Junger!«

»Jawohl! Und draußen im Mondschein hab' ich noch viel mehr Brunst!« prahlte der Haas. »Komm endlich! Den Schnaps nehmen wir mit...« Er zog die Betrunkene hoch, drängte sie ungestüm zur Tür.

Aber plötzlich kam ihm Afra in die Quere, die sich bislang, ebenfalls nicht prüde, in der Nähe der Musikanten vergnügt hatte. Jetzt jedoch stand deutliche Besorgnis in ihren Augen, als sie sich an den Arm der Freundin hängte und sie bat: »Treib's nicht gar so arg, Maria! Könnt' ein böses Ende nehmen! Die heutige Nacht, ich spür's, hat was Gefährliches an sich! Solltest besser hier drinnen bleiben!

Sonst passiert noch was da draußen! Weil der Himmel so hell und giftig ist…«

Einen Augenblick schien die Kölblin zu zögern, im nächsten Moment freilich erwiderte sie: »Spinnertes Zeug redest daher; Närrin, du! Oder gönnst mir etwa den Spaß nicht? Hast doch sonst auch nichts dagegen, wenn ich's mit den Mannsbildern treib'; tust's doch genauso gern wie ich…«

»Als ob eine Hex' wie die Kölblin den Mond fürchten müßt'!« mischte sich ungeduldig wieder der Schmied ein. »Oder das, was in seinem Schein ans Licht steigen könnt'! Und jetzt komm endlich, du Satansweib! Sonst platzt mir noch sonstwas da unten!«

»Da hörst du's!« warf die Neidbergerin ihrer ehemaligen Mitterdirn hin; lachte neuerlich gellend. Und dann war sie es, die den Haas nach draußen zog, während das Zymbal dem Paar einen wilden Triller nachsandte. Die Schwarzhaarige stand da und starrte; gleich darauf aber war wieder ihr eigener Galan bei ihr. Er und der neue aufpeitschende Tanz brachten es zuletzt dahin, daß sie ihre Ängste vergaß und sich, trotzig fast, in den Taumel zurückfallen ließ.

*

Der Mann mit dem geschwärzten Gesicht und dem schweren, metallischen Gegenstand unter dem rupfenen Umhang hatte in dieser unwirklichen Nacht bisher kein Glück gehabt, obwohl er weit gepirscht war. Doch jetzt, vom Erlenstreifen her, der sich die Ohe entlangzog, hörte er auf einmal das Geräusch: das regelmäßige Reiben und Schüttern am Holz, das sein Herz jäh schneller schlagen ließ. Ein starker Bock muß es sein, der sich bei den Bäumen das Geweih entbastet! schoß es ihm durch den Kopf. Blitzschnell duckte er sich; holte die Büchse unter der Kotze hervor.

So lautlos wie möglich, jede Deckung nutzend und dabei ständig auf den Wind achtend, näherte er sich dem

Flüßchen; erreichte es schließlich ein Stück unterhalb der bewußten Stelle, von wo noch immer die verräterischen Laute kamen. Und nun sah er auch den großen, unförmigen Schatten, der sich seitlich eines der verknorrten Baumstämme bewegte. Ein Grinsen verzerrte das Gesicht des Mannes; gebleckt wurden kurz die Zähne sichtbar. Mit dem nächsten Herzschlag krampfte sich seine Faust um das Schloß der Waffe, zog der Daumen den schweren Hahn mit dem eingeschraubten Feuerstein auf. Wiederum einige gejagte Lidschläge später schwenkte der Büchsenlauf in den ruckartig sich bewegenden Schatten hinein; genau über dem Blatt des jetzt dumpf röhrenden Tieres blieb das Korn hängen.

Plötzlich aber der unverkennbar menschliche Laut: das seltsam unterdrückte Winseln, das ganz ohne Zweifel aus einer weiblichen Kehle drang – genau dann ertönte, als sich der Finger des Freischützen bereits um den Stecher der Waffe krümmte. Gerade noch gelang es dem Wilderer, den zuschnappenden Hahn abzufangen; der Feuerstein furchte eine Schmarre in den Handballen, doch der Schuß fiel nicht.

Vor Schmerz und Enttäuschung knirschten die Zähne des Mannes; gleich darauf freilich bleckten sich seine Zähne im geschwärzten Gesicht erneut unter einem lautlosen Grinsen. Denn jetzt wurde das wimmernde Keuchen unversehens von einem wie erlösten Knurren überlagert, und nun klang der Baß des Marchetsreuther Schmiedes zwischen den Erlen hervor: »Sakkrament, Maria! Saugut war's...«

Atemlos, während nunmehr die Gestalt des Wilderers mit einem weichen Gleiten im Schatten der Büsche verschwand, kam die Antwort der Frau: «Gib mir den Schnaps! Das Bocken hat mir Durst gemacht...«

Der Teufel soll mich holen, wenn das nicht die Kölblin ist! dachte der mit der Büchse. So ein Miststück! Wenn das die Leut' drüben in Neidberg wüßten...

Einen Moment später hörte er von neuem die Stimme des Mannes: »Gehst schon noch einmal mit hinüber zu den Musikanten, gell?«

Erst jetzt, nachdem das Jagdfieber abgeklungen war, nahm auch der Freischütze die gedämpften Töne wahr, die, gegen den Wind, von weiter unten am Oheufer kamen. Die kaum hörbar heranwehten und scheinbar sofort wieder weg waren, als Maria Kölbl erwiderte: »Nein, ich mag nicht mehr. Hab' noch einen recht langen Heimweg ...«

»Auch gut, dann begleite ich dich halt noch ein Stück«, gab der Baß drüben nach; dann entfernten sich die Schritte der beiden und verloren sich allmählich in der hellen Nacht. Je leiser die Geräusche wurden, um so deutlicher vernahm der Wilderer erneut die ferne Musik – und dann wurde ihm plötzlich auch bewußt, wo die Spielleute sich aufhalten mußten: im Runden Häusl, über das im Schmalztobel die ausufernden Gerüchte umliefen.

*

»Nein, laß mich! Ich bin zum Tanzen da, deine Hur' bin ich nicht!« Afra, aufgrund des Verschwindens ihrer Freundin kratzbürstiger als sonst, stieß den Knecht, der unter dem Einfluß des Fusels allzu vertraulich geworden war, derb zurück. Als der Bursche dennoch keine Ruhe geben wollte, flüchtete die Schwarzhaarige sich zu den Böhmen; kauerte sich auf die Bank neben den bezopften Zymbalspieler. Murrend tröstete sich der Knecht mit der Kruke; der Musikant wiederum zwinkerte der jungen Frau verschwörerisch zu.

Allmählich, während Hackbrett und Bauerngeige nun zu einer wehmütigen Melodie wechselten, entspannte sich Afra wieder. Ich gönn's der Kölblin ja, dachte sie. Und was sie am Schmied findet, das muß sie selbst wissen ... Ich jedenfalls möcht' ihn nicht haben, den Klotz ... Sie wechselte einen Blick mit dem Zymbalspieler; lächelte ihn an. Wahrscheinlich wird die Maria jetzt eh schon auf dem Heimweg sein, überlegte sie dann weiter. Und ich werd' auch nicht mehr allzu lange bleiben... Außer, daß ich vielleicht später doch noch mit dem Pavel...

Wie unabsichtlich berührte ihre Hand dabei den Klangkörper des Hackbretts, das auf den Knien des Böhmen lag. Das Vibrieren des dunklen, gewachsten Holzes erregte sie auf seltsame, unerwartete Weise. Die Schwingungen schienen sich tief in ihren Leib zu wühlen, schienen das Blut dort schneller strömen zu lassen. Afras Pupillen verengten sich, und dann gab sie sich dem Gefühl beinahe verzückt hin. Genoß das pulsierende Summen, das ihre Glieder immer schwerer machte; schloß die Lider verträumt, begann sich sanft zu wiegen – und wurde jäh aus ihrem Entrücktsein gerissen, als plötzlich der kühl heranfauchende Luftzug ihr Gesicht traf.

Als sie erschrocken die Augen wieder aufriß, glaubte sie ein Gespenst zu sehen. Etwas Unholdes im fahlen Pelz, das sie aus der Dunkelheit jenseits des im selben Moment seitlich weglodernden Feuers anspringen wollte. Schrill schrie sie auf; noch war der Ton nicht verklungen, als ihr auch schon die Worte des Gregory Prämbl entgegenschlugen: »Da schau her! Meine entsprungene Mitterdirn...«

Gleich darauf wandte er sich jedoch brüsk wieder von ihr ab, schälte sich umständlich aus dem Umhang; schien, als er das Kleidungsstück zusammenrollte, etwas darin zu verbergen. Wischte sich dann übers Gesicht, auf dem trotz des durchglühten Halbdunkels die Rußspuren zu erkennen waren; wandte sich den übrigen Liederlichen zu und warf ihnen die Sätze hin: »Bin beim Köhlern gewesen; ist spät geworden. Jetzt könnt' ich einen Schnaps brauchen; ich hoffe, ihr habt einen anständigen Schluck für mich...«

»Kannst dich ansaufen bei uns, bis du umfällst! Freilich nur, wenn du dafür zahlst!« rief ihm einer der Tänzer zu. Als ihm der Neidberger grinsend ein paar Münzen reichte, setzte der Knecht, der bei Afra kein Glück gehabt hatte, noch eins drauf: »Und willige Weiber gibt's auch im Runden Häusl! Fürs Geld oder auch ohne; kommt ganz drauf an, wie hitzig sie grad' sind…«

»Etwa solche wie die da?!« Der Blick, den der Bauer auf seine ehemalige Dienstmagd schoß, hätte gemeiner nicht sein können.

Die Schwarzhaarige konnte das Zittern, das sie bis jetzt mühsam noch unterdrückt hatte, nicht mehr beherrschen. Gleichzeitig glaubte sie wieder seine heißen, reißenden Hände auf ihrer Haut zu spüren und die geilen Worte zu hören, die er ihr damals im Apfelgarten hinter der Scheune ins Ohr gezischelt hatte. Und um alles noch schlimmer zu machen, antwortete jetzt höhnisch die Stimme des Knechtes: »Ja, die Afra, das ist so eine…«

»Du lügst!« fuhr sie den Kerl an. Schnellte unmittelbar darauf zum Prämbl herum, der jetzt den Schnapskrug am Mund hatte; schrie ihren Abscheu heraus: »Und mit dir will ich meiner Lebtag nichts mehr zu tun haben! Weil du ein Vieh bist! Weil du's gar nicht verdienst, daß dich eine Frau anschaut!«

»Was unterstehst du dich; Hurenmatz, du!« Mit einem Satz war der Neidberger bei ihr; packte ihre Schultern, schüttelte sie. »Du hast es grad' nötig! Sich in der Nacht herumtreiben und dann mir gegenüber frech werden! Aber wart' nur, dir zeig' ich's jetzt! Das will ich sehen, ob du mich noch einmal zurückstößt!«

Brutal zerrte er sie hoch, hielt die sich Sträubende mit der einen Hand fest, drückte ihr mit der anderen die Fuselkruke gegen den Mund. »Da, sauf!« Er kippte den Krug; der Schnaps lief Afra über Kinn und Hals. »Jawohl!« brüllte er höhnisch. »So mag ich dich! Und jetzt will ich noch mehr von dir!« Die Kruke zerklirrte auf dem Lehmboden; mit beiden Armen hob der Bauer die Strampelnde hoch, wollte sie gegen ihren verzweifelten Widerstand küssen. Aber ehe es ihm gelang, spürte er plötzlich einen muskulösen Arm um sein eigenes Genick; er mußte die Schwarzhaarige fahren lassen und hörte das drohende Knurren des Zymbalspielers: »Verschwinde, du! Sonst gibt noch Unglück!«

Jäh duckte sich der Neidberger; wand sich aus der Umklammerung, sprang zurück. »Nimm dich bloß in acht, dreckiger Böhm'!« schrie er, außer sich, den Bezopften an. »Bist schneller hin, als du glaubst, wenn ich's darauf anleg'!« Mit einem Satz war er bei seinem rupfenen Bündel, wollte danach greifen. Schaffte es aber nicht, weil plötzlich der Fuß des zweiten Musikanten darauf stand. Und wiederum einen Herzschlag später war erneut der Zymbalspieler heran: mit gezücktem, krummem Messer.

Gregory Prämbl erbleichte und wich zur Tür aus. Drohend, den Dolch immer wieder natternschnell ins Leere zucken lassend, setzte ihm Pavel nach. Der andere Böhmische hatte inzwischen das Rupfenbündel aufgeschlagen, machte sich jetzt hastig an der darin verborgenen Büchse zu schaffen. Löste den Feuerstein, warf ihn weg und schleuderte Gewehr und Umhang in die Richtung des Prämbl. Mit knapper Not fing der sein Eigentum auf; taumelte unter dem Anprall hinaus ins Freie.

»Ja, lauf! Schnell!« rief ihm grimmig der Bezopfte nach; lachte wenig später, als die hastigen Schritte verklangen, höhnisch auf. Dann kam er zurück zur völlig verstörten Schwarzhaarigen, nahm sie vorsichtig in die Arme und begann leise auf sie einzureden.

*

Ängstlich, mit gehetzten Augen, lief Afra die langgestreckte Hügelflanke hinauf, über die sich der Pfad nach Wittersitt schlängelte. Mehrere Stunden waren seit dem schrecklichen Auftritt im Runden Häusl vergangen, doch noch immer schien der Schwarzhaarigen jede Einzelheit gegenwärtig zu sein; ebenso jedes Wort, mit dem Pavel sie anschließend getröstet und ihr immer wieder versichert hatte, daß der verrückte Bauer es bestimmt nicht noch einmal wagen würde, ihr zu nahe zu treten. Der habe, schon wegen der bei ihm entdeckten Wildererwaffe, die Hosen jetzt gewiß gestrichen voll. Endlich dann hatte Afra den Mut gefunden, sich auf den Heimweg zu machen. Allein war sie losgerannt, denn all die anderen waren längst verschwunden, und die Begleitung des Zymbalspielers hatte sie abgeschlagen; es wäre nicht gut gewesen, wenn irgend jemand sie im Morgengrauen mit ihm gesehen hätte.

Jetzt tauchte hinter den ziehenden, vom ersten Tageslicht rot durchschossenen Nebelfetzen die Wetterfichte auf: der krumme Stamm mit dem struppigen, beinahe waagrecht wegwuchernden Wipfel. Manche munkelten, die Wilde Jagd habe den Baum einst so hanebüchen geknickt und herniedergepreßt; aus diesem Grund hinge auch das Kruzifix zwischen den Ästen: damit das Unholde dadurch gebannt werde.

Die Mitterdirn, sich dieser Überlieferung erinnernd, sandte ein hastiges Stoßgebet zum Himmel: »Alle guten Geister loben Gott, den Herrn!« Setzte, während sie gleich darauf die letzte Kehre des Pfades direkt unterhalb der Fichte nahm, hinzu: »Laß mich grad' da noch vorbeikommen, Himmelmutter, dann hab' ich's geschafft!« Kaum hatte sie die Madonna angerufen, schien sie tatsächlich wie durch einen Zauber innerlich ruhiger zu werden. Ein Bild tauchte vor ihrem inneren Auge auf: Wie sie – nur eine kleine Viertelmeile noch – auf dem Frueth-Hof in Sicherheit sein würde; geborgen im Stall, zwischen den warmen, schützenden Leibern der Rinder.

Jetzt hatte sie den Baum erreicht, streckte instinktiv die Hand nach dem Stamm aus, um Halt für das steile Wegstück gleich oberhalb zu finden; zuckte jedoch mit demselben Herzschlag zurück. Der verspannte Korpus des Gekreuzigten, jäh zwischen den ruppigen Nadelbärten sichtbar, erschien ihr plötzlich zutiefst bedrohlich: schien sie anspringen zu wollen. Sie unterdrückte einen Schrei – im selben Augenblick jagte der Schatten heran.

Freilich erfolgte der Angriff nicht von der Wetterfichte her; kam vielmehr hinter einem links davon sich auftürmenden Haufen von Lesesteinen hervor. Von dort her flatterte der rupfene Umhang auf sie zu; mit dem nächsten Lidschlag packten die Fäuste sie so hart, daß sie nicht die geringste Chance hatte. Rücklings, mit dem Hinterkopf den Baumstamm streifend, stürzte sie, rutschte in ihrer panischen Gegenwehr noch zwei, drei Schritte hangabwärts; dann preßte der schweißige Körper, der jetzt mit seinem ganzen Gewicht über ihr war, sie auf die feuchte, schwere Erde.

»Kriege ich dich doch noch! Hurenmatz, du!« keuchte Gregory Prämbl. Sein Speichel sprühte ihr ins Gesicht; mit dem letzten Wort biß er sie. Schien ihre Lippen und ihren Hals zerfleischen zu wollen; saugte sich dann tiefer unten an ihrem Fleisch fest, während seine Arme wie eiserne Klammern waren. Aus der Verzweiflung der Schwarzhaarigen wurde eine hämmernde, jagende Schwäche; die Landschaft um sie herum begann sich in einem immer peitschenderen Wirbel zu drehen. Gleich darauf, als sich der Unterleib des Wahnsinnigen zwischen ihre Schenkel drängte, explodierte der rasend rotierende Mahlstrom.

Die Fratze des Neidbergers schien zu zersplittern; dahinter flirrte das Bild des Hexensteins heran. Von den Flammen bezüngelt, tanzte schamlos die Kölblin: zwischen den Beinen den ruppigen Besen. Das rutige, wie lebendige Wesen, aus dem unvermittelt die lüsternen Augen des Marchetsreuthers glühten, ehe er, hervorfahrend, die außer Rand und Band Geratene packte und sie röhrend in die Nacht hinaus entführte. Sie zum Ritt zwang durch die eitrig-helle Finsternis, welche sich aber jetzt jäh ebenfalls verwandelte: zu heulender, sturmdurchfauchter Schwärze. Zu gotteslästerlicher

Finsternis, die jedoch unterm Brüllen der Wilden Jagd sofort wieder zerbrodelte und zur aufdonnernden Tür wurde, durch die sich der zähnefletschende Dämon schnellte.

Der Teuflische mit seinen Hauern und Krallen, welche die Brüste der Mariann im zerfetzten Mieder mißbrauchten; fast unmittelbar darauf ihren zuckenden und sich bäumenden Schoß. Und der schrille Schrei der Viehmagd von der Haindlmühle, der längst Verstorbenen, mischte sich mit dem Afras, als der reißende Schmerz in sie drang und das Glied, das wie ein eisiges Messer war, sie schändete. Hektisch wand sie sich, trat verzweifelt um sich, versuchte das Grauenhafte abzuwerfen, doch das blasphemische Stoßen und Bocken war stärker; durchströmte sie wie Schlangen- oder Spinnengift. Erst als das Luziferische sich auf dem Höhepunkt der unsäglichen Qual keckernd und drohend wieder von ihr löste, zerfaserte auch das bannende Gespinst.

Mit einem wehen, kaum hörbaren Wimmern kam die Schwarzhaarige wieder zu sich. Krallte, weil sie keinen anderen Halt fand, die Fingernägel in die Erde. Krümmte sich, als der Rupfenrauhe hinter dem Stamm der Wetterfichte verschwand, zusammen; kroch auf die Knie, richtete sich taumelnd auf. Wollte dem Prämbl ihren Haß und ihren Abscheu nachschreien, hörte aber statt dessen noch einmal seine Stimme: »Das Maul hältst du! Wenn nicht, holt dich der Teufel! Hexenbrut, du!«

*

Irgendwie überstand Afra den Tag; fand Ausreden, wenn die anderen auf dem Frueth-Hof sie auf die Kratzer in ihrem Gesicht ansprachen. Wie stets, wenn auch wie unter einer schweren Betäubung, tat sie ihre Arbeit: brachte das Viehfüttern und Melken hinter sich, später das Dungräumen und nach dem hastigen Imbiß zu Mittag das Unkrautjäten im Haferfeld. Kaum drang jedoch das verwaschene Gewimmer des Vesperläutens von Ringolay herüber, verschwand die Schwarzhaarige wie gehetzt vom Acker; rannte davon auf dem Weg, der nach Neidberg führte.

Der Obrigkeit müßte man ihn angeben können! Ihn auspeitschen und hängen lassen! So räderte es ihr die ganze Zeit durch den Schädel. Und dabei malte sie sich aus, wie er die Vergewaltigung durch die neunschwänzige Katze und durch den Strick mit dem faustgroßen Knoten am eigenen Leib verspüren würde! Wie er flehte, winselte und sich wand; wie die Büttel trotzdem keine Gnade kannten: wie sie ihn büßen ließen bis zum Ende; ihn, das Vieh!

Doch als sie im Dorf angelangt war, schlug sie gleich einem verschreckten Tier einen Bogen um das Anwesen des Gregory Prämbl; erreichte auf diese Weise den Kölbl-Hof von hinten her: durch den Krautgarten. Stürzte durch den rückwärtigen Eingang und weiter in die Küche; schluchzte dort, als die Bäuerin erstaunt hochblickte, auf – und fand sich endlich in den Armen der älteren Frau geborgen.

Wenig später, in der bewußten Kammer, brach all das Angestaute aus ihr heraus: stockend und immer wieder vom gestoßenen Heulen unterbrochen. Brach sich Bahn, während Maria ihr erschüttert zuhörte; am Ende schrie Afra laut, was sie bisher nur gedacht hatte: »Nach Perlesreuth müßte man gehen! Ihn beim Vogt in der Fronfeste hinhängen! Damit er seine Strafe kriegt! Der Verbrecher, der verfluchte!«

»Nein! Denn eher als ihn würden sie dich auspeitschen!« versetzte mit rauher Stimme die Kölblin. »Weil du ihm zu Willen gewesen bist! Ihn zum Ehebruch verführt hast! So jedenfalls würden sie's hindrehen! Weißt es doch selbst: Eine Krähe hackt der anderen kein Auge aus! Auf Biegen und Brechen würden sie zusammenhalten – die Männer! Sei gescheit, Afra! Mach' dein Unglück nicht noch größer!«

»Aber ich kann's doch nicht einfach in mich hineinfressen!« jammerte die Schwarzhaarige. »Heute! Morgen! Jeden Tag, mein ganzes Leben lang!« Ihre Finger krallten sich in den Schoß; ganz so, als wollte sie die Erniedrigung dort weg-kratzen. »Und was ist, wenn ich jetzt schwanger bin?! »Wenn ich auch noch das Balg von dem Teufel in mir trage?!«

»Bist nicht schwanger!« Plötzlich war das Gesicht mit den geschlitzten Augen und den breiten Jochbeinen ihr so nahe, daß sie sich in den dunklen Pupillen zu verlieren glaubte. Und wie behütend spürte sie im selben Moment die Hände der Älteren auf ihren eigenen; merkte, wie ihre sich krümmenden und kratzenden Finger zur Ruhe gebracht wurden. »Bist nicht schwanger!« wiederholte die Bäuerin. »Unter einem solchen Mond, wie er heute nacht am Him-mel hing, funkt´s nicht! Oder denkst du, ich wär' sonst mit dem Schmied weg? Nein, kannst mir's schon glauben! Davon versteh' ich mehr als jede andere! Meine Mutter selig hat mich das Geheimnis gelehrt ...«

»Schwör's mir! Bei deiner ewigen Seligkeit!« verlangte Afra mit brechender Stimme.

Mit seltsamem Lächeln tat Maria Kölbl ihr den Gefallen. Dann, als sie spürte, wie die Schwarzhaarige sich ein wenig entspannte, fügte sie wie beschwörend hinzu: »Und rächen kannst du dich auch an den Männern! Mußt mir nur ver-trauen, dann zeig ich dir, wie's geht! Wie du auf sie spucken und sie dann ganz und gar vergessen kannst! Brauchst über-haupt keine Obrigkeit dazu; brauchst nur ...«

»Was?!« Ein beinahe manisches Flehen lag in der Stimme Afras.

Und dann hörte sie die Antwort: »Brauchst nur die schwarze Salbe!«

9 DIE SCHWARZE SALBE

Mai 1702

Gleich einer gezackten und grau verschorften Wunde zog sich der grob geschichtete Steinwall über den Berg. Schon einmal hatte Afra Dickh hier Zuflucht gefunden: im Frühling vor drei Jahren, als Maria Kölbl sie während des Gewitters in das Versteck hinter der vorspringenden Schroffe gebracht hatte. Jetzt kauerten die beiden Frauen wieder in der moosgepolsterten und von starken Quadern überwölbten Muldung. Heute freilich war der Himmel draußen nachtdunkel; verschleiert trieb der Mond hinter schattenhaften Wolkenfetzen.

Durch den Spalt des Schlupfes deutete die Schlitzäugige auf das Gestirn, dessen rechter Rand wie angefressen wirkte. »Deswegen haben wir noch drei Tage warten müssen«, erklärte sie. »Weil das schwarze Gebräu nur dann gedeiht, wenn der Vollmond am Schwinden ist. Aber ich bin inzwischen nicht faul gewesen; hab' alles schon heraufgebracht, was wir brauchen. Und was nicht im Haus war, hab' ich mittlerweile auf meinen heimlichen Plätzen gesucht...«

Unwillkürlich fröstelte Afra; erkundigte sich atemlos: »Du hast die... Sachen sogar bei dir daheim? In deiner Kammer?«

»Dort sucht kein Mensch danach«, nickte Maria. »Ebensowenig wie hier in meinem anderen Versteck. Am besten ist's, man tut das, was nicht alle mitbekommen müssen, einmal hier und einmal da. Und heut' nacht, weil du dabei bist, machen wir's hier...«

Die Schwarzhaarige schluckte; fühlte sich zwischen Furcht und Faszination hin und her gerissen. Dann aber siegte ihre Lust auf das Geheimnisvolle. Gespannt beobachtete sie, wie die Kölblin im Schein des leise prasselnden Reisigfeuers mit ihrem verbotenen Tun begann. Sie schob den kleinen gußeisernen Kessel in die Flammen, griff nach einer Kruke und erklärte dabei: »Zuerst brauchst du das Mittel, das all die anderen Bestandteile miteinander verbindet: Most, wie du ihn in jedem Keller findest...« Sie füllte den metallenen Topf aus dem Tonkrug; fast augenblicklich breitete sich ein süßlicher, betäubender Duft aus, den Afra allerdings auch in winterlichen Bauernstuben bereits gerochen hatte.

Wenig später freilich, als die Flüssigkeit brodelte, erschrak sie um so mehr. Denn jetzt brachte die Schlitzäugige einen zusammengefalteten ledernen Lappen zum Vorschein; als sie ihn auseinanderschlug, sah die jüngere Frau eine braunschwarze, gelb durchsprenkelte Masse, von der ein strenger, ausgesprochen abstoßender Geruch ausging. »Gestocktes Fledermausblut, mit Rinderfett und Ruß verknetet«, murmelte die Kölblin und ließ die Substanz in den Kessel fallen. Als sie den ruckenden Kehlkopf der Freundin sah, setzte sie schnell hinzu: »Roh vergiftet's dich, gekocht hat's wundersame Wirkung!«

Sie wartete, bis der Sud aufschäumte, rückte den Topf dann ein wenig aus der Glut. Zwinkerte Afra dabei beruhigend zu und nahm nun einen Leinenbeutel zur Hand, aus dem es beim Öffnen kaum hörbar knisterte. »Bilsenkraut, Eisenhut, Tollkirsche, Stechapfel und Schierling, alles mit Pappellaub gut vermischt«, raunte sie. »Ein Teil getrocknet, ein Teil ganz frisch gebrochen. Sechs von den Sieben. Nimm's und bewahre es noch, bis ich die Mandragora darübergeschabt habe...«

Wieder schwankte die Schwarzhaarige zwischen Beklommenheit und Neugierde. Mit angehaltenem Atem fühlte sie, wie die streng riechende Kräutermischung auf ihre Haut rieselte: sich in der Schale ihrer Hände häufte. Ein feines, brennendes Prickeln schien durch ihre Poren zu dringen; schien sich noch zu verstärken, als die Bäuerin nun plötzlich die Wurzel zwischen den Fingern hielt, die Afra bisher nur vom Hörensagen gekannt hatte. »Soeben hast du ihren geheimen Namen gehört. Für gewöhnlich nennt man sie die Alraune«, zischelte Maria und drehte das bräunliche Gebilde, das entfernt an eine winzige menschliche Gestalt erinnerte, im Feuerschein. »Und jetzt muß das gebannte Seelchen sterben, damit aus seinem Tod die Lust geboren werden kann…«

Mit Hilfe eines winzigen krummen Messers zerkleinerte die Kölblin die Mandragora. Wieder schienen die feinen, sich ringelnden Späne, die zwischen die übrigen Kräuter fielen, Afras Haut zu reizen und zu kitzeln; sie hatte große Mühe, stillzuhalten, während Maria die Arbeit tat. Der Sud im Kessel brodelte mittlerweile schwerer und sämiger; der Geruch wurde noch strenger. Dann, nachdem die Alraune zerspänt war, wartete die Bäuerin ab, bis der Mond draußen zur Gänze hinter einem der Wolkenfetzen verschwand. Im gleichen Moment griff sie nach den Handgelenken der Schwarzhaarigen und brachte sie auf diese Weise dazu, die jetzt vollständige Mischung in den eisernen Topf rieseln zu lassen.

»Sechs mit der Krone zu Blut, Fett und Ruß!« rief sie dabei mit lauerndem Unterton aus. Im nächsten Augenblick glitt ein lautloses, seltsam verzerrtes Lachen über ihr Gesicht, denn der Inhalt des Kessels wallte so ungestüm auf, daß Afra unwillkürlich zurückfuhr. Sie erschrak noch mehr, als gleich darauf ein atembeklemmender Brodem gegen sie heranschlug, aus dem es in dunklen Farbwirbeln zu glühen schien. Einen gepreßten Atemzug später verschwand das Phänomen ebenso schnell wieder, wie es entstanden war; der Sud selbst jedoch wirkte nun deutlich dicker: war beinahe schon zu einer halb konsistenten Masse eingekocht.

»Ganz wie es sein soll, wenn die Sieben und die Drei sich paaren!« frohlockte die Schlitzäugige, schlang den Arm um die Schulter ihrer Elevin und erklärte. »Zehn Vaterunser jetzt noch! Aber das erste Wort vertauscht, ebenso das siebte!

Dann ist das Werk getan! Nur aufgeschmalzen muß der Kuchen am Ende noch werden!«

Als die Schwarzhaarige verständnislos starrte, feixte die Kölblin und fing zu beten an: »Satan unser, der du bist im Höllenfeuer…«

Beim ersten Mal war Afra entsetzt und brachte ihrerseits keinen Ton heraus. Doch als Maria von neuem mit ihrer Litanei anhob, mußte die Schwarzhaarige plötzlich an ihr schreckliches Erlebnis drei Nächte zuvor denken und damit auch wieder an das, was die Freundin ihr zum Ausgleich versprochen hatte. Kaum hörbar fiel sie ins Murmeln der Älteren ein, sparte freilich die bewußten Worte noch aus. Aber dann, weil sie begriff, daß trotz der Teufelsbeschwörung nichts Böses geschah, sondern die Essenz im Topf jetzt auf einmal fast aromatisch duftete, verlor sie die ihr anerzogenen Hemmungen. Und fiel fast frenetisch ein, als Maria wiederum mit dem verbotenen Gebet begann.

Zuletzt, das Gestirn draußen war jetzt ein gutes Stück weitergewandert, nahm die Kölblin den Kessel vom Feuer. Der Inhalt war bis auf einen schwärzlichen, etwa daumendicken Rückstand eingeschrumpft. »Pack zu!« befahl Maria. »Laß es uns gemeinsam tun, weil wir ab jetzt auf Leben und Tod verbunden sind…«

Zusammen, den rußgeschwärzten Topf zwischen sich, krochen sie ins Freie; stellten das Behältnis auf der Weidemauer ab: dort, wo ein kühler Luftzug darüberstreichen konnte. Sie warteten, bis der Inhalt des Kessels auf Handwärme abgekühlt war; kehrten dann in ihr Versteck zurück. In der engen Höhle nahm die Schlitzäugige wiederum ihr krummes Messerchen zur Hand und gab der jüngeren Frau einen kleinen, runden Behälter aus dunklem Holz sowie einen Stößel.

»Das Dachsfett befindet sich schon in der Büchse«, sagte die Kölblin. »Sowie ich das grobe Brät hineinstreiche, vermischst du es so innig wie möglich mit dem Schmalz!« Als die Schwarzhaarige nickte, begann Maria die zähe Masse vom Kesselboden zu lösen; ein paar Herzschläge später preßte ihre Gehilfin den ersten Brocken ins Dachsfett und zerrieb ihn dort in seine feinen Bestandteile. Schweigend, die Bäuerin jetzt immer hastiger atmend, arbeiteten die beiden Frauen weiter, bis der Topf völlig ausgekratzt und die Holzbüchse gefüllt war.

Mit geblähten Nüstern und jetzt kaum noch bezähmbarer Gier in den katzenhaften Augen beroch die Kölblin zuletzt die schwärzlich schillernde Masse. Dann, nachdem sie Afra fast gewaltsam an sich gezogen und fordernd geküßt hatte, fauchte sie mit lüsterner Genugtuung in der Stimme: »Das ist sie, Herzchen, die Hexensalbe! Jetzt bloß noch einen Batzen davon in die nackte Haut gerieben; dort, wo's keinen was angeht! Und schon läßt der Teufel uns alles Leid vergessen ...«

*

»Der Teufel soll sie holen, wenn sie gegen den Stachel zu löcken versuchen! Sie sind dazu da, daß sie parieren, und deswegen haben sie auch übers gewöhnliche Maß hinaus zu schuften, wenn es dem Fürstbischof so gefällt! Und Ihr, als ihr Seelenhirte, seid dazu da, ihnen das von der Kanzel aus einzutrichtern!« Josef Schönauer, der Perlesreuther Vogt, raunzte die Sätze im Gemach hoch oben im Torturm der Fronfeste. Er stand dabei direkt vor dem spitzbogigen gotischen Fenster, hinter dem soeben der wie angefressen wirkende Mond aufglühte, ehe er im nächsten Augenblick wieder zwischen zwei jagenden Wolkenfetzen verschwand.

Corbinian Wenkh, noch hagerer und fanatischer wirkend als in jener nun bereits sechs Monate zurückliegenden Herbstnacht, in der ihn der Ritterbürtige im gleichen Raum wegen des in Ringolay durchgeführten Exorzismus zusammengestaucht hatte, sog die Luft pfeifend zwischen die

Zähne. Er zögerte seine Antwort so lange hinaus, bis das Gestirn hinter dem Bleiglas von neuem schärfere Konturen gewann. Erst dann erwiderte er gepreßt: »Harte Arbeit ist das erprobteste Mittel gegen die überall lauernde Sünde; keine Frage! Dennoch gebe ich zu bedenken, daß ich, ganz wie Ihr soeben selbst sagtet, der Priester meiner Gemeinde bin; nicht ihr weltlicher Steuereintreiber...«

»Wobei Ihr keinesfalls vergessen dürft, daß Ihr die Stelle nach wie vor bloß kommissarisch innehabt«, stellte der Vogt mit sardonischem Unterton fest. »Und das bedeutet, daß Ihr Euch bewähren müßt, ehe Ihr Euch – vielleicht – eines Tages mit dem ganzen Arsch auf die Pfründe hocken könnt! Vorerst nämlich sitzt Ihr bloß auf einem Backen dort... «

Dröhnend lachte der Sanguiniker über seinen eigenen Witz; trat dann auf Tuchfühlung an den Mönch heran und setzte hinzu: »Ich hoffe, Ihr habt das jetzt endlich kapiert! Der Fürstbischof, Gott schütze ihn, besitzt das unbestreitbare Recht, die zusätzlichen Abgaben einziehen; kann sich Lustschlösser erbauen, soviel er nur will! Und wer immer in seinem Sold steht, muß ihm darin nach Kräften dienen! Faselt also nicht schon wieder von den Seelen, die Ihr vor dem Leibhaftigen retten wollt, erkennt vielmehr Eure Pflicht ganz! Denn nicht nur zum Beten müßt Ihr die Fronbauern bringen, sondern ebenso dazu, daß sie ihre Geldsäcke auch über das normale Maß hinaus für den Landesherrn öffnen, wenn es diesen danach verlangt! Nur wenn ihr das schafft, taugt Ihr zum Priester und werdet Euren Weg machen!«

Mit einem erneuten scharfen Atemzug schien der Dominikaner zum Widerspruch ansetzen zu wollen, besann sich jedoch im letzten Moment – und nickte.

»Na also, ahnte ich's doch!« versetzte mit maliziösem Lächeln der Ritterbürtige. »Und jetzt, da Ihr einsichtig geworden seid, wollen wir's noch einmal durchspielen, was Ihr künftig von der Ringolayer Kanzel zu predigen habt. Ich schlage vor, Ihr stellt Eure Sermones unter jenes sehr weise

Motto, das uns die Evangelien aus dem Mund des Apostels Paulus überliefern. Ihr wißt doch, welches ich meine ...?!«

Der Mönch schluckte; zitierte dann: »Jeglicher Christenmensch hat seiner Obrigkeit unabdingbar zu gehorchen, denn diese ist von Gott selbst eingesetzt ...«

»Jawohl! Und wenn die Tölpel das erst gefressen haben, dann dürfte es Euch wahrlich nicht mehr schwerfallen, ihnen auch auszudeutschen, was die heiligen Worte realiter bedeuten«, stieß der Vogt nach. »Daß die Leibeigenen es hinnehmen müssen, wenn der Fürstbischof ihnen den Zehnten bis auf weiteres verdoppelt! Weil es eben so im göttlichen Heilsplan beschlossen ist! Und weil man sie als Ketzer verfolgen müßte, wenn sie sich gegen das Apostelwort auflehnen und etwa nicht bluten wollten!«

Josef Schönauer packte den Dominikaner jäh am kalkweißen Skapulier. »Ketzerei wär's, versteht Ihr?! Und damit befändet Ihr Euch doch wieder auf vertrautem Boden, oder?! Weil Ihr dann erneut den Teufel jagen und ihn austreiben könntet; noch dazu völlig im Sinne des Landesherrn! Und gerade unter diesem Aspekt werdet Ihr wohl jetzt ganz besonders glaubenseifrig vorgehen, nicht wahr?!«

Als hätte er eine Erleuchtung, weiteten sich die fast schwarzen, goldfarben umsprenkelten Pupillen des Mönches. Und wiederum, diesmal aber eifrig, nickte er.

*

Die schwarze Salbe, auf der sich zuckend die Lichtreflexe des Feuers brachen, schillerte auf dem Handteller der Kölblin. »Beim ersten Mal steigst du am besten zusammen mit mir auf den Besen!« flüsterte Maria. »Kannst dich dann, wenn's losgeht, an mich klammern ...«

Afra, Furcht und gleichermaßen Lust auf das Verbotene in den graugrünen Augen, nickte.

»Aber zuerst, damit er uns ins Glück tragen kann, müssen wir ihn einschmieren, den Prügel!« fuhr die Neidbergerin fort. »Schau mir jetzt genau zu, wie ich's mache...«

Sie legte den kräftigen Stiel mit dem Reisigbuschen an der Spitze quer über ihre Knie und begann das glatt geschmirgelte Holz mit der Hexensalbe einzureiben. Aufgrund der dadurch entstehenden Wärme schien die Substanz beinahe wieder flüssig zu werden, und auch der aromatische Duft, den die Schwarzhaarige schon zuvor verspürt hatte, war erneut da. Zuletzt, als der Besen bis auf die Enden feucht und dunkel glänzte, schlug die Katzenäugige den Rock unvermittelt bis zu den Hüften hoch und kauerte sich rittlings über den Stiel; den Reisigbuschen schräg nach vorne und oben gerichtet.

»Komm jetzt! Mach schnell!« herrschte sie gleichzeitig Afra an. Ungeduldig griff sie nach der jüngeren Frau, raffte ihr das Kleid und zog sie hinter sich. »Mußt den Besen ganz tief zwischen die Schenkel nehmen!« keuchte sie. »Als sei er ein wilder Hengst, der dir sonst auskommt... Und dann das nackte Weiberfleisch am höllischen Sattel reiben... Ja, genau so... Daß es da drinnen wie ein feuriges Wetzen ist... Und jetzt schneller noch; fester... Jaaa, und jetzt flieg'...«

Die Schwarzhaarige, sich von hinten am Leib der Kölblin festklammernd, ließ sich führen; fand schnell den schamlosen Rhythmus: atmete heftiger in der noch unbekannten und deshalb um so erregender ansteigenden Lust, die von dem glitschigen Prügel ausging. Doch noch verspürte sie nichts wirklich Ekstatisches im Rauschen und Pochen ihres Blutes; dieses Gefühl setzte erst dann ein, als sich das bockende Holz plötzlich in Feuer zu verwandeln und sich ihr tief einzubrennen schien.

Die obszön züngelnde Flamme durchtobte ihr Geschlecht; strahlte von dort blitzschnell auf die Schenkel, den Bauch und die Brüste aus. Ließ scheinbar jeden einzelnen Nerv ihres Körpers aufglühen, schlug dann vielfach verstärkt wieder zum Ausgangspunkt zurück – und genau in diesem Moment ereignete sich das erschreckende und berauschende Wunder. Jaulend bäumte sich der Reisigbuschen; das Besenende löste sich vom bemoosten Boden des Verstecks; mit dem nächsten dröhnenden Herzschlag ging der Ritt durch den Schlupf hinaus: in die helle Nacht, direkt der wie rasend wachsenden Mondscheibe entgegen.

Afra spürte das schwere Flattern einer animalischen Mähne im Gesicht: ein wildes Peitschen und Schüttern, das sowohl der Katzenäugigen vor ihr als auch einem achtläufigen Roß unter ihr zuzugehören schien; gleichzeitig vernahm sie ein zutiefst tierisches Wiehern, das den Flug immer noch mehr stachelte: wie in einem wahnwitzigen Sturz jetzt auf die pockennarbige Oberfläche des schweflig-eitrigen Himmelskörpers hinunter. Wiederum einen explodierenden Pulsschlag später stülpte der riesige, dunkel leuchtende Ball sich auf blasphemische Weise um; aus den knotigen Runsen entstand, wie aus negativ sich ausbildenden Konturen geformt, eine Fratze: die des Vergewaltigers unter der Wetterfichte.

Die Schwarzhaarige wollte schlagen und spucken in diese dämonischen Züge, doch ihre Fäuste waren wie gelähmt; ihr Mund höllisch trocken: wie ausgeglüht. Hilflos wurde sie vom viehischen Antlitz eingesaugt – das sich aber unter gellendem Knirschen nun neuerlich veränderte: zu eitrigen Felsschrunden und Klüften wurde, aus denen jetzt der greuliche Brodem schlug; der Gestank, der die Würmer, Asseln und dazu die nie erblickten anderen Kreaturen ausgebar. Der urplötzlich den Hieb tief hinein ins Fleisch der Erde führte und dort die verwesten Gebeine der Mariann freilegte: das faulige Gewirr, über dem unversehens der gotteslästerlich Gehörnte bockte und keckerte.

Mit demselben geschockten Lidschlag jedoch sah Afra anstelle der Mutter sich selbst in jenem wurmdurchwetzten Sumpf unter einem hölzern und fichtenbärtig herniederknatternden Firmament stecken; sie selbst war es jetzt, in deren mürbes, zerfallendes und so unsäglich schutzloses Fleisch das eisige Messer stieß, wieder und wieder erbarmungslos ihre Erbärmlichkeit zernadelte – bis aus ihrem allerletzten Aufbäumen heraus die Wende kam. Jäh und wundersam gingen der zutiefst Geschändeten der Schrei und der wütende Angriff in eins; ihre Nägel, Dolche nunmehr, krallten sich in die Fratze des Peinigers, kratzten sich durch Fleisch und Knochen bis ins Gehirn, zerfetzten das widerwärtige Schlangengewimmel, in dem das Böse hauste, und ließen es in einer lautlosen Explosion zerpulvern ins Nichts.

Aus diesem Nichts heraus aber formte sich wie in einer kosmischen Wiedergeburt die Heilung aus; die lindernde Wärme, die von der nun reinen und sonnenartigen Mondscheibe heranstrahlte und sie behütete. Das weiche Feuer, das ihre Haut auf einmal wie mit zarten Frauenfingern streichelte; das Liebevolle, das ihr durch alle Poren in den dadurch gesundenden Leib strömte: über die Brüste, den Bauch und die Schenkel behutsam pulsend bis tief in den Schoß. Das Süße, das sich dort sammelte und mit berauschendem Pochen immer stärker wurde, bis es neuerlich zu glühen begann: ein Feuer, das jetzt unbeschreibliche paradiesische Lust war.

Lebendig und greifbar gewordene Lust nunmehr das wehende Haar, in dessen Schleier sie sich bergen durfte; das sie von Kopf bis Fuß einhüllte und umspann, während der Flug des achtläufigen Reittiers jetzt sanft und wiegend war. Unversehrt, ein silbriges Filigran, stand der Mond nun wieder hoch oben am Himmel, während Afra in ihrer elysischen Ekstase im zauberischen Licht Landschaften erblickte, von denen sie bisher noch nicht einmal im Traum etwas geahnt hatte. Bukolische Ebenen, von spielerisch mäandrierenden Flüssen durchzogen, breiteten sich ihr lockend zu Füßen; harmonische Hügelzüge luden dazu ein, sie im sanft dahingleitenden Schwung zu überfliegen. Gleich darauf, noch weiter draußen unterm jetzt auf einmal golden durchstrahlten, halbrunden Blau des Firmaments, dann der ewige Atem der See und weiße Segel, die über schäumenden Wogen dahinglitten: gleich Traumbarken unterwegs zu Inselwelten, deren ahnungsvolle Aura nicht mehr von dieser Erde war.

Ehe freilich selbst diese Eilande sich ihr öffneten, verglomm ganz allmählich und schmerzlos der Rand des Planeten und wurde zauberisch neblig; die Welt insgesamt schien sich sachte zusammenzuziehen um ihren wertvollsten Kern: alle Verzückung des Lebens schien sich zu bündeln im Schoß der Schwarzhaarigen. Und dann, unter einer paradiesisch heranpulsenden Betäubung, erwuchs aus dem süßen und kaum noch erträglichen Schmerz der Höhepunkt; uferte noch einmal aus bis zu den Sternen, reduzierte sich über ein schier endloses Stakkato von Herzschlägen wieder auf den Leib der jungen Frau – und erst jetzt, nachdem die Erfüllung sich zur Heimkehr gerundet hatte, schloß sich langsam die Pforte zu jenen Räumen, die Afra erreicht und nun wieder verlassen hatte.

Betäubt, von den Nachwehen der Ekstase wie zerschlagen, fand sie sich im steinummantelten Versteck wieder. Nur am Rande ihres Bewußtseins registrierte sie, daß das Firmament draußen jetzt grau und rötlich durchschossen war. Bewegungslos und mit schweren Gliedern starrte sie, bis sie die Stimme der Kölblin hörte: »Ja, so ist es leider! Einmal findet auch der schönste Ritt sein Ende. Aber wenn du willst, kannst du jederzeit wieder hinaufsteigen zu den Sternen...«

Schwerfällig wandte die Schwarzhaarige den Kopf; erkannte das verwüstete Antlitz der Freundin, bemerkte aber auch den Nachglanz der unbeschreiblichen Lust in den geschlitzten Augen Marias. Wollte fragen, brachte keinen Ton heraus; schaffte es erst, nachdem die Bäuerin ihr den Wassernapf gereicht und sie gierig getrunken hatte. »Das

Paradies ...«, krächzte sie. »Es war wahrhaftig da ... Wie durch einen Zauber bin ich hineingeflogen; mit dir ...«

»Weil du meine Herzschwester bist! Weil ich dich lieb habe wie keine! Weil du für mich bist wie mein eigenes Kind! Deshalb habe ich es dir gezeigt ...« raunte zärtlich die Kölblin. »Aber du darfst es keinem verraten! Das Geheimnis gehört nur dir und mir; uns ganz allein ...« Sie rückte näher, streichelte die Brüste und den Leib Afras; wiederholte: »Nur uns beiden ...«

Immer noch wie willenlos ließ die Schwarzhaarige sich die Liebkosung gefallen; zuckte erst zusammen, als die Ältere eine allzu ungestüme Bewegung machte und dabei den Besen ins Rutschen brachte, der jetzt wieder in der Ecke des Schlupfes lehnte. Als Maria rasch zugriff und ihn auffing, schien das Reisigbündel am oberen Ende höhnisch aufzurascheln; im selben Augenblick erinnerte Afra sich daran, wie der Ritt begonnen hatte. Schrill, während sie sich gleichzeitig völlig von der Katzenäugigen löste, brach es aus ihr heraus: »Aber am Anfang war es die Hölle! Gleich wie ich auf den Mond zugerast bin, war auf einmal der Prämbl da; der Teufel! Und hat mich wieder gepackt! Unter der Wetterfichte bei Wittersitt ...«

»So hat's sein müssen! Der schwarze Meister hat's nur gut gemeint mit dir!« Nachdrücklich sagte die Kölblin die Sätze; fuhr nun in weicherem Tonfall fort: »Weil dir nicht anders zu helfen gewesen wäre, als daß es herausgebrannt wurde aus dir! Das, was sich in dich hineingefressen hat! Hast halt noch einmal hindurch müssen durch die Pein, damit sie ausgelöscht werden konnte! Sollst ihm dafür dankbar sein, dem höllischen Herrn; glaub mir's nur ...«

Unversehens schlangen sich die Arme der älteren Frau um den Körper Afras, dann flüsterte Maria: »Wer ins Paradies will, muß beim ersten Mal manchmal einen Blick in die Hölle tun. Besonders, wenn's einem so ergangen ist wie dir. Aber ist's nachher, nachdem du frei geworden bist, nicht um so schöner gewesen? Ist nicht alles verschwunden, was dich bedrängt hat? Und denkst du, du hättest es sehen können, wenn das andere noch immer in dir gewesen wär'? Horch einmal in dich hinein jetzt – und sag mir, ob der Haß auf den Lumpenhund dich inwendig noch immer verzehrt...?«

Die fahlen Augen der Schwarzhaarigen verschatteten sich; geistesabwesend kauerte sie da, endlich wurde ihr Blick wieder klar. »Es ist wahr... Ist nicht mehr so, als müßt' mich die Erinnerung zerfressen...« murmelte sie. »Ist fast so, als wär' das alles jetzt ganz weit weg; als wär's einer anderen als mir geschehen...«

»Siehst du!« frohlockte die Kölblin. »Der Teufel meint's unsereinem oft besser, als man im ersten Moment glaubt. Und von jetzt an, wenn wir wieder auf dem Besen reiten, wird's schnurstracks hinein ins Paradies gehen; ich schwör's dir! Eitel Freud´ wirst du jetzt jedes Mal erleben, noch größere als heut'! Mußt mir nur vertrauen...«

Eine Weile kämpfte Afra noch mit sich. Dann gewann die Erinnerung an das Berückende erneut die Oberhand in ihr. Und diesmal war sie es, die sich in die Arme der Freundin schmiegte, ehe sie fragte: »Wann können wir denn wieder ausfahren? Sag mir's!«

»Bald!« versicherte die Katzenäugige. »Bloß niemals bei Tageslicht! Denn das ist unser Feind! Da könnten uns die falschen Leut' sehen! Und deswegen müssen wir jetzt auch machen, daß wir hinunter ins Dorf kommen; noch vor dem Melken! Komm, pack mit an; viel Zeit bleibt uns eh nicht mehr...«

Wenig später waren alle Spuren des nächtlichen Treibens in der moosgepolsterten Muldung beseitigt; der kleine Kessel, die schwarze Holzbüchse und der Besen unter losem Geröll verborgen. Vorsichtig krochen die beiden Frauen sodann hinaus ins Freie, schlichen geduckt Richtung Neidberg. Dennoch wären sie um ein Haar einem unter die

Augen gekommen, der sie zu dieser einsamen Stunde zuallerletzt auf dem Berghang hätte erblicken dürfen.

Als Afra und Maria nämlich soeben über den Viehpfad, der hinten am Kölbl-Anwesen vorbeiführte, auf den Hof huschen wollten, bog unversehens der Dominikaner auf seinem Maultier ums Scheuneneck des Nachbarn: des Prämbl. Nur mit knapper Not vermochten die Frauen sich im letzten Moment hinter ein Holundergestrüpp zu ducken. Verängstigt starrten sie dem Reiter nach, bis er den Dorfausgang erreicht hatte und in Richtung auf Ringolay verschwand. Erst dann wagte Afra zu flüstern: »Was treibt denn der schon hier draußen; jetzt, in aller Frühe?! Meinst du, der ahnt, was wir getan haben in der Nacht? Glaubst du, daß er uns nachspioniert hat?!«

»Schaf, du!« lachte, wenn auch gepreßt, die Kölblin auf. »Hätte er was gemerkt, dann hätte er uns auf der Stelle festzuhalten versucht. Nein, wir brauchen überhaupt keine Angst zu haben! Der Geschorene ist halt noch vor Tau und Tag in Perlesreuth aufgebrochen und hat den kürzesten Weg über unser Dorf genommen, damit er um so früher in Ringolay ist. Nichts kann er uns anhaben; gar nichts! Der ist viel zu blöd dazu ...«

»Ja, ich glaub's dir«, nickte die Schwarzhaarige erleichtert. »Aber jetzt muß ich auch rennen! Werd' sowieso schon zu spät kommen, zum Füttern beim Frueth ...«

»Der kann dir ebensowenig was wollen wie der Mönch«, lachte Maria. »Weil er mich wieder braucht, wenn er einen Gimpel rupfen möcht'. Und das kannst du ihm ruhig flüstern, wenn's nötig ist ...«

»Wenn ich dich nicht hätt'!« bedankte sich die Schwarzhaarige. Dann, nach einem raschen Abschiedskuß, lief sie los – und diesmal hielt sie es nicht für nötig, einen ängstlichen Bogen um den Hof des Gregory Prämbl zu schlagen.

10 DIE DENUNZIATION

Lau lüftelte der Südwind durch den Schmalztobel; früh-
sommerlich warm, aber noch nicht hitzig bestrahlte die Mor-
gensonne das Tal und die angrenzenden Bergflanken. In der
Kirche allerdings brütete der Atem- und Schweißdunst der
dicht gedrängten Menge schwer. Gerüche, die von Bitternis
und Angst ausgeboren waren, schienen sich zusätzlich in
diesem Brodem niedergeschlagen zu haben.

Der Dominikaner, nachdem er seine verstreute
Gemeinde während der vergangenen Wochen vom Maul-
tierrücken aus beobachtet und den Hörigen immer wieder
lauernd auf den Zahn gefühlt hatte, war darauf verfallen,
eine Missionswoche anzusetzen, welche heute mit einem
Paukenschlag ihren Anfang nehmen sollte. Deswegen
platzte die Kirche von Ringolay aus allen Nähten; wurde den
Gläubigen die Luft zum Atmen schon jetzt knapp. Mit Hilfe
des Dorfbüttels und unter Androhung empfindlicher Stra-
fen hatte Corbinian Wenkh die fürstbischöflichen Leibeigenen zur Bußpredigt treiben lassen.

Hatte sie zusammengepfercht im Angesicht des übermächtigen Gekreuzigten, der wie sprungbereit in der
drückenden Apsis des vorgeblichen Gotteshauses hing.
Ganz vorne, dem doppelt mannsgroßen Kruzifix am nächsten, kauerten die vollwertigen Bauern samt ihren Weibern
in den zwängenden Betstühlen; hinter diesen die Halb- und
Viertelhübner sowie die Kätner. Noch weiter rückwärts
drängten sich schließlich die Knechte und Mägde in getrenn-
ten Trauben unter den lastenden Deckenbalken oder in den
Schlünden zwischen den Steinpfeilern, Seitenaltären und
Beichtstühlen.

Eingeklemmt von den anderen Ärmlichen, nur noch ein
paar Schritte entfernt von den völlig Verachteten: den

Schwangeren hart außerhalb des ihnen in ihrem Zustand verbotenen Kirchenportals, stand Afra Dickh; erblickte jetzt den Mönch. Sah ihn, wie er schattenhaft herausglitt aus der Sakristeitür rechts des Altars; wie schwarze Kutte und weißes Skapulier ihn umflatterten, als er sich tief vor der Monstranz beugte; wie er sich sodann anschickte, die Kanzel zu besteigen, wobei sein bedrohliches Gewand die vorderste Kniebank streifte. Und sah, wie im gleichen Moment der Körper eines der Bauern dort vorne jäh aus dem Betstuhl zu schnellen schien, um sich mit dem nächsten Lidschlag wieder zu ducken.

Obwohl sein Anblick ihre Iris nur wie ein dunkler Blitz getroffen hatte, war auch die Wittersitter Mitterdirn unvermittelt zusammengezuckt. Denn der, welcher bei der Berührung durch den Dominikaner hochgefahren war, hatte die Wunde in ihr erneut aufgerissen: das Mal, von dem sie bereits geglaubt hatte, es sei vernarbt. Doch jetzt, im Verein mit dem geschundenen hölzernen Korpus, der an jenen anderen unterm Astgewirr der Wetterfichte erinnerte, war das Bild des zum Sprung Ansetzenden wie ein Hieb für sie gewesen. Unwillkürlich schwemmte die heiße Welle des Hasses erneut durch ihr Gehirn: Der Mönch mit seinen bösen Augen und den Klauen... Den Prämbl müßt' er packen... Gleich hier in der Kirche... Und ihm die Strafe zukommen lassen, die er verdient...

»Der Teufel wetzt seine Krallen! Schlägt sie in die Seelen derer, die im Glauben fahrlässig geworden sind! Zerfleischt solchen Abtrünnigen das Herz in der Brust und zerrt sie mit sich: in den Abgrund der Hölle, wo unaufhörliches Heulen und Zähneknirschen herrschen!« Corbinian Wenkh hatte die Kanzel erklommen, donnerte die Sätze über die Brüstung. Wie Maulschellen schlugen sie in die Gesichter der verstörten Menschen, rissen auch Afra aus ihrer Obsession. Im Abscheu über das Gehörte vergaß sie den Vergewaltiger: richtete jetzt ihre volle Aufmerksamkeit auf den Dominikaner.

»Die einzige Rettung vor dem Satanischen, vor der ewigen Verdammnis mit ihren unbeschreiblichen Qualen, liegt in der Liebe und Milde der heiligen Mutter Kirche!« fuhr der Mönch, beschwörend die Arme ausbreitend und den Blick zum Kruzifix hebend, nun fort. »Sie allein vermag die Festungsmauern und Bastionen aufzurichten, die euch vor dem Belialischen schützen! Nur innerhalb dieser Wälle, welche katholische Güte und Fürsorge heißen, dürft ihr euch behütet fühlen! Nur dann, wenn ihr fromm die heiligen Sakramente und Gebote beachtet, werdet ihr nach eurem Tod – und der kann jede Stunde über euch kommen! – statt der Höllenfahrt die Reise ins Paradies antreten!«

Das Paradies, dachte die Schwarzhaarige unwillkürlich, hab' ich dank der Maria schon zu Lebzeiten gefunden! Und was den Teufel angeht, so scheint ihn der Pfaffe bedeutend schwärzer zu zeichnen, als er ist! Sonst könnt' ich's ganz gewiß nicht ertragen, jetzt zusammen mit dem Prämbl, dem Vieh, unter einem Dach zu sein...

Wieder wurde sie aus ihrem gehetzten Sinnieren aufgestört. Denn nun packte der Dominikaner die schwere, metallbeschlagene Bibel, die auf der Kanzelbrüstung lag, reckte sie hinaus über die sich duckenden Köpfe und begann mit der Faust auf das geprägte Leder zu hämmern: die folgenden Sentenzen dadurch skandierend und sie scheinbar untermauernd:

»Von den unumstößlichen Wahrheiten der Evangelien spreche ich! Vom Gesetz des einzigen Gottes, das darin in Flammenschrift niedergelegt wurde! Vor allem heute von der ehernen Lehre des heiligen Paulus, dem der verklärte Christus, herniedersteigend von der Sonne, nahe der Stadt Damaskus erschien! Denn Paulus, welcher damit seinerseits zum strahlenden Licht der Kirche wurde, sagt es uns in seinen Briefen ganz unmißverständlich: Jede Obrigkeit ist vom Allerhöchsten eingesetzt; ihr Wille ist damit gleichzeitig der Wille Gottes!«

Erneut ging der Blick des Geschorenen hinauf zum Gekreuzigten, während gleichzeitig die Bibel zurück auf die Brüstung krachte. Und dann vernahm Afra die Auslegung des Evangelienwortes durch den Dominikaner: Daß die Herrschaft im Schmalztobel durch den Willen Christi dem Fürstbischof gehöre; daß es daher Gotteslästerung sei, die Befehle des Kirchenfürsten nicht ohne jegliches Widerwort zu befolgen! Daß der Gesalbte freilich stets zum Wohle seiner Untertanen handle; auch jetzt, wo es gelte, die Macht der einzig wahren Kirche wieder unumstößlich im kürzlich noch ketzerischen Böhmen einzuwurzeln: die neuen Klöster und zudem die Festungen dort zu errichten, auf daß der hussitische Ungeist gebannt werden könne!

»Denn diese Gottesfeinde und Teufelsanbeter, diese Ausgeburten aus dem Arschloch des Erzfeindes Martinus Luther und der Reformation«, so schrie der Mönch jetzt außer sich, »lauern nur darauf, erneut über uns friedliebende Katholiken in den bayerischen Landen und damit auch über dieses Tal herzufallen, so wie sie dies bereits während des Dreißigjährigen Krieges getan haben, dessen protestantische Greueltaten eure Großeltern noch selbst erlebten! Und ihr wißt, wie sie die Säuglinge auf ihre Lanzen spießten; wie sie die Schwäche und Hinfälligkeit selbst der Greise nicht achteten: ihnen die Jauche eintrichterten, bis ihnen die Bäuche platzten, auf daß ihr satanischer Herr frohlocken durfte! Damit sich solches jedoch nicht wiederholen und eure Kinder und Eltern nicht noch einmal unter derartigen Abscheulichkeiten leiden müssen, will der Fürstbischof die verruchten Feinde unseres katholischen Glaubens nun endgültig zu Paaren treiben…«

An die böhmischen Musikanten mußte die Schwarzhaarige jetzt plötzlich denken: an den Schnauzbärtigen mit der Bauerngeige und den Bezopften mit dem Zymbal; auch daran, wie Pavel, nachdem der Prämbl sie im Runden Häusl zum ersten Mal angegangen hatte, sie zu trösten versucht hatte. Und hätte ich es zugelassen, daß er mich heimbringt nach Wittersitt, dann wäre mir ganz gewiß nichts Böses passiert! ging es ihr durch den Kopf. Irgendwie kann's nicht stimmen, was der Pfaffe dort oben über die von jenseits der Berge herauskreischt ...

Der Dominikaner indessen kam im gleichen Augenblick zum Schluß: «Deswegen geschieht es allein zu eurem Nutzen, wenn unser aller Herr, der aufgrund seiner Weihen auch Stellvertreter Christi auf Erden ist, von euch verlangen muß, daß ihr von nun an geringfügig mehr Abgaben an ihn leistet! Ohnehin ist die Eminenz in der Vergangenheit sehr milde mit euch verfahren! Hat euch im Rahmen des Zehnten nicht mehr belastet als mit jedem fünften Scheffel Korn, den ihr von jenen Feldern einfuhrt, die ihm nach dem göttlichen Willen zur Gänze gehören und die ihr von ihm bloß auf Widerruf zu Lehen habt! Und wenn euer oberster Seelenhirte nun statt des fünften das vierte Maß verlangen muß, dann wisset: Allein um der verfluchten und verworfenen Ketzer willen ist es nötig, die euch das letzte Stück Brot und das Leben dazu rauben würden, wenn ihr nicht unter dem Mantel des Fürstbischofs geborgen wäret!«

Weit über die Kanzelbrüstung gebeugt, gleich dem Gekreuzigten in der Apsis scheinbar wie zum Sprung bereit, stand der Mönch nach seinen letzten Worten da; verflocht, als unten nun trotz der Furcht der meisten Bauern auch aufmüpfiges Raunen laut werden wollte, die hageren Finger zur frommen Geste, ließ die Arme hinaufschnellen in Richtung des Kruzifixus und befahl: »Jetzt aber lasset uns beten! Denn der wahre Grund, warum ich euch heute zur Einkehr gerufen habe, ist die Notwendigkeit, daß eure Seelen nach dem gefährlichen Müßiggang des Winters und den Verlockungen des Frühlings gereinigt und neu im Glauben gestärkt werden müssen, auf daß das Höllische keine Gewalt über euch gewinne! Sprecht mir also demütig nach: »Vater unser, der du bist im Himmel! Dein Wille geschehe ...«

Niemand wagte es jetzt noch, gegen den Stachel zu löcken; dumpf murmelnd fielen die Bauern samt ihren Weibern, Knechten und Mägden in den sakralen Sermon ein. Auch Afra und ebenso vorne der Prämbl duckten sich unter dem Willen des Dominikaners. Im zwängenden Gestühl, beziehungsweise auf den kalten Bodenfliesen oder auf den kalten Bodenfliesen knieten sie wie alle anderen: stundenlang, während aus dem ersten Vaterunser Dutzende wurden und danach die Litaneien kamen, die endlosen Rosenkränze; weiter und weiter dies alles mit schmerzenden Knochen und bald mit heiseren Kehlen, bis die frühsommerliche Sonne draußen ihren Zenit erreicht hatte. Aber noch immer dauerte der verordnete Gebetssturm an; so lange, bis sich im Westen bereits wieder die ersten Schatten der Dämmerung zeigten. Erst dann erlöste der Mönch die Gläubigen und gestattete, daß sie erschöpft und mit dumpfen Schädeln zurück zu ihren Höfen und Katen schlichen.

*

Von diesem Tag an veränderte sich das ohnehin nicht leichte Leben im Schmalztobel noch mehr zum Nachteil der Hörigen. Das Zweieinhalbfache des üblichen Zehnten, so wie er vor Jahrhunderten zum gegenseitigen Nutzen der frühen Burgherren und der umsitzenden Bauern Recht und Gesetz gewesen war, mußten die Leibeigenen nun aufbringen. Hätten nur vier Höfe auf diese Weise zusammen gezinst, so hätte der Fürstbischof daraus bereits den Ertrag eines ganzen Anwesens gehabt. Doch auf dem abgelegenen Talboden und an den Hängen ringsum standen etwa sechzig Hofstellen, und der Schmalztobel wiederum war nur ein winziger Fleck auf der Landkarte des riesigen klerikalen Territoriums, das sich vom Zusammenfluß der drei Gewässer aus weit nach Bayern, Böhmen und Österreich hinein erstreckte.

Aus allen drei Ländern, in denen er seine ausgedehnten Latifundien besaß, saugte der absolutistische Kirchenfürst gleich einem tausendarmigen Polypen den Reichtum der Erde ab und saugte dazu das Blut seiner Untertanen. Während die Hörigen sich jetzt gegenseitig den Bissen im Mund neiden mußten, fielen die Steuereintreiber wie ausgehungerte Wölfe über die Feldbreiten her. Rafften hemmungslos und stopften mit den Früchten der Unterdrückung die steinernen Zehentstadel und vielstöckigen Kellergewölbe bis zum Bersten voll. Häuften dort das geraubte Brot zu vielen hundert Wagenladungen, kelterten aus der Mühsal der Versklavten den Wein des Profits.

Brachten ihre Beute über die Grenzen: dorthin, wo die Preise möglichst hoch waren, weil Getreidepest, Hagel oder Heuschreckenfraß für Mißernten gesorgt hatten. Vervielfachten auf diese Art den Wert des gestohlenen Gutes noch einmal, so daß Ströme funkelnden Goldes zurückfließen konnten in die Residenz hoch oben auf dem Felsengrat. In jene gigantomanische Zwingburg, unter deren Würgegriff seit vielen Jahrhunderten auch die zugehörige Stadt litt. Die Stadt, deren Bürger schon mehrfach den Sturm gegen die verhaßte klerikale Bastion versucht hatten, dabei aber stets gescheitert waren und deshalb ebenfalls längst zu kuschen gelernt hatten.

Wo die Bürger mit ihren Hellebarden, Wallbüchsen, Harnischen, Bidenhändern und Feldschlangen stets nur geblutet, aber niemals gesiegt hatten, konnten die ausgeschundenen Bauern erst recht keine Chance haben. Und weil sie dies wußten, weil ihnen außerdem die Köpfe durch die Predigten und den Obskurantismus zumeist rettungslos vernebelt waren, versuchten sie es auch gar nicht erst. Krümmten sich vielmehr unter der Knute, so wie sie sich bereits all die vielen Generationen zuvor gekrümmt hatten; kannten allein jenen scheinbaren Ausweg, auf den auch zahllose andere Versklavte zu allen Zeiten verfallen waren: Weil sie selbst so rücksichtslos getreten wurden, trampelten viele von ihnen noch herzloser auf den Allerschwächsten herum.

Vor allem die Knechte und Mägde mußten das brutale Andrehen der Steuerschraube ausbaden; angesichts der Hilflosigkeit und Verzweiflung der Bauern wurden diese Ärmsten herabgedrückt fast auf die gleiche Stufe wie das Vieh in den Ställen. Ihnen blieb vom Leben zumeist nichts mehr als der Erschöpfungsschlaf nach der Quälerei eines schier endlos langen Tages; dazu vielleicht noch der eine oder andere wirre Traum. Solche Träume aber brachten es gelegentlich auch wieder dahin, daß die Getretenen in verzweifeltem Trotz wenigstens für ein paar Stunden auszubrechen versuchten. Daß sie die Flucht in den Fusel antraten; in einen hastigen, verkrampften Beischlaf auch – oder daß sie ganz auf den Schlaf pfiffen und hinrannten zum Alten Grund, wo noch immer das Runde Häusl stand.

*

Auch Afra Dickh, obwohl sie aufgrund des ganz besonderen Einverständnisses ihres Dienstherrn mit der Neidberger Bäuerin nicht ganz so arg wie die anderen unter den Auswirkungen der fürstbischöflichen Gold- und Machtgier litt, suchte in diesen Juni- und Juliwochen so oft wie möglich das Vergessen. Sie tat es, weil der Anblick ihrer halbwüchsigen Bettgenossin sie quälte; der Marei, deren Bauch vor Hunger zuzeiten wie ein Geschwür aufschwoll. Sie tat es ebenso, weil in den vom Mönch vergifteten Seelen erneut der Aberglaube und damit einmal mehr der Dämonenwahn aufgebrochen war; sie tat es darüber hinaus, weil mit dem Unmenschlichen, das sie tagtäglich erlebte, auch die Erinnerung an jene grauenhafte Nacht wieder stärker zu brennen begonnen hatte.

Deswegen lief sie, nachdem die Sonne gesunken war, immer wieder hinüber ins Dorf, wo die Kölblin wohnte; stets war es dieselbe geflüsterte Frage, welche die Schwarzhaarige wie manisch stellte: »Steht der Mond richtig heut'?! Können wir hinauf auf den Berg?!«

Dann, sofern Maria genickt hatte, endlich wieder der Besenritt! Das Anklammern ans heiße Fleisch der Älteren; den zunächst noch groben und dann zauberischen Holzstiel zwischen den Schenkeln. Das Aufschwingen unterm unsäglich berauschenden Kitzel hoch zum Gestirn; das weiche, dröhnende Rasen über Länder und Meere hinweg. Über Landschaften, in denen es keine Unterdrückung, keine Armut und keine Mißgunst gab; statt dessen immer nur dieses weißmagische goldene Licht: den warmen, teuflischgöttlichen Schimmer, der die Seele in unbeschreiblich beglückenden Düften badete.

Diese Ausfahrten und ihr Nachschwingen waren es, die es Afra ermöglichten, das harte Los letztlich unangefochtener als die meisten zu ertragen; mehr als einmal, wenn sie das Verbotene getan hatte, gelang es ihr sogar, auch anderen etwas von ihrer neu gewonnenen Kraft mitzuteilen. Der abgemagerten Marei vor allem, die jetzt so unruhig schlief, und der sie deswegen häufiger als früher erklären mußte: »Die Katz' ist der Schatten gewesen, den du in der Nacht durchs Fenster hast verschwinden sehen!« Aber nunmehr setzte sie manchmal hinzu: »Die hat sich halt einen besonders schönen Platz gesucht: auf einem Hof, wo's keinen Hunger und auch sonst nichts Hartes gibt. Und heute früh hat sie mir's zugeschnurrt, daß es nicht mehr lang' dauern wird, bis auch wir zwei dort in der Geborgenheit sitzen dürfen; daß wir's dann auch wieder besser haben werden als jetzt...«

Mit großen Augen lauschte Marei diesen barmherzigen Lügen; die Schwarzhaarige selbst freilich brauchte schon wenige Nächte später wieder den handfesteren Trost. Zuzeiten, wenn der Himmel verschattet und der Weg zur Kölblin damit sinnlos war, zog es deshalb auch Afra wieder zum Runden Häusl; allerdings biß sie jedesmal die Zähne zusammen und rannte wie gehetzt, wenn sie an der Wetterfichte vorbeikam. Unterm fichtenbärtigen Dach hingegen konnte sie dann noch hemmungsloser als früher sein.

Gerade so, als wollte sie dem Dominikaner, diesem Düsteren und Freudlosen, instinktiv Widerpart bieten, ging sie jetzt mit den verschiedenen Burschen immer wieder bis an die Grenze; überschritt sie gelegentlich auch. Sie kannte kaum noch Bedenken, wenn ihr das Funkeln in den Augen eines Mannes die gleiche Bereitschaft zur Lust signalisierte, die sie selbst empfand. Ihre unverbildete Natur schien sich aufzubäumen gegen den Geschorenen, der von den Menschen im Schmalztobel das Naturwidrige forderte.

Manchmal, wenn sie am Feuer in den Armen eines Liederlichen lag oder gar mit ihm nach draußen verschwand, dachte sie an die Kölblin: an die heimlichen Verzückungen, die sie mit der Freundin erlebt hatte und schon bald wieder genießen wollte. Dennoch fühlte sie sich in solchen Augenblicken nicht schuldig an der Katzenäugigen. Einerseits war Maria niemals besitzergreifend gewesen; andererseits wußte Afra, daß auch die Neidbergerin jener derberen Leidenschaft, wie sie mit den Kerlen im Alten Grund praktiziert wurde, nach wie vor nicht abgeneigt war.

»Es schadet gar nichts, wenn wir den Leuten die Gelegenheit zum Maulwetzen geben. Keiner ahnt dann, daß es für uns zwei noch etwas anderes gibt; das, was nur dich und mich etwas angeht!« hatte die Kölblin einmal gesagt – und deswegen passierte es in diesem Sommer des Jahres 1702 gelegentlich sogar, daß sich die beiden Frauen ganz unversehens im Alten Grund trafen.

*

Auch in jener sternenfunkelnden Neumondnacht im August war es so. Die Schwarzhaarige tanzte soeben eng umschlungen mit einem ihrer Galane, als plötzlich der Freibauer aus Marchetsreuth hereinkam, der Josef Tauschen; gleich hinter ihm die Neidbergerin. Knurrig, während Afra und Maria sich zulächelten, rief der Landwirt: »Schnaps her, falls es noch einen gibt im Schmalztobel! Und dann wüßt' ich gern, ob da herinnen jemand ist, der ein Spiel mit mir wagt? Ein Fremder vielleicht, der dem Vogt von Perlesreuth nicht untertänig ist und deshalb noch ein paar übrige Kreuzer im Sack hat. Kann's entweder verdoppeln, wenn er sich gegen mich anzutreten traut; kann's aber auch verlieren, falls ich der bessere Hasardeur bin...«

Lauernd sah der Freibauer sich um, erntete jedoch von einem Hoferben aus Ringolay nichts weiter als die spöttische Antwort: »Sogar wenn dir der Teufel persönlich die Karten mischen tät', hättest du diesmal kein Glück. Sind bloß solche da, die wissen, wie du's mit der Kölblin im Kreuz zu treiben pflegst; von denen legst du keinen mehr herein...«

»Auch gut! Dann sauf ich mir eben einen an«, raunzte Josef Tauschen und nahm die Kruke entgegen, die ihm einer der Böhmen reichte. »Ist sowieso schon egal! Geht eh alles den Bach hinunter im Fürstenecker Pfleggericht! Das Leben und die Seele dazu pressen sie uns noch aus dem Leib mit ihren gottverfluchten Steuern...«

Er trank unmäßig, griff nach Maria, zog sie zur Bank am Feuer und forderte sie auf: »Halt' mit! Laß mich nicht ein-schichtig versumpfen! Ein Rausch zu zweit ist alleweil noch besser, als wenn am End' nur eins auf allen Vieren kriecht!«

Die Kölblin jedoch schien sich mehr von ihrem nächtli-chen Ausflug erwartet zu haben. Zwar wehrte sie sich nicht gegen den Ansinnen, tat einen kräftigen Schluck, gab die Kruke dann aber zurück und äußerte, während sie ein wenig von dem Freibauern abrückte: »Bin keine so alte Vettel, daß ich nichts weiter mehr als das Spiel oder den Schnaps zu meinem Vergnügen hätt'! Weiß mir schon noch ein paar andere Sachen, die gegen die Bitternis und die Not helfen. Ein resches Mannsbild, zum Beispiel. Einen, der einen Hau-fen Spaß mit mir haben könnt', wenn er mich jetzt nur zum Tanzen holen würde...«

Lockend, den Rock bis über die Knie schürzend, blickte sie in die Runde; hatte freilich dabei nicht mehr Glück als eben noch der Marchetsreuther mit ihr. Denn keiner der Burschen im Runden Häusl biß auf den Köder an; sie hatten an der Schwarzhaarigen und den anderen willigen Mägden genug. Also akzeptierte Maria Kölbl letztlich doch das Anerbieten des Tauschen; ließ sich erneut den Krug aufdrängen, blickte jedoch in der Folge zwischen den einzelnen Schlucken immer griesgrämiger. Aber auch Afra schien nun zunehmend das Interesse an ihrem Galan zu verlieren; stieß ihn zuletzt, als er vielleicht gerade deswegen aufs Ganze zu gehen und sie nach draußen zu locken versuchte, brüsk zurück. Gleich darauf, wie Schutz suchend, drängte sie sich auf die Bank neben die Neidbergerin; nahm die Kruke an, welche die Freundin ihr reichte.

Von diesem Moment an erging es dem Marchetsreuther ähnlich wie dem Tänzer der Schwarzhaarigen. Die beiden Frauen tuschelten und kicherten jetzt nur noch untereinander – und machten sich plötzlich zum Aufbruch fertig. Josef Tauschen, als er protestierte, bekam von der Kölblin die Antwort: »Die Afra und ich haben halt noch was zu bereden, was nicht für euch Mannsbilder bestimmt ist. Deswegen geht meine Freundin jetzt mit mir heim…«

»Dann soll euch doch der Teufel holen!« versetzte wütend der betrunkene Freibauer.

*

Die Nacht, die jetzt in ihrer Mitte stand, war noch immer sternenklar; der Weg hinüber nach Neidberg schien zumindest dort, wo er nicht durch den Wald führte, fast taghell ausgeleuchtet zu sein. Schon tauchten rechterhand in der Ferne, geduckt an den Berghang gebuckelt, die Silhouetten der sich um den Kirchturm scharenden Ringolayer Höfe auf; bis zum Kölbl-Anwesen waren es jetzt höchstens noch ein Dutzend Vaterunser zu laufen.

Doch ehe die dahinhuschenden Frauen das Weichbild des Weilers erreichten, brach plötzlich linkerhand ein grauenerregender Schatten aus dem Forst hervor: ein gigantischer Torso, überkrönt von einem hochgereckten Schädel mit geblecktem, schaumflockigem Gebiß. Erschrocken keuchte Afra eine Beschwörungsformel gegen das Unholde; wollte, während die Kölblin sie gleichzeitig zurückzuzerren versuchte, in Panik das Kreuz schlagen. Im gleichen Moment aber dröhnte ihnen das wütende Schnauben des höllischen Rosses auch schon in die Gesichter; drohten die trommelnden Hufe die Mitterdirn aus Wittersitt zu treffen.

*

Mit brennenden Augen starrte Corbinian Wenkh zur gleichen sternenhellen Mitternachtsstunde auf den Kupferstich, den er in dem alten Folianten entdeckt hatte. Fahrig und ruckartig, als stünden sie unter einem Bann, gegen den sie sich vergeblich wehrten, fuhren die Finger des Mönches die Umrisse der Apokalyptischen Reiter nach: betasteten den Ritter; dann, noch heftiger zuckend, den Tod und den Teufel.

»Über die sündige Welt bricht's herein!« zischelte der Dominikaner jetzt. »Über all die Länder, Städte und Dörfer, in denen nach wie vor das Gift des Protestantismus und der Rebellion wühlt!« Sein Blick löste sich von der spätmittelalterlichen Darstellung, ging durchs Fenster der Studierstube im Ringolayer Pfarrhof hinaus. »Auch hierher wird's kommen!« setzte er, heiser flüsternd, hinzu. »Wird kommen, wenn unsereiner nicht Tag und Nacht wacht und darauf achtet, daß der Böse in Schach gehalten wird!«

Seine Hände umklammerten das uralte Buch nun gleich Klauen; sein Blick schweifte weiter hinaus über das Tal: dorthin, wo im Südwesten der Alte Grund liegen mußte. Und nun schien mit dem erneuten Zischeln nackter Haß von seinen Lippen zu sprühen: »Vor allem treibt's der Satan beim

Hexenstein! Dort buhlen und huren seine Kreaturen! Bis der Höllische plötzlich zuschlägt und sie sich krallt: die verlorenen Seelen!«

*

Die Klauen des satanischen Reiters schienen, hinterm bleckenden Gebiß hervor, jäh heranzunattern gegen Afra: schienen sie packen und ihr das Genick brechen zu wollen.

Die Schwarzhaarige schrie gellend auf; im gleichen Moment aber war plötzlich die Kölblin zwischen ihr und den trommelnden Hufen und ließ ihrerseits die Arme vorschnellen. Für einen Augenblick sah es aus, als würden der finstere Angreifer und die Neidbergerin wild miteinander ringen; dann, als das Roß die Hufe endlich wieder auf der Erde hatte, erkannte Afra, daß Maria dem Reiter lediglich behilflich gewesen war, das scheuende Tier zu zügeln. In ihrer Erleichterung lachte die Mitterdirn schrill auf – doch mit demselben Herzschlag kehrte der Schrecken zurück, denn die Stimme, die jetzt an ihr Ohr schlug, gehörte einem, den sie abgrundtief zu hassen gelernt hatte.

»Wittersitter Katz', verdammte!« schrie Gregory Prämbl sie an. »Hat dir das der Böse eingespuckt, daß du durch den Wald schleichen und mir das Roß verrückt machen sollst?!«

»He, bist du besoffen?!« versetzte aufgebracht die Kölblin. »Der Afra wär' um ein Haar das Unglück passiert; nicht dir...«

»Von mir aus hätt' der Gaul sie überrennen können; wär' nicht viel hin gewesen...« schnappte der Bauer.

»So?! Weil ich für dich eh bloß ein Dreck bin, was?!« Die Schwarzhaarige, angesichts der zynischen Worte, hatte ihre Furcht überwunden; ging mit flammenden Augen zum Gegenangriff über. »Eine streunende Katz', eh?! Aber vielleicht bist in Wahrheit eher du der Kater, den es auf die verbotenen Wege getrieben hat?! Reitest du jetzt etwa schon hoch zu Roß zum Wildern, oder wie...?!«

Erneut, weil der Dunkelblonde unbeherrscht an den Zügeln riß, wurde der Rappe unruhig. Doch gleich darauf stand das Tier wieder wie gemeißelt; der Reiter, nach einem drohenden Blick auf Afra, wandte sich an die Kölblin: »Du weißt es eh, daß ich für unser Dorf heut' zum Fronen befohlen worden bin. Mit meinem Roß hinüber nach Fürsteneck: auf die Burg. Weil sie uns und das Vieh jetzt bis aufs Blut ausschinden, die hohen Herren! Langholz haben wir schleppen müssen bis zum letzten Tageslicht. Und dann noch der weite Weg heim ...«

Während Maria mit verkniffenem Mund nickte, schneuzte sich Gregory Prämbl wütend durch die Finger; wandte sich dann jäh wieder der Wittersitterin zu: »Ich hab' mir nichts vorzuwerfen; ich nicht! Aber bei dir, Dirn, wenn einer nachbohren tät', könnt' sich ganz schnell was herausstellen!« Er deutete nach Süden. »Beim Alten Grund bist wieder gewesen! Beim Hexenstein, was?! Und hast auch die Kölblin dazu verführt!« Ein schiefer, lauernder Blick traf die Genannte. »Weil ihr zwei halt so eure verbotenen Geheimnisse habt, oder nicht ...?!«

Ehe ihm die auffahrende Bäuerin noch herausgeben konnte, brach all der so lange zurückgestaute Haß aus der Schwarzhaarigen heraus: »Einen Dreck geht's dich an, du Vieh, was ich und meine Freundin tun! Solltest dich eher fragen, was du selber alles auf dem Kerbholz hast! Die Maria weiß längst Bescheid über das ... was bei der Wetterfichte passiert ist! Den Kerker hättest du verdient dafür! Bloß ... ihr Mannsteufel haltet ja alle zusammen; deswegen bist du noch einmal ausgekommen! Muß aber nicht immer so sein; Drecksack, du! Wei ... ein schwaches Weib schänden, dagegen gibt's vielleicht kein Gesetz im Fürstbistum! Aber gegen das Wildern schon! Und alle im Runden Häusl haben dich damals gesehen ... mit dem Panduren-Gewehr! Alle könnten sie's bezeugen, wenn ich dich anklagen würd'! Ganz leicht könnt' ich dich hinhängen; vielleicht tu' ich's gleich morgen! Damit du begreifst, daß ich mir nichts mehr von dir gefallen laß'! Gar nichts mehr; Verbrecher, du!«

In ihrer Rage ging die Schwarzhaarige plötzlich auf den stumm glotzenden Reiter los; schien ihn angreifen zu wollen. Im letzten Moment riß der erblassende Bauer das Roß zurück; zwang es in einem Bogen um die Frauen herum, galoppierte wie gejagt davon.

Triumphierend wandte Afra den Blick zur Kölblin. Doch als sie die Furcht in den geschlitzten Augen der Freundin sah, kam auch für sie die beklemmende Ernüchterung.

*

»Ego te absolvo!« Im Beichtstuhl der Ringolayer Kirche schlug der Dominikaner das Kreuzzeichen über dem Haupt des vor ihm knienden Gregory Prämbl. Dann, nachdem der Dunkelblonde hörbar aufgeatmet hatte, setzte der Mönch hinzu: »Du hast deine Sünde gebeichtet und bei deinem Seelenheil versprochen, künftig nie wieder Jagdfrevel zu begehen! Die abgesprochene Buße wirst du im Pfarrhof entrichten. Dein Fehltritt bleibt, da das heilige Sakrament dich schützt, ein Geheimnis zwischen dir und mir!«

Corbinian Wenkh schoß einen durchdringenden Blick auf den Fronbauern, registrierte die immer noch sichtbare Furcht in den Augen des anderen und setzte verschwörerisch hinzu: »Was du mir unter dem Siegel der Verschwiegenheit sonst noch gestanden hast, solltest du mir freilich zu deinem eigenen Schutz in meiner Studierstube wiederholen! Denn nur so kannst du sicher sein, daß dein schauriges Wissen nicht auf dich selbst zurückschlagen wird ...«

Wenig später führte der Dominikaner den Neidberger in denselben Raum, in dem er, seinen Obsessionen hingegeben, die vergangene Nacht verbracht hatte. Noch immer lag der aufgeschlagene Foliant da: der bedrohliche Kupferstich mit den drei apokalyptischen Gestalten. Gregory Prämbl zuckte zurück, als er den Ritter, den Tod und den Teufel sah. Um so willfähriger gab er sich jedoch, als der Mönch zur Schreibfeder griff und insistierte: »Du behauptest also, gewisse besessene Weiber aus dem Tal würden es mit dem Leibhaftigen treiben…?!« Eifrig bestätigte der andere es; nannte dann auch den bewußten Ort und die Namen. Und die Feder des Corbinian Wenkh kratzte jedes einzelne Wort mit; kam nur dann zum Stillstand, wenn der Dominikaner weitere Fragen stellte.

Zuletzt, nachdem sich nichts weiter mehr aus dem Fronbauern herausholen ließ, lobte der Mönch: »Du hast dir durch deine Offenheit große Verdienste um die heilige Mutter Kirche erworben! Gehe nunmehr in Frieden zurück an dein Tagewerk, mein Sohn!«

Hastig verschwand Gregory Prämbl; der Dominikaner wartete, bis sich die Tür hinter ihm geschlossen hatte. Dann, wobei seine fast schwarzen Pupillen satanisch aufglühten, zischelte er: »Die erste Denunziation… Damit könnte ich sie schon jetzt packen… Weil sie unterm Hexenstein die Kräfte der Leibeigenen aussaugen… So daß, wie der Neidberger behauptet, der Fürstbischof den Schaden am Zehnten hat… Aber noch ist die Zeit nicht reif… Zunächst gilt es, weitere glühende Kohlen auf den Häuptern der Verworfenen zu sammeln… Ganz nach der Lehre des Apostels Paulus muß ich es ins Werk setzen: Klug gleich der Taube und listig wie die Schlange…«

11 DER DRACHE

Frühherbst 1702

In aller Herrgottsfrühe trieb die Schweinemagd die grunzende Herde über den Neidberger Anger und weiter zum Waldrand, wo die Tiere sich an den Eicheln mästen sollten. Gehetzt erledigte die kaum Sechzehnjährige ihre Aufgabe; die barschen Worte ihres Dienstherrn, des Prämbl, die er dem Gesinde auch heute wieder vor Tau und Tag hingeschleudert hatte, schienen ihr noch in den Ohren zu klingen: »Der Zehnte muß erwirtschaftet werden! Uns darf keiner was nachsagen können! Bei uns geht's nicht zu wie auf so manch anderem Hof, wo sie den Lehensherrn betrügen! Wo sie lieber Hexenwerk treiben, statt ihre Pflicht zu tun!«

Schon seit Wochen ist der Bauer so! Im noch hastigeren Weiterrennen schoß es der Halbwüchsigen durch den Kopf. Ganz und gar verändert ist er! Irgendwas muß da passiert sein! Und wenn er mich und die anderen weiter so schindet, steh' ich wieder aus zu Lichtmeß; sind eh bloß noch kleine fünf Monate hin ...

Ein aggressives, bäriges Röhren riß die Magd aus ihren Gedanken. Schimpfend ging sie auf den Eber los, der soeben die hitzige Sau besteigen wollte; jagte ihn mit derben Gertenhieben weg. Dem schäumenden Keiler nach preschte die Herde auf die Hangwiese hinaus: schräg am Kölbl-Anwesen vorbei, aus dessen Kamin sich soeben träge ein dünner Rauchfaden schlängelte. Unvermittelt richtete sich der Unmut der Hüterdirn dorthin aus. Die schüren grad' erst das Feuer für die Morgensuppe an! dachte sie neidisch. Die können sich's leisten, daß sie auf der faulen Haut liegen; anders als wir! Aber vielleicht stimmt's ja, was der Prämbl behauptet: Daß ihnen der Teufel das Schmalz in die Bratpfann' schmeißt, wann immer sie ihn darum bitten! Daß sie deswegen kaum noch was arbeiten müssen ...

Erneut wurde sie auf den Eber aufmerksam; schon wieder schien er rebellisch zu werden. »Dreckbär, du!« schrie sie außer sich; bückte sich im Laufen und raffte eine Handvoll Steingrus auf, um sie nach dem Tier zu schleudern. Doch ehe der Wurf erfolgte, erstarrte sie plötzlich, warf sich herum und rannte die paar Schritte bis zu der Stelle zurück, wo sie nach den Kieseln gegriffen hatte. Im nächsten Augenblick vergaß sie die Schweineherde und wurde schlagartig kreidebleich. Denn das, was sie sah, konnte allein vom Leibhaftigen zwischen die Grasbüschel gerotzt worden sein!

Eiterfarben, schmutzig weiße und gelbliche Blasen aufwerfend, lag der Brocken da; erinnerte entfernt an einen Batzen Rahm, der beim Buttern aus dem Faß geschleudert und vergessen worden war. Doch es konnte nichts derartiges sein; nicht hier: mitten auf der Wiese! Es war gar keine andere Erklärung möglich, als daß der Teufel seine Hand dabei im Spiel hatte; der Höllenfürst, mit dem die dort drüben, unterm schräg kriechenden Rauchfaden, im Bunde waren! Und zum dritten Mal dachte die Halbwüchsige jetzt an den Prämbl; an das, was sie erst am letzten Sonntag, gleich nachdem er von der Messe in Ringolay heimgekehrt war, aus seinem Mund gehört hatte.

Ganz leise und mit einem bezeichnenden Blick durchs Fenster hinüber zum Nachbaranwesen hatte er geraunt: »Ein gutes Stück kleiner als der unsrige ist der Kölbl-Hof… Trotzdem buttern sie so viel aus, daß ihnen noch Schmalz zum Verkaufen bleibt… Der Pfarrer, dem ich's erst heute wieder in der Beichte gesteckt habe, versteht's auch nicht… Außer es wär' so, daß es dort drüben nicht mit rechten Dingen zugeht… Daß sie ihre Bütten gar nicht in der Milchkammer stehen haben, sondern die Butter hoch in den Lüften machen: beim Gabelreiten…«

»Das wird's gewesen sein! Beim Ausfahren hat eine Hexe den Schmalzbrocken da verloren!« flüsterte die Schweinemagd entsetzt. »Und weil er vom Teufel kommt, fault er jetzt und stinkt wie die Pest!«

Sie zuckte zurück, würgte, lief mit dem nächsten Lidschlag wie gehetzt weiter; der Herde nach, die den Waldrand jetzt fast schon erreicht hatte. Nur der Eber, wie es der Böse wollte, besprang nun tatsächlich die hitzige Sau: so wild, daß ihm die Schaumflocken förmlich von den Hauern flogen.

*

Kaum hatte die Hüterdirn ihre Tiere in der Abenddämmerung auf den Hof zurückgetrieben, begann das Tuscheln und Zischeln; setzte sich vor allem in den Gesindekammern bis tief in die Nacht hinein fort. Auch die anderen Dienstboten, so jedenfalls beschworen sie es jetzt, hatten während der vergangenen Wochen und Monate ganz ähnliche grauenhafte Erlebnisse gehabt. Nicht nur auf der Hangwiese hätten die Unholden folglich die geraubten Rahmbatzen verloren; auch jenseits des Bergkammes seien die verräterischen Zeichen im Gras oder zwischen den Felsen schon gefunden worden. Ebenso habe man läuten hören, daß auch drüben bei Eckertsreuth und nahe des Weilers Wittersitt viel Schreckliches und Unchristliches vorgefallen sei.

Auf wirren Wegen liefen solche Gerüchte und Munkeleien schon bald in allen Himmelsrichtungen durch den Schmalztobel; wurden immer häufiger auch jenem hageren Reiter zugetragen, der jetzt wieder auffallend oft auf seinem schmutzfarbenen Maultier unterwegs war. Der scheinbar zufällig immer am rechten Ort auftauchte und zuwartete, bis die Dörper und Einödbauern ganz von selbst zu ihm kamen. Der die Rede niemals von sich aus auf die gotteslästerlichen Dinge brachte, jedoch anschließend um so eifriger darin war, den Verstörten Trost zuzusprechen und ihnen zu versichern, daß sie im Kampf gegen das Satanische nicht allein stünden: daß sie gerade in solchen Notzeiten unab-

157

dingbar auf den Schutz und die Waffen der alleinseligmachenden Kirche vertrauen könnten.

Die bösartigen Mirakel und belialischen Alfanzereien
indessen schienen sich trotz dieser tröstenden Worte immer
noch weiter zu verbreiten und von Mal zu Mal schlimmer
zu werden. In den letzten Septembertagen, als die Nächte
allmählich wieder länger wurden, sprang wie ein Lauffeuer
die Kunde durch das Tal, daß nahe der Haindlmühle eine
tobende und wie mit tausend höllischen Armen wirbelnde
Wolke die Schlucht heruntergefahren sei und im Stall eine
Kuh erwürgt habe: eine Rotgefleckte bezeichnenderweise!

Anderswo wieder, und die betroffenen Bäuerinnen
beteuerten es auf Ehre und Seligkeit, habe entweder der
schwarze Teufel oder auch dessen irdische Brut die Klauen
in die Euter der Rinder geschlagen; habe nächtens so gierig
die Milch gesaugt, daß man am Morgen noch deutlich die
blutigen Male an den Zitzen gesehen habe: nadelscharf
gleich Wiesel- oder Rattenfraß!

Dutzend- und hundertmal wurden solch schaurige
Gerüchte in den düsteren Stuben und stickigen, lichtlosen
Kammern von Mund zu Mund weitergegeben; wurde das
Gehörte hin und her gewendet und mit jedem Flüstern in
der Dunkelheit noch ausufernder verbrämt. Wieder und
wieder wurde der Wahnwitz auch in den Beichtstuhl zu Ringolay getragen: zum Dominikaner dort, der im Schutz des
sakralen Schreines obsessiv weitere Fragen stellte. Der
scheinbar niemals genug hören konnte; der zuletzt die Absolution aussprach: vor unterdrückter Genugtuung zuweilen
fast keckernd.

Kniete der Mönch sodann später in der Nacht vor dem
Kruzifixus im Pfarrhof oder auch in seiner Perlesreuther
Zelle, dann brach jetzt oft ein kaum noch menschliches Stöhnen aus seinem Rachen; sein Gottanflehen und das, was ihn
rändig ebenfalls und vielleicht noch dämonischer trieb,
schienen sich in solchen Momenten unauflösbar zu ver-

klammern. Das Antlitz des Gekreuzigten hoch oben in der Düsternis des Raumes schien zu verschmelzen mit einem zweiten: einem konturlosen Gott-Väterlichen von erdrückender Last und quälend saugender Anziehungskraft. Und einmal, in der Fronfeste geschah es, flüchtete der Dominikaner völlig außer sich vor einer derartigen Heimsuchung; hetzte in die gegenüberliegende Ecke seiner Zelle und geißelte sich fürchterlich. Vermochte sich dennoch den blasphemischen Satz nicht aus dem Denken zu prügeln; den Satz, den er zuvor wie besessen gekeucht hatte: »Laß es gelingen! Gott! Vater! Auf daß wir einander von Angesicht zu Angesicht gegenüberstehen...«

In der ersten Oktoberwoche geschah dies; Corbinian Wenkh, hagerer und spitzknochiger im Gesicht denn je, verbrachte die folgenden Tage unter scharfem Fasten. Fastete, betete und übte sich in der Pönitenz; bestürmte am Ende jeder einzelnen Bußübung seinen Gott, daß dieser ihm beistehen möge, den Teufel zu fassen und zu besiegen. Das Satanische indessen, in nie zuvor gesehener Gestalt, zeigte sich nicht ihm; zeigte sich vielmehr erneut drüben in Neidberg.

*

Der Halbhübner Philipp Heß stand vor dem Abtritt und warf seinem Knecht, der drinnen mit der Schöpfkelle arbeitete, soeben die derbe Frage hin: »Kannst noch schnaufen, Sepp? Oder haut dich der Gestank schon um?«

Aus dem Bretterverschlag kam ein wütendes Grunzen; der Bauer grinste, packte gleich darauf den gefüllten Holzkübel, den der andere ihm entgegenschob. Mit einem kräftigen Schwung, wobei ihm unvermittelt selbst für einen Moment feurige Kreise vor den Augen tanzten, hob er den Behälter ins Freie, schleppte ihn ein paar Schritte und kippte ihn auf den Dunghaufen. Kurz verharrte er und blickte über den eigenen Hofplatz hinüber auf die benachbarten Neidberger Anwesen: zum Prämbl und zu den Gebäuden des Kölbl, die noch ein Stück weiter hangaufwärts lagen.

Als er sich an die Gerüchte erinnerte, die über die schlitzäugige Bäuerin dort umliefen, wallte ihm das Blut heiß auf. »Teufelsbrut, verdammte!« knirschte er. »Dich müßt' man zum Scheißhäuslräumen anstellen; vielleicht daß du dann wieder katholisch würdest...«

Mit einem Fluch wollte er sich umwenden und zur Abtrittgrube zurückkehren – als plötzlich genau über dem Kölbl-Anwesen das Firmament aufzuplatzen schien.

Der zirrusfetzige Himmel, bereits von einem wäßrigen Abendrot eingefärbt, schien sich wie unter einem jähen Schnitt zu teilen; schien krankhaft pulsend aufzureißen von oben bis unten. Und dann, noch ehe sich der gurgelnde Schrei aus der Kehle des Bauern zu lösen vermochte, duckte sich etwas Grauenhaftes in diesem jetzt auf einmal infernalisch brodelnden Schlitz; duckte sich, spannte die molochischen Gliedmaßen zum Sprung und machte Anstalten, sich mit weit aufgerissenem Rachen auf das Tal herunterzuschnellen.

Philipp Heß stand wie gelähmt da; sein Herz raste und drohte zu zerspringen. Hilflos mußte er mitansehen, wie das Scheusal die flatterigen Schwingen ausbreitete, die wie scheunengroße Fledermausflügel waren; wie der gezackte Kamm, der gleich einem Flammenschwert über Rücken und Schwanz des Untiers lief, sich aufstellte und sirrend die Luft sägte.

Unversehens und wie niedergepeitscht duckten sich die Baumwipfel auf den Hügelrücken; im selben Moment schoß das schuppige Höllenwesen heran. Aggressiv blähte sich der ledrige Kehlkopf; zwischen den wie rasend schnappenden schnabelartigen Kinnbacken drang ein giftiges Fauchen und Brüllen hervor. Die hornigen Tatzen mit den krummen, säbelartigen Klauen reckten sich gierig gegen den Talboden, wo die Höfe angesichts der ungeheuerlichen Gestalt und übermächtigen Wut der abgründigen Ausgeburt plötzlich wie nichtiger Tand wirkten.

Schlagartig wurde die Todesangst des Bauern stärker als das, was ihn eben noch gelähmt hatte. Des scharfen Reißens in seiner Herzgrube und des wirbelnden Dröhnens in seinem Schädel nicht achtend, wandte er sich zur Flucht; schrie jetzt gellend. Prallte beim Abtritt mit seinem Knecht zusammen, sah den eigenen panischen Schrecken auch in dessen Augen, krallte die Finger ins Fleisch des anderen und röchelte: »Der Tatzelwurm! Der Drache!«

Die Pupillen des Knechtes flackerten und schienen platzen zu wollen; unterm würgenden Griff des Heß schwoll sein Hals auf. Dennoch brachte er es noch fertig, das uralte Bannwort zu brüllen: »Saukot! Saukot, verfluchter! Fahr' ein, wo du ausgefahren bist!«

Der Bauer, während er in seine Ohnmacht hineinstürzte, glaubte zu sehen, wie der gigantische Torso des Lindwurms sich jäh bäumte; sich zuckend krümmte und dann schrumpfte, um schließlich mit klagendem Heulen auf eines der Neidberger Anwesen hinabzuschießen. Aber er erkannte nicht mehr, auf welches, denn jetzt wurde ihm endgültig schwarz vor Augen; sich in seiner Schwäche selbst beseibernd, brach er in den Armen des nun ebenfalls wie betäubt taumelnden Knechtes zusammen.

*

In ihrer Not rannte die Heß-Bäuerin zum Nachbarn: zum Prämbl. Der hetzte einen seiner eigenen Leute beritten hinüber nach Ringolay, um den Bader zu holen.

Dieser wiederum setzte den beiden jetzt heftig fiebernden und wild phantasierenden Männern die Schröpfköpfe an und ließ sie zusätzlich zur Ader. Kehrte sodann spornstreichs ins Kirchdorf zurück und wurde im Wirtshaus nicht müde, immer von neuem zu beteuern: »Seit Großväterszeiten, als der Drache auch schon einmal am Himmel erschienen sein soll, ist so etwas Schreckliches nicht mehr passiert! Grausam muß es der Teufel mit dem Schmalztobel meinen, wenn er jetzt wieder den Tatzelwurm losläßt! Und was für einen noch dazu! Der Philipp hat's geschworen, daß das Höllenvieh so groß wie das ganze Tal gewesen ist – und auch die meisten anderen drüben in Neidberg haben den Drachen gesehen! Die Leut' auf dem Prämbl-Anwesen und beim Egger…«

»Aber die vom Kölbl-Hof nicht, gell…?!« stellte dann fast jedesmal jemand die lauernde Frage, und der Bader pflegte es mit bedeutungsvoller Miene zu bestätigen: »Nein, von denen hab' ich überhaupt keinen zu Gesicht bekommen. Die sind ganz für sich geblieben im Haus; grad' so, als ob sie etwas zu verbergen gehabt hätten…«

Damit jedoch begann abermals das Raunen bezüglich der schlitzäugigen Gemahlin des beklagenswerten Veith; der Kölblin, die sich in den Nächten so oft herumtreibe und sich mit der anderen Zwielichtigen aus Wittersitt treffe: der Schwarzhaarigen, von der kein Mensch den Vater kenne.

Fast bis zum Morgengrauen setzte sich dieses Schwadronieren, Tuscheln und Munkeln in der Ringolayer Taverne fort. Mit dem neuen Tag wurde es in Windeseile über das Kirchdorf hinausgetragen; traf sich alsbald mit weiteren Gerüchten, die ihrerseits von den Berghängen in den Schmalztobel herunterschwappten. Deswegen war es kein Wunder, daß das Ungeheuerliche noch vor dem Mittagsläuten auch dem Dominikaner zu Ohren kam; mehrere verstörte Weiber, die aufgrund des entsetzlichen Vorfalles heftig nach seinem seelsorgerlichen Beistand verlangten, sorgten dafür.

Corbinian Wenkh, nachdem er die Zuträgerinnen so intensiv wie möglich ausgehorcht hatte, war zunächst versucht, auf der Stelle hinüber nach Neidberg zu reiten, um den Weiler mit Hilfe eines Exorzismus vor weiteren teuflischen Heimsuchungen zu bewahren. Dann freilich erinnerte er sich der harschen Rüge, die er sich vom Perlesreuther Vogts einst wegen einer ähnlichen unautorisierten Aktion eingehandelt hatte.

Wütend zerknirschte er den Namen des fürstbischöflichen Verwalters zwischen den Zähnen; im nächsten Moment sah er ein Bild vor sich: Eine Faust, die eine Armbrustsehne spannte; weiter und weiter, bis der gedrehte Darmstrang zuletzt in die Kerbe einrastete und die Waffe zum tödlichen Schuß bereit war. »So ist es besser! Glühende Kohlen, ganz wie ich es geschworen habe, will ich auf ihrem Haupt sammeln…« zischelte er; hastete gleich darauf in jenen Raum, wo unter dem Kruzifix das Schreibpult stand.

Der Mönch suchte die Pergamentblätter hervor, die er bereits während der vergangenen Wochen gefüllt hatte; noch einmal überflog er die Sätze, tauchte dann die Feder ein und begann wie gejagt auf einem frischen Bogen zu schreiben. Mit spitzen, auffallend steilen und gedrängten Buchstaben hielt er die neuerliche Denunziation fest: fixierte zunächst die Tatsache der höllischen Drachenerscheinung mit all jenen Einzelheiten, welche die Weiber ihm geschildert hatten. Anschließend fügte er eine längere Abhandlung theologischen Inhalts an, wobei er mehrmals einen schweren Folianten zu Rate zog, der in schwarzes Leder gebunden war und den Titel »Malleus Maleficarum« trug. Am Ende zitierte er daraus den folgenden Kernsatz: »Der Dämon kann nichts hienieden ausrichten ohne die Hexen.« Fügte ein »Sic! Drache gleich Dämon!« hinzu, unterstrich diese Erkenntnis schwungvoll – und spürte mit dem gleichen Herzschlag, da die Feder das letzte Wort streifte, wie etwas ihn aus der Realität hieb.

Mit brennendem, alles verzehrendem Anhauch schien ihn, einmal mehr, das Dunkel der eigenen Herkunft anzuspringen. Eben noch im offensiven Kampf gegen das Abgründige und Böse befangen, war er jetzt selbst rettungslos einer höllischen Kraft ausgeliefert, die ihn hinweg zerrte in die klamme Wohnhöhle am großen Strom. Im nächsten Moment aber sog ihn der Feueratem dort wieder heraus und jagte ihn fauchend durch endlose Wälder hinein ins Kloster: hinter die düsteren Quadermauern, die seine Fragen – vor allem die eine – so bestialisch zwängten. Während er lautlos den Namen zu brüllen versuchte, der sich nicht aussprechen ließ, packte ihn der Dämon erneut und flüsterte ihm höhnisch genau dieses unsägliche Wort zu; trieb ihn damit weiter, ließ ihn missionieren und intrigieren in den fremden Ländern. Zeigte ihm kurz die Residenz hoch auf dem Felsen über dem dreifachen Zusammenfluß; drosch ihm dann, als er wiederum um den Namen rang, brutal übers Gesicht; spuckte ihn an und spie ihn zurück in die finsteren Forste: in die Fronfeste und dann in den Pfarrhof.

Würgte ihn und drohte ihm das Genick zu brechen, bis er unterm Schreibpult wieder zu sich kam; erschlagen an Leib und Seele: wie nach einer Schlacht. Mühsam, mit schmerzverzerrtem Antlitz, raffte er sich hoch; spürte, daß seine Kiefermuskeln wie gelähmt und seine Lippen blutig gebissen waren. Taumelnd schaffte er es hinüber zum Scherenstuhl, fiel hinein; kauerte sich dort instinktiv in der Haltung eines Ungeborenen zusammen. Fand auf diese Weise unbewußt heim zum unangreifbaren Kern seines Wesens; verspürte gleichzeitig die Kraft, sich an den einzigen Halt zu klammern, der ihm vergönnt war: an seinen verzehrenden Trieb, den Sumpf seiner Herkunft so weit wie möglich hinter sich zu lassen.

»In Wahrheit«, röchelte er, »ist all dies eine Prüfung... Vom Vater mir gesandt... Von Christus selbst... Ob ich Seiner wert bin... Den Burgberg und damit den Himmel erklimmen darf... Um Ihm von Angesicht zu Angesicht gegenüberzustehen... Und Sein Antlitz zu erkennen...«

Etwas streckte seinen verkrümmten Körper, ließ ihn hochschnellen, trieb ihn zurück zum Stehpult. Als würde er einen Feind würgen, klammerten seine Finger sich um die Pergamentbögen, die er beschrieben hatte. »Die Hexen sind der Schlüssel... An den Unholden will Er, der Herr, mich messen... Auf daß ich mich bewähre... Sie dorthin bringe, wo die reinigende und läuternde Flamme lodert... Das Feuer, das alle Finsternis und jegliche aus der Dunkelheit geborene Lüge verzehrt... Das alle teuflischen Verstrickungen enträtselt und löst... Das mich selbst über den Pfuhl emporhebt: in der nämlichen Stunde, da ich den Satan besiege... Das mich mit jenem lichten Rauch salbt, wie er von der reinen Opferstätte Abels aufstieg, welcher angenommen wurde vom Vater... Auf daß auch ich die schwarzen Wälder verlasse... Und das offene Land dort draußen erreiche; die Himmelsburg und das Zeichen der Dreifaltigkeit...«

Wieder brach er zusammen; weinend wie ein verlassenes Kind jetzt. Aber noch immer krümmten seine Finger sich wie Klauen um die eng beschriebenen Blätter, und der krampfhafte Griff löste sich auch dann nicht, als er die Hände zum Kruzifixus emporreckte und sich, einmal mehr, in sein mörderisches Gottanflehen verlor.

*

Weitere Gebetsstürme in der Ringolayer Pfarrkirche folgten; trotz der drückenden Fronarbeit trieb der Dominikaner die Gläubigen unnachsichtig vor den Altar seines Götzen, zwang sie außerdem so oft wie möglich in den Beichtstuhl. Fragte, bohrte und insistierte dort, hastete dann wieder zurück in den Pfarrhof und erneut ans Schreibpult; ließ die Feder mehr als einmal bis zum Morgengrauen übers Pergament kratzen.

An anderen Tagen, während sich nun schon wieder die naßkalten Herbstnebel über den Schmalztobel breiteten oder klamme Regengüsse einstrichen, zog das schmutzfar-

bene Maultier kreuz und quer durch das Tal; ziellos scheinbar und dennoch letztlich zielbewußt. Denn wo immer der
Mönch unversehens an das Tor eines Hofes oder die Tür
einer Kate klopfte, begannen die Hörigen alsbald einge-
schüchtert zu flüstern und zu raunen. Machten zunächst
stockend und dann um so eifriger ihre Andeutungen,
erwähnten jetzt auffällig oft zwei Ortsnamen: Neidberg und
Wittersitt.

Und Corbinian Wenkh, während Denunziantentum und
Aberglaube ähnlich schleichend auswucherten wie die
Nebelschwaden, durfte zurückgaloppieren zum Pfarrhof;
durfte wiederum ans Schreibpult unterm Gekreuzigten stürzen und die Feder erneut obsessiv kratzen lassen.

12 DIE FEUERSBRUNST

November 1702

Unlustig gabelte Afra Dickh den Kühen das Grummet in die Raufen. Es war zugig im Stall des Frueth-Hofes; ein im Sturm niederschnellender Ast hatte in der vergangenen Nacht etliche Schindeln auf dem Dach zerschmettert, und obwohl mittlerweile schon wieder die Dämmerung hereinbrechen wollte, hatte noch keiner der Knechte Zeit gefunden, den Schaden zu reparieren. Doch nicht allein deswegen stand der unwirsche Ausdruck in den graugrünen Augen der Schwarzhaarigen; noch verdrossener machte sie das Wissen darum, daß in diesem Herbst die Thurmannsbanger Schäfer ausbleiben würden. »Der Vogt läßt sie jetzt doch nicht mehr herkommen«, hatte ihr erst vor wenigen Tagen der Bauer gesteckt. »So weit hat's der verfluchte Mönch endlich gebracht!«

Und auch die Musikanten werden sich bald nicht mehr sehen lassen, setzte Afra ihr mißmutiges Sinnieren fort. Die Böhmen scheinen etwas zu wittern. Warum sonst hätte der Pavel erst neulich die Andeutung gemacht, daß es auf den Tanzböden drüben in seiner Heimat lustiger sei als hier?

Plötzlich fröstelte sie, aber wieder war nicht allein die Kälte daran schuld; ein jähes Angstgefühl hatte sie vielmehr befallen. Öde und verlassen hatte sie den Alten Grund auf einmal an der Ohe liegen sehen, und im gleichen Augenblick war ihr ganz so gewesen, als würde ihr etwas Lebendiges aus dem Leib geschnitten.

Doch dann, weil eines der Rinder sich ungestüm gegen sie drängte, schrak die Schwarzhaarige auf und arbeitete um so hastiger weiter. Nach einer Weile kam Marei herein, um ihr beim Melken zur Hand zu gehen; beim Anblick der unschuldigen Zwölfjährigen hatte die Mitterdirn das

Gefühl, als würde es unter dem geborstenen Dach schlagartig wärmer werden.

Im schwindenden Tageslicht füllten Afra und die Halbwüchsige die hölzernen Bitschen. Als die Schatten zwischen den Tierleibern und den grob zugehauenen Balken der Standplätze immer tiefer wurden, ging die Schwarzhaarige zur Tür, wo seitlich an einem Pflock die Laterne hing. Mit Hilfe von Stahl, Stein und Zunder schlug sie Feuer, entzündete sodann die Unschlittkerze im schlierigen Glaszylinder. Während sie das Windlicht zurück an seinen Platz hängte, scherzte Marei, durch die in ihren Angeln ächzende Pforte nach draußen horchend: »Ich glaub', heut' nacht springt uns keine Katz' in die Kammer. Eher verkriecht sie sich gleich jetzt schon irgendwo im Heu, weil schon wieder ein Sturm aufkommt...«

Das Lächeln, das sie dafür von Afra erntete, wirkte etwas verzerrt, aber das bemerkte die Zwölfjährige im Zwielicht nicht. Die Mitterdirn wiederum, nachdem die Milchkübel im Freien standen, wurde nicht gewahr, daß sie vor dem Schließen der Tür vergessen hatte, die Laterne zu löschen. Sie trachtete lediglich danach, drüben im Haus ins Warme zu kommen; dachte bloß noch: Wenn die Knechte morgen die Schindeln immer noch nicht erneuern, dann sag' ich's dem Bauern!

*

Etwa eine Stunde später, als die Familie des Georg Frueth samt dem Gesinde am Tisch in der Küchenstube saß und die Holzlöffel reihum in die Schüssel mit dem gesottenen Kraut fuhren, waren die schweren Windstöße bereits bis hier herein zu hören. Ängstlich jetzt, hob Marei immer wieder den Kopf und lauschte angespannt auf das Heulen und pludernde Stoßen draußen. Einmal frotzelte sie der Bauer deswegen: »Das ist die Wilde Jagd! Könnte leicht sein, daß die

Unholden dich aus dem Bett holen, heut' nacht, und daß du dann in alle Ewigkeit mit ihnen reiten mußt...«

»Sei still! Sollst der Armen keinen solchen Schreck einjagen!« fuhr Afra auf. Beschützend zog sie die Zwölfjährige an sich und tröstete sie: »Gar nichts passiert dir! Bin ja bei dir in der Kammer! Und wenn du morgen aufwachst, ist der Sturm längst vorbei; alles ist dann wieder gut...«

Der magere Körper des Mädchens schien sich zu entkrampfen, verspannte sich jedoch im nächsten Moment erneut. Und mit flacher, tonloser Stimme, wobei ein seltsamer Ausdruck in ihren Augen stand, flüsterte Marei: »Nein, überhaupt nichts ist gut! Du lügst mich bloß an... «

»Jetzt halt' aber den Schnabel!« wies der Frueth, den sein mißglückter Scherz bereits reute, die Zwölfjährige zurecht.

Verschüchtert duckte Marei sich; fand sich nur schwer wieder in den Rhythmus der anderen Esser hinein. Auch nach dem Mahl blieb sie ungewöhnlich still, bis der Bauer schließlich die Kienspäne in der Küchenstube bis auf den über der Herdstelle löschte und damit das Zeichen für die allgemeine Nachtruhe gab.

Zusammen mit der Schwarzhaarigen tastete sich das Mädchen hinüber in den Raum unter dem tief herabgezogenen Dach; kuschelte sich gleich darauf so eng wie möglich an den Rücken der Mitterdirn. Afra spürte, daß die Halbwüchsige jetzt gerne noch ein wenig geredet hätte, doch sie selbst fühlte sich nach dem harten Tagewerk zu müde dazu; war schon wenig später eingeschlafen. Marei hingegen lag wach und horchte ängstlich auf die groben, unregelmäßigen Windstöße, bis zuletzt, weil die Natur trotz allem ihr Recht forderte, auch ihr die Augen zufielen.

*

Der Luftwirbel, der sich dort bildete, wo im Stalldach die Schindeln fehlten, war zunächst eher schwach. Nur ab und zu schüttelte sich das direkt darunter stehende Rind unwillig; döste dann jedoch weiter. Als der Sturm freilich immer heftiger wurde und zudem die Richtung änderte, wurde aus dem Wirbel ein scharfer Sog. Unter dem pfeifenden Ansprung begannen jetzt plötzlich mehrere Tiere zu stampfen; versuchten sich enger aneinander zu drängen. Und immer wieder hob die eine oder andere Kuh den schweren Schädel und äugte hinauf zur Decke, wo der zackige Ausbruch im Dach nun auf einmal lebendig geworden zu sein schien.

Die Schindeln dort ächzten, rieben sich gegeneinander und lockerten sich auf diese Weise mehr und mehr. Kamen zwischendurch zwar kurz zur Ruhe, arbeiteten dann aber wieder um so ungestümer – bis schließlich dort, wo der Druck am stärksten war, das hölzerne Gefüge ellenbreit wegbrach. Im Nu, während die Rinder unter den herabstürzenden Holztrümmern scheuten, wühlte sich der Sturm tief hinein in den Stall; suchte einen Ausweg und fand ihn durch die schlagende Tür, neben der am kurzen Zapfen die immer noch brennende Laterne hing. Und die begann jetzt unter den rüttelnden Stößen zu schwanken; immer wilder flackerte der rötliche Lichtkegel über einen nahebei liegenden Grummethaufen.

*

Um das Feuer beim Hexenstein tanzte die Schwarzhaarige; hetzte mit jedem Sprung schneller und atemloser. Unterm fichtenbärtigen Dach schrillte das Zymbal und heulte die Bauerngeige. In Strömen floß der Fusel; Männer keuchten Flüche und ließen Messer blitzen. Ein Spieler übergab sich brüllend quer durch den Raum; wie ein blasphemisch schillernder Regenbogen war die Fontäne. Mit glühenden, geschlitzten Augen schoß die Kölblin heran. Zerrte Afra auf den Besen; lachte keckernd, als der ruppige Reisigbuschen direkt über dem Dolmen ins Freie brach: auf die Sterne zu, deren fahles Licht wie Eiter und Blut war.

Angstvoll stöhnte die Wittersitter Mitterdirn im Traum. Ihre Fäuste hatten sich ins Bettfell gekrampft; auf der Stirn stand ihr trotz der Kälte in der Kammer der Schweiß. Jetzt quälte sich ein Röcheln aus ihrer Kehle; im nächsten Moment, als ihr die Luft knapp wurde, bäumte ihr Körper sich auf, schien gegen unsichtbare Ketten zu kämpfen, warf sich gleich darauf ungestüm herum.

Mit einem unterdrückten Wehlaut schreckte Marei aus dem Schlaf hoch. Glaubte in der ersten Verwirrung, der Kater sei doch wieder in den Raum gesprungen und habe sie geweckt; hastig ruckte ihr Blick hinüber zum Fenster. Doch dort war nichts zu ahnen als die beiden geschlossenen hölzernen Läden. Schon wollte die Zwölfjährige, die nun all- mählich begriff, daß ihre Bettgenossin wohl nur unruhig geträumt hatte, den Kopf zurück auf den Strohsack legen – als ihr plötzlich das rötliche Glühen im Spalt zwischen den Fensterflügeln bewußt wurde. Dieses fadendünne Irrlich- tern, das lebendig zu sein schien; das wie eine zuckende Schlange in der Dunkelheit stand.

Schlagartig war Marei hellwach; mit demselben Herz- schlag weckte ihr gellender Schrei auch die Schwarzhaarige. Noch ehe Afra aus dem Bett gesprungen war, hatte das Mädchen bereits die Fensterläden aufgestoßen, und nun drang mit dem gedämpften Brüllen des Hornviehs auch das Fauchen und Prasseln der im Stall ausgebrochenen Feuers- brunst in die Kammer. Fassungslos starrte die Zwölfjährige; war angesichts der vollen Erkenntnis wie gelähmt. Kam erst wieder zu sich, als Afra sie aus dem Raum zerrte und sie im Gang mit dem heranhetzenden Bauern zusammenprallten.

Wenig später war draußen in der Nacht die Hölle los. Während die Frauen, mit überschwappenden Eimern vom Brunnen zur Brandstätte rennend, sich vergeblich bemüh- ten, der Flammen Herr zu werden, rissen und hebelten die

Männer, weil die Türwand nun bereits lichterloh brannte, die Bohlen von der Rückseite des Stallgebäudes. Kämpften sich dann, nasse Lumpen über die Köpfe geschlagen, zu den in Panik brüllenden Rindern vor; bemühten sich, die tobenden Tiere von den Ketten zu lösen und sie unter Lebensgefahr ins Freie zu bringen. Mit knapper Not gelang es ihnen schließlich; mit steil gereckten Schweifen gingen der Stier und die Kühe durch: auf den Waldrand zu. Fast gleichzeitig brachen drinnen die Dachbalken auf die Stände herunter: schmetterten mit infernalischem Krachen hinein in die Glut und ließen, gleich einer Explosion, eine gewaltige Funkengarbe gen Himmel schießen.

Die Menschen auf dem Hofplatz, mittlerweile waren auch die Bewohner des Nachbaranwesens dazu gestoßen, erstarrten vor Schreck – bis der entsetzte Schrei des Bauern sie erneut peitschte: »Der Feuerregen! Jetzt erwischt's auch noch die Scheune!«

Augenblicklich begann wieder das Rennen und Hetzen: mit den Eimern vom Brunnen hinüber zum Stadel, immer keuchender, immer verzweifelter – und dennoch vergeblich. Denn bald wurde das Sinnlose des Kampfes klar: Hilflos mußten die ohnehin schon völlig Ermatteten zurückweichen vor der Feuersbrunst, die jetzt etwas Dämonisches an sich hatte; die zu einer satanischen Bestie geworden war, welche kein lebendiges Wesen mehr in ihrer Nähe dulden wollte.

Den Wittersittern und ihren Helfern blieb nichts weiter mehr übrig, als wenigstens das ein Stück abseits stehende Wohnhaus zu schützen. Unter Aufbietung aller Kräfte schafften sie es, die Mauern einzunässen und die immer wieder aufs Dach hagelnden lodernden Trümmer und heranfliegenden Funken rechtzeitig zu ersticken. Stundenlang schufteten sie auf diese Weise in der wie mit Hämmern auf sie einschlagenden Glut und im beißenden Qualm; im Morgengrauen schließlich enthüllte sich ihnen das ganze Ausmaß des Grauens.

Eine einzige schwarz schwärende Wunde war jener Teil der Hofstätte, auf dem gestern noch die Wirtschaftsgebäude gestanden hatten. Aufgerissen und widernatürlich zersprungen war die Erde; wie Teile eines zertrümmerten ungeheuerlichen Skeletts hatten sich die seltsam geschuppten Überreste der Balken in diese blasphemische Kruste gefressen. Verkohlte Überreste von Kleintieren waren eingebacken, bizarr verformte Metallteile von landwirtschaftlichen Geräten dazu, und über all dem hing in schweren Schwaden der abstoßende Gestank; ein Brodem, wie ihn sonst nur die Greuel des Krieges hervorzubringen vermochten.

In der Tat empfanden die Brandleider so, als sei ein namenloser Feind mit Raub und Mord über sie hergefallen. Wie gelähmt, mit matten Gliedern und dumpfen Schädeln, taten sie im feuchtkalten Nieselregen des neuen Tages das Notwendige. Sie fingen die Rinder ein, brachten einen Teil hinüber zum Nachbarn, versorgten die restlichen Tiere vorerst im Krautgarten. Ebenfalls vom angrenzenden Anwesen karrten sie für den ersten Bedarf etliche Haufen Futter heran; begannen dann in den Trümmern des Stalles zu stochern: nach Kettenzeug vor allem, das möglicherweise noch brauchbar war. Tatsächlich fand sich einiges, so daß die Kühe, die auf dem Hof geblieben waren, nun in den Windfang des Wohnhauses getrieben und dort zur Ruhe gebracht werden konnten.

Erst dann durften die frierenden und übermüdeten Menschen an sich selbst denken. Geschlagen und stumm versammelten sie sich in der Stube, teilten sich einen Laib Brot und einen Krug saurer Milch; begannen schließlich stockend zu reden. »Ich versteh's nicht«, klagte Georg Frueth. »Wenn's in der Küche ausgebrochen wäre; ja, dann... Aber im Kuhstall... Das begreif' ich nicht...«

»Ganz gewiß ist's nicht mit rechten Dingen zugegangen!« jammerte die Bäuerin. »So weit ich zurückdenken kann, hat's sowas nicht gegeben… Und ausgerechnet in einer von den wilden Nächten… Kaum ein paar Tage nach Allerseelen, wo die Toten umgehen…«

»Schweig! Davon will ich nichts hören!« wies sie ihr Gatte, nach einem kurzen Blick auf die erschrocken zusammenzuckende Mitterdirn, schroff zurecht.

»Vielleicht hat der Sturm ein Gewitter hergetragen…« vermutete der Altknecht. »Ein paar Donnerschläge bloß und ein einzelner Blitz…«

»Und keiner im Haus sollt's gemerkt haben?« murmelte die Bäuerin; mied dabei den Blick ihres Gemahls, suchte jedoch lauernd den der Schwarzhaarigen.

»Ich und die Afra, wir haben doch die ganze Zeit fest geschlafen! Und außerdem sind wir es gewesen, die alle anderen aufgeweckt haben!« Instinktiv versuchte Marei die Freundin gegen den unterschwelligen Vorwurf in Schutz zu nehmen.

»Zweifelt ja keiner daran!« nahm erneut Georg Frueth das Wort. Faßte sein Weib dabei scharf ins Auge und setzte hinzu: »Es hilft uns auch nichts, wenn wir jetzt Vermutungen anstellen oder gar abergläubische Sprüch' herunterbeten! Damit bauen wir den Stall und den Stadel gewiß nicht wieder auf! Aber allein das muß jetzt zählen: Wie wir den Schaden wenigstens soweit beheben können, daß wir mit dem Vieh über den Winter kommen! Alle zusammen müssen wir da anpacken! Und uns nicht gegenseitig das Leben schwer machen! Oder gar Gerüchte in die Welt setzen! Könnt' sonst schnell passieren, daß uns noch mehr verlorengeht als bloß das halbe Anwesen! Daß sie nämlich im ganzen Schmalztobel mit den Fingern auf uns zeigen und uns keiner mehr in der Nacht über den Weg laufen möcht'…«

Erbleichend kuschte die Bäuerin nun, doch der Stachel, den sie der Schwarzhaarigen ins Fleisch gesetzt hatte, schmerzte weiter: den ganzen Tag über, während die Aufräumarbeiten andauerten.

Wieder und wieder zermarterte Afra sich den Kopf darüber, was im Kuhstall geschehen sein könnte, nachdem sie und Marei das Gebäude am Vorabend verlassen hatten. Aber sie konnte sich beim besten Willen an nichts Ungewöhnliches erinnern: allein an ihre Müdigkeit nach der harten, zwölfstündigen Arbeit und daran, daß sie sich wie taumelig nach der Wärme der Küchenstube gesehnt hatte. Nur wie hinter einem Schleier, ganz tief drinnen in ihrem Schädel, spürte sie noch etwas anderes, etwas Ungutes; aber das Gefühl blieb vage, wurde beim besten Willen nicht greifbar. Und verwich zuletzt ganz, als die Erschöpfung noch übermächtiger wurde als am Tag vor der Feuersbrunst.

*

Die Nachricht von dem verheerenden Brand, der so jäh und scheinbar ohne jeden nachvollziehbaren Grund ausgebrochen war, machte in Windeseile die Runde durch das Gebirgstal. Und obwohl die Bäuerin auf dem Frueth-Hof jetzt kein zweideutiges Wort mehr riskierte, trat trotzdem ein, was ihr Gemahl von allem Anfang an befürchtet hatte. Bald begannen die abenteuerlichsten Gerüchte zu schwirren; wurden gerade von denen, die in der fraglichen Nacht meilenweit entfernt gewesen waren, die wildesten Vermutungen in die Welt gesetzt: haltlose Anwürfe, die sich mehr und mehr um die Person der ohnehin verrufenen Afra Dickh rankten.

Dutzende von Abergläubischen erinnerten sich plötzlich wieder an die anrüchige Abkunft der Wittersitter Mitterdirn; an die Munkeleien und Verleumdungen, die schon über die Mariann von der Haindlmühle in Umlauf gewesen waren. Vom Teufel, der im Stall über die Böhmische hergefallen sei und mit ihr gebockt habe, wurde neuerlich geflüstert; vom allzu frühen Tod der gattenlosen Viehmagd auch. Zudem von ihrem Begräbnis, auf das sich damals so gut wie kein Trauergast verirrt habe; wo aber die Tochter dem alten Pfarrer etwas dermaßen Böses zugeraunt habe, daß dieser wie in einem tödlichen Schrecken erbleicht sei.

Schon als Halbwüchsige, so das mißgünstige Getuschel weiter, habe die Rabenschwarze sich also wohl mit dem Bösen verbunden; später habe der ihr, ganz ohne Zweifel, die Klauen noch viel nachdrücklicher ins Fleisch geschlagen. Man brauche sich doch nur daran zu erinnern, wie sie es auf keiner ihrer Stellen lange ausgehalten habe: beim Prämbl zu Neidberg nicht; genausowenig bei der Kölblin, obwohl die vermutlich ebenfalls eine Zwielichtige sei. Und kaum sei sie beim Frueth eingestanden, habe es dort jetzt das grauenhafte Unglück gegeben; das Schadenfeuer, das höchstwahrscheinlich vom Alten Grund heraufgekrochen sei auf den Berg.

Bereits die Vorväter hätten es ja gewußt, daß der Flecken im Ohetal verflucht sei; daß dort unter der Erde die unerlösten heidnischen Seelen hausten. Aus solch verworfenem Dünger sei sodann der Hexenstein aufgewachsen: das verfluchte Satansmal, das sich seither wie eine Kralle des Höllischen gen Himmel recke. Genau dort aber habe die Wittersitter Mitterdirn sich jahrelang herumgetrieben; wie vom Leibhaftigen gestachelt, sei sie wieder und wieder hingerannt. Habe sich, und auch dies sei gewiß kein Zufall gewesen, beim gotteslästerlichen Felsen mit den Liederlichen und Zigeunern getroffen; mit den fremden Schäfern und den böhmischen Musikanten dazu, mit Veitstänzern, Hurenböcken, Kartenbeschwörern auch. Und kein Christenmensch habe Zeuge dessen werden dürfen, was sich besonders in den Rauh- und Walpurgisnächten unterm fichtenbärtigen Dach abgespielt habe.

Oft genug habe man die Fahläugige zwischen Mitternacht und Morgengrauen auch auf anderen verbotenen Wegen gesehen: unterm geblähten Mond oder wolkenfetzigen Himmel zumeist. Hurtig und heimlich wie ein räuberisches Tier sei sie zwischen dem Hexenstein und dem Bärenloch unterwegs gewesen. Wenn sie dann in früheren Zeiten endlich zurück nach Neidberg geschlichen sei, wäre sie dort freilich keineswegs im Haus, sondern in einem verfluchten Hamsterloch am Berghang verschwunden. Später dann, weil ihr ganz offensichtlich der Boden so nahe beim Pfarrdorf zu heiß geworden sei, habe sie sich auf den abgelegenen Weiler gleich jenseits des Ohegrundes geflüchtet. Sei dort in ihrer abgrundtiefen Tücke untergekrochen und habe hinterlistig jene Nacht abgewartet, in der mit der Wilden Jagd auch ihre besenreitenden Komplizinnen über den Schmalztobel hereingebrochen seien…

Dutzend- und hundertmal wurden in den Tagen nach der Feuersbrunst derart obskurantistische Vermutungen und Verleumdungen laut. Ganz so, als fresse der Brand immer noch weiter um sich, lief das Tuscheln und Zischeln kreuz und quer über den Talboden, sprotzelte hierhin und dorthin in seinem unberechenbaren Funkenflug – und kulminierte schließlich in Ringolay selbst: im Bannkreis von Kirche und Pfarrhof.

*

Der Mönch, obwohl scheinbar tatenlos, hatte längst auf diesen Moment gelauert. Jetzt, da ihm die Mutmaßungen und Anschuldigungen von früh bis spät zugetragen wurden, sah er seine Stunde gekommen. Noch einmal verbrachte er eine Nacht am Schreibpult, ließ die Feder wiederum wie manisch übers Pergament kratzen; im Morgengrauen sodann setzte er das Punktum.

Schwang sich wenig später in den Sattel des schmutzfarbenen Maultiers und hetzte hinüber nach Perlesreuth; drang zum Vogt vor, der gerade bei einem verspäteten Frühstück saß. Im Gemach über dem Torturm brachte der Dominikaner dem mit immer verbissenerem Gesicht lauschenden Josef Schönauer die ungeheuerliche Anklage zu Gehör.

»So etwas könnt Ihr, bei Gott, nicht verantworten!«
schnappte der Herr der Fronfeste zuletzt. »Jedes Jahr brennen allein im hiesigen Pfleggericht ein halbes Dutzend
Anwesen ab! Wollte man da jedesmal derartige Vorwürfe
erheben, hätte unser aller Herr schon bald keine Untertanen
mehr!« Der Ritterbürtige stand auf, trat bis auf Tuchfühlung
an Corbinian Wenkh heran und setzte barsch hinzu: »Reitet
also gefälligst zurück auf die Pfründe, die man Euch kommissarisch anvertraut hat! Und vergeßt schleunigst wieder,
was Ihr im Dunkel Eurer Studierstube ausgebrütet habt!«

Diesmal jedoch ließ sich der hagere Mönch nicht ein-
schüchtern. Im Gegensatz zu seinen früheren Auseinander-
setzungen mit dem Vogt wich er keinen Zoll vor dem sanguinischen Antlitz zurück; erwiderte mit leiser und dennoch
harter Stimme: »Die heilige Mutter Kirche selbst gerät in
Gefahr, wenn dem Treiben des Teufels nicht Einhalt geboten
wird! Läßt man es der Malefizperson zu Wittersitt durchgehen, daß sie mit Hilfe ihrer satanischen Künste einen Lehens-
hof vernichtet hat, dann besitzt der Klerus weit über den
Schmalztobel hinaus keine Autorität mehr! Dies vor allem
auch, weil viele Dutzend Gläubige die Bestrafung fordern
und jedes Vertrauen in die Macht der Kirche verlieren würden, falls die genannte Feindin des Glaubens ungeschoren
davonkäme ...«

»Daß die Hörigen das Maul überhaupt so weit aufzureißen wagen, ist allein Eure Schuld!« schnaubte Josef
Schönauer. »Seit Jahr und Tag habt Ihr gehetzt und gewühlt
im Schmalztobel, und jetzt ...«

»Jetzt«, unterbrach ihn der Dominikaner, »kommt die
Religion in meiner Gemeinde endlich zu neuer Blüte! Das
Verhalten der Gottesfürchtigen beweist es! Sie flehen mich
an, daß ich sie nach der langen Zeit der Finsternis heimführe
in den Pferch Christi! Sie tun es, weil sie erkannt haben, wie
tief die Todsünde sich in ihrem Tal einwurzeln konnte! Sie
wollen der Kirche dienen, wenn sie zu mir kommen und

mich bestürmen, das belialische Übel mit der Wurzel auszureißen! Und ich, der ich ihr Hirte bin, kann es ihnen nicht
abschlagen – wie sonst dürfte ich fürderhin von ihnen verlangen, daß sie andererseits den Geboten des Fürstbischofs
und seines Vogtes hier zu Perlesreuth Gehorsam leisten
müssen …?«

»Dies ist … infam!« fuhr der Ritterbürtige auf.

»Infam«, schnitt ihm der Mönch neuerlich das Wort ab,
»wäre es, wenn Ihr mich in meiner geistlichen Arbeit behindern und damit am Ende gar noch eine Rebellion der Dörper riskieren wolltet! Denn ein derartiges Verhalten könnte
durchaus als Hochverrat gegenüber meinem und Eurem
Herrn betrachtet werden …«

Für einen sehr langen Moment bohrten die Augen des
Sanguinikers und des Hageren sich ineinander. Dann, ganz
plötzlich, gab Josef Schönauer sich geschlagen. Er senkte den
Blick, drehte sich brüsk um und hastete zum Tisch, auf dem
noch immer das üppige Mahl stand.

»Ich sehe, wir haben uns verstanden!« vernahm er in seinem Rücken die leise Stimme des Corbinian Wenkh.

Gleich darauf, der Vogt spürte es am Frösteln in seinem
Genick, kam der Dominikaner heran. Das fahle Skapulier
über der dunklen Kutte schob sich seitlich ins Gesichtsfeld
des Ritterbürtigen. Als er notgedrungen den Kopf wandte,
drückte ihm der Mönch eine schwarze Mappe in die Hand.
»Am besten sichtet Ihr das Material noch einmal in aller
Ruhe!« erklang neuerlich das drängende Zischeln. »Und
wenn Ihr Euch dann später mit mir über das exakte Vorgehen beraten wollt, findet Ihr mich in meiner Zelle …«

*

»Verlangt aber nicht von mir, daß ich selbst beim Fürstbischof vorstellig werde! Wenn Ihr in der Tat das Tribunal fordern wollt, dann reitet auf eigene Faust in die Residenz!«
Diese Worte des Vogtes schienen im Schädel des Dominika

ners nachzuschwingen, während er das Maultier auf dem Treidelpfad entlang des manchmal ruhig ziehenden und dann wieder wild über Felsenbänke schäumenden Flusses durch den Wald lenkte. Und wieder sah Corbinian Wenkh dabei den Gesichtsausdruck Schönauers vor sich: den verkniffenen Mund und vor allem die Augen, in denen die Hoffnung stand, er, der unbedeutende Priester, werde letztlich doch noch vor der Konfrontation mit dem Landesherrn zurückschrecken.

Die Lippen des Mönches verzerrten sich in einem dünnen Lächeln, als er daran dachte, wie er den Ritterbürtigen durchschaut hatte. Mehr noch: Der Vogt hätte ihm gar keinen größeren Gefallen tun können, als ihm die vermeintliche Falle zu stellen. Denn in Wahrheit hätte er, Corbinian Wenkh, seinen rechten Arm dafür gegeben, um die Dokumente persönlich vorlegen zu dürfen – und dem bislang Unerreichbaren damit persönlich gegenüberzutreten. »Ihm!« flüsterte er jetzt; mit demselben Atemzug beschleunigte sein Puls sich jäh. Ein brutaler Gertenschlag traf gleichzeitig das Maultier; während die Silhouetten der Bäume, zwischen denen die Nebelfetzen hingen, schneller vorüberzogen, malte der Dominikaner sich aus, welch atemberaubende Perspektiven ihm die Audienz eröffnen würde.

Mit Gottes Hilfe, dessen war Corbinian Wenkh sich sicher, würde es ihm gelingen, den Fürstbischof von der Notwendigkeit des Inquisitionstribunals zu überzeugen. Mit Unterstützung des Allerhöchsten – und zudem aufgrund der Beweiskraft der in vielen schlaflosen Nächten entstandenen Protokolle, in denen die Untaten der Malefizpersonen niedergelegt waren: theologisch felsenfest begründet und damit unanfechtbar. Selbst der Landesherr konnte sich nicht gegen die unveränderlichen und vom Papst ausdrücklich sanktionierten Wahrheiten des Malleus Maleficarum stellen; des im Volksmund als Hexenhammer bezeichneten theologischen Werkes, auf dessen Sentenzen die Anklage in jedem einzelnen Punkt basierte.

Der Fürstbischof wird also das Tribunal einsetzen, überlegte der Mönch weiter. Und dann kommt es darauf an, wem er den Vorsitz übertragen wird: einem seiner weltlichen Beamten oder einem Kleriker? Nein, ganz gewiß einem Priester; kein Laie könnte die finsteren Umtriebe Satans so gründlich aufdecken wie ein Geweihter. Wenn aber ein Kleriker zum Inquisitor ernannt wird, dann kann wiederum kein anderer als ich selbst in Frage kommen! Denn mir allein gebührt das Verdienst, die mörderischen Ränke des Leibhaftigen ans Licht gebracht zu haben; niemand ist deswegen besser geeignet als ich...

Wieder pfiff die Gerte durch die diesige Luft; der Körper des Maultiers streckte sich; hetzte im Galopp einen Hang hinauf, um eine Flußkehre abzuschneiden. Und dieses reale Hochgetragenwerden formte sich gleichzeitig im Gehirn des Dominikaners zu einem mentalen Höhenflug um; keuchend stieß er hervor: »Ich werde es sein, der den Stab über die Wittersitterin bricht... Ebenso über die andere... Vielleicht sind sogar noch weitere zu überführen... Ganze Rudel, so wie in den Bistümern Würzburg und Eichstätt... Fünfzehn Jahre haben die Feuer damals am Main gebrannt... An der Altmühl noch länger: mehr als ein Menschenalter... Tausendfach haben die Flammen die Erde von der Hexenbrut gereinigt... Und auch hier, im Waldland und ebenso unten an der Donau, ist es nötig... Geheiligter denn je stünde das Fürstbistum dann da... Und meine Tat wäre es; mein Verdienst ganz allein...«

Das Reittier jagte wieder hinunter zum Treidelpfad; das Schüttern preßte Corbinian Wenkh den Atem aus der Lunge. Aber seine Gedanken räderten weiter, immer manischer: Die Ringolayer Pfründe, auf die kann ich dann pfeifen! Kann ungleich höhere Würden erreichen! Endlich den Platz einnehmen, der mir in Wahrheit gebührt! Unendlich weit weg von der verfluchten Kindheit! Den feuchten Kammern in der Armengasse! Das alles wird dann ausgelöscht sein! Oben im Licht werde ich stehen ...

»Auge in Auge mit dem Fürstbischof!« brach es, triumphierend und gequält, aus ihm heraus.

Mit demselben Herzschlag aber schien etwas wie ein bedrohlicher Schatten über ihn zu fallen; klaffte einmal mehr der unauslotbare Abgrund in seinem Innersten auf, den er, jenseits allen Denkens und Glaubens, so panisch fürchtete. Jene finstere Kluft, die ihn zuzeiten ins besessene, krankhafte Gottanflehen treiben konnte: bis hin zur Blasphemie – und auch jetzt geschah ihm dies wieder. Schwankend wie ein Kranker saß er plötzlich im Sattel; sein Stöhnen klang so grauenhaft, daß das Maultier durchzugehen drohte.

*

In der einbrechenden Dunkelheit schien die Stadt auf einige wenige schwache Lichtquellen reduziert zu sein: rötliche, höchstens faustgroße Punkte, die wie verlassen im farblosen Schlieren und Treiben des aufsteigenden Nebels schwammen – tief unterhalb der Residenz, der Zwingburg auf dem Felssporn über den drei Flüssen, in deren Palas der Fürstbischof im Fenstererker stand.

Regungslos, während in seinem Rücken die fanatische Stimme insistierte, blickte der Landesherr auf das Areal zwischen den Strömen hinab. Wie aus Stein gemeißelt wirkte das scharf geschnittene Antlitz des Endfünfzigers: kalt, leidenschaftslos, machtbesessen. Kein Muskel zuckte in diesem Gesicht, bis der Mönch seinen Vortrag beendet hatte. Aber auch dann bewegte sich die hochgewachsene, hagere Gestalt nur um eine Winzigkeit; die präzise artikulierten Sätze, die Corbinian Wenkh jetzt vernahm, erweckten den Eindruck, als kämen sie eher aus dem Körper einer Statue als dem eines Menschen.

»Primo: Dein eigenmächtiges Vorgehen!« klang es aus dem Spitzbogen des Erkers. »Es kann dir nachgesehen werden um deiner Loyalität willen! Secundo: Deine Argumente sind stichhaltig! Sie stehen im Einklang mit der einzig wahren katholischen Lehre! Tertio: Wahr ist zudem, daß das Satanstreiben den Interessen der Kirche auch in materieller Hinsicht schadet! Quarto: Grundsätzlich ist äußerste Strenge selbst beim leisesten Verdacht auf protestantische Ketzerei geboten! Vor allem in Gegenden, die nahe der böhmischen Grenze liegen, wo noch immer der Hussitismus lauert! Quinto: All dies zusammengenommen rechtfertigt ein Tribunal!«

Wie zum Sprung bereit, leicht vornübergebeugt, hatte der Dominikaner gelauscht. Nun, da die Entscheidung in seinem Sinne gefallen war, löste sich seine Anspannung in einem pfeifenden Atemzug. Gleichzeitig wünschte er sich mit allen Fasern, der Unerreichbare möge sich endlich umdrehen: ihm wenigstens jetzt einen Blick gönnen. Doch nichts dergleichen geschah; wie gemeißelt verharrte die Statue an ihrem Platz – bis der Mönch die alles entscheidende Frage wagte: »Und wer, Eminenz, wird dem Inquisitionsgericht vorsitzen?«

Erst da zuckte die eine Schulter des Fürstbischofs ein wenig, und mit dieser Bewegung, die wie wegwerfend wirkte, kam die Antwort: »Du ... nicht!«

Völlig unvermittelt traf ihn der Hieb. Corbinian Wenkh wankte, vermochte den gequälten Aufschrei nur mit äußerster Mühe zu unterdrücken.

Verzweifelt rang der Dominikaner um seine Fassung; dann hörte er den Unmenschlichen hinzufügen: »Denn zuständig ist das Pfleggericht Fürsteneck! In dessen Hände lege ich den Fall!«

13 DAS TRIBUNAL

Spätwinter bis Frühjahr 1703

Der Februarfrost hatte die Schneedecke zu hartem, splittrigem Firn gefroren. Jeder Huftritt verursachte ein scharfes Krachen; immer wieder, wenn sie bis über die Fesseln durch die Kruste brachen, schnaubten die Rösser vor Schmerz und sträubten sich gegen die Reiter. Doch jedes Mal trieben die sechs Gepanzerten ihre Tiere unter schonungslosem Sporeneinsatz weiter: vom Ohetal den Hügel hinauf, dann die jenseitige Bergflanke wieder hinab und hinüber zum nächsten Hang, wo auf halber Höhe die beiden Höfe des Weilers standen. Ein Stück vor dem einen Anwesen bellte der Korporal einen Befehl und ließ die Kettenschergen ausschwärmen. Im schwerfälligen Galopp umzingelten sie den Hof und näherten sich dann im Trab dem Wohnhaus und den notdürftig wieder aufgebauten anderen Gebäuden.

Im Stall duckte sich Afra Dickh zitternd zwischen den Körper der rotgefleckten Kuh und die Futterraufe; gleichzeitig irrte ihr Blick gehetzt zum Fenster über ihrem Kopf. Schon wollte sie ihrem Fluchttrieb nachgeben und sich hinausschnellen, doch plötzlich hatte sie das Gefühl, kein Glied mehr bewegen zu können.

Es war die gleiche Lähmung, die sie während der vergangenen Winterwochen so oft verspürt hatte; nachts zumeist, wenn sie wach und schweißgebadet in der Kammer gelegen hatte und ihr bewußt geworden war, daß die Reiter eines Tages heranpreschen mußten: die Bewaffneten, die der verfluchte Mönch früher oder später gegen sie aussenden würde. Und obwohl die Schwarzhaarige sich in ihrer Furcht mehr als einmal vorgenommen hatte, ihm zuvorzukommen und rechtzeitig wegzurennen – vielleicht ins Böhmische hinüber, von wo einst ihre Mutter zugewandert war -, hatte sie diesen Vorsatz nie in die Tat umzusetzen vermocht. Sie hatte es nicht geschafft, weil ihre Glieder im entscheidenden Moment stets ebenso kraftlos wie auch jetzt wieder gewesen waren.

Sie konnte infolgedessen nichts anderes tun, als die graugrünen Augen wieder vom Fenster zu lösen; sie wie gebannt auf die Tür zu heften. Und noch stärker zu zittern, während sich die schnaubenden Kreaturen und klirrenden menschlichen Gestalten dort drüben beim Wohnhaus zusammendrängten, von wo nun auch die zunächst noch protestierenden und dann klagenden Stimmen zu hören waren. Gleich darauf bäumte sich eines der Rösser und wurde ein zweites auf der Hinterhand herumgerissen; der rasend schnell heranjagende Hufschlag schien Afra den Atem zu rauben. Saugte ihr den letzten Funken Kraft aus dem Leib und ließ sie hysterisch aufwimmern, als die beiden Gepanzerten aus den Sätteln sprangen, zotenreißend in den Stall kamen und sie packten.

Jetzt, endlich, gelang es ihr, sich zu wehren, doch der Widerstand war aussichtslos. Die Schergen rissen ihr die Arme auf den Rücken und knebelten sie mit einer schmiedeeisernen Fessel. Dann legten sie ihr eine schwere, doppelgliedrige Schelle um den Hals, verbolzten die beiden Enden und verbanden die daran befestigte Kette straff mit den Handgelenken der jungen Frau. Als die Schwarzhaarige ins Freie und über den Hof gestoßen wurde, stolperte sie mit weit zurückgezwungenem Kopf auf die übrigen Reiter zu. Der Korporal schneuzte sich lautstark durch die Finger, feixte schadenfroh und rief: »Gell, unter einem solchen Joch geht's nicht so hurtig vorwärts wie auf dem Besen! Aber mach dir keine Sorgen, Teufelshur'! Wirst auch so schnell genug dorthin kommen, wo dich der Fürstbischof haben will!«

Der Bischof?! Nicht der Mönch?! hämmerte es dumpf durch Afras Schädel. Erst dann begriff sie jäh die Zusammenhänge, hörte im gleichen Augenblick eine beinahe noch kindliche Stimme: »Ihr dürft der Mitterdirn nichts tun! Immer ist sie lieb zu mir gewesen, immer gut...« Marei, mit weit aufgerissenen Augen und bebenden Lippen, hatte die Sätze gerufen; löste sich jetzt von der Bäuerin, die sie vergeblich festzuhalten versuchte, und stürzte auf die Schwarzhaarige zu. »Sag's ihnen doch selbst, Afra, daß du unschuldig bist! Daß du...«

Ein brutaler Schlag schnitt ihr das Wort ab; mit blutender Nase, aufwimmernd wie ein kleines Tier, taumelte die Halbwüchsige gegen den kreidebleich starrenden Georg Frueth. Und ehe der wiederum etwas unternehmen konnte oder wollte, hatten zwei der Kettenschergen die Mitterdirn bereits zwischen ihre Rösser gezerrt; im nächsten Augenblick trabte die Kavalkade davon: die Schwarzhaarige, der jeder Schritt zur Tortur wurde, mit sich zerrend.

Stundenlang dauerte die Qual, verschlimmerte sich von Meile zu Meile mehr, obwohl die Gepanzerten jetzt zumeist im Schritt ritten. Dennoch hing die Haut in Fetzen von Afras Genick und Handgelenken, waren ihre Schultern halb ausgerenkt und bluteten ihre vom Firn zerschnittenen Füße gräßlich, ehe endlich der Marktflecken auftauchte, über dem schwarz verschattet das Gemäuer der uralten Zwingburg lastete: der Fronfeste von Perlesreuth.

*

Die Kette, die vom Halseisen zum stählernen Mauerring führte, war etwa fünf Ellen lang. Sie gestattete der Gefangenen gerade so viel Bewegungsfreiheit, daß sie sich auf der verschmutzten Strohschütte zum Schlaf zusammenkrümmen oder kauernd ihre Notdurft verrichten konnte. Ebenso vermochte die junge Frau den Brotkanten und den Wasserkrug zu erreichen, die der Kerkermeister einmal täglich durch das Türloch schob. Er tat es unwirsch, zog sich jedesmal so schnell wie möglich wieder zurück. Trotzdem ersehnte die mittlerweile Einundzwanzigjährige sein

Erscheinen. Denn die Kienfackel, die der Büttel bei sich trug, erhellte dann wenigstens für einige Momente die tief im granitenen Gekröse der Burg liegende Hexenkaue.

Gleich darauf aber wieder diese abgrundtiefe, undurchdringliche Finsternis, die ihr den Atem abwürgte und wie Gift in ihre Poren drang. Diese so entsetzlich klamme Schwärze, die wieder und wieder das Fiepen und Trippeln der Ratten ausgebar; jener widerwärtigen Nager, welche die Angst, die unsichtbaren Mauern könnten sie zerquetschen, noch einmal übersteigerten: Afra sich wie im Todeskampf gegen die Fessel aufbäumen ließen. Und diese unsägliche Pein jetzt schon so viele Tage, daß die Gefangene längst jedes Zeitgefühl verloren hatte; daß sie sich manchmal verwirrt fragte, ob man sie etwa in ihrem Kerker vergessen habe.

Aber irgendwann im Verlauf dieser nicht enden wollenden höllischen Nacht geschah dennoch das Unvorhergesehene. Der Kerkermeister löste die Kette von der Wand; zerrte die Zitternde dann mit sich: durch enge, vor Feuchtigkeit schillernde Gänge und über schlüpfrige Stufen, bis auf einmal blendende Helle um sie war.

Es dauerte geraume Zeit, ehe das Grelle sich auf das Licht von einem halben Dutzend Fackeln sowie den Schein eines Pfannenfeuers reduziert hatte. Erst dann vermochte die Schwarzhaarige sich in dem großen Raum zu orientieren und weitere Einzelheiten auszumachen – freilich nur, um sich damit ihren Feinden, die jetzt auf einmal Gesichter hatten, gegenüber zu sehen.

Ein übermannshoher Kruzifixus, der hölzerne Torso wie zum aggressiven Ansprung nach vorne geneigt, nahm die Stirnseite des hohen und dennoch drückenden Gewölbes ein. Quer darunter stand nicht weniger wuchtig die mit blutrotem Tuch verschlagene Balustrade, über die weitere Torsi hinauswuchsen: die des Tribunals.

Fünf Männer – und besonders vor dem einen schreckte Afra Dickh im selben Moment, da sie ihn erkannte, zurück.

Hager, mit fanatisch zusammengepreßten Lippen, die Hände wie Klauen ineinander verkrampft, saß der Dominikaner da; seine Augen, die pechschwarz zu glühen schienen, haßerfüllt auf sie gerichtet. Doch nicht er, dies begriff die Gefangene wenig später, konnte der Richter sein. Es mußte sich vielmehr um jenen anderen, etwa Fünfzigjährigen mit dem galligen Antlitz und der schweren, gefältelten Halskrause handeln, der zur Rechten des Mönches in der Mitte der Reihe thronte und nun langsam eine dunkle Mappe mit zahlreichen eng beschriebenen Pergamentbögen darin öffnete.

»Der Inquisitor Gottfried Wagner von Fürsteneck!« zischelte im selben Moment mit hämischem Unterton der Büttel. »Er ist's, der am Ende den Stab über dich brechen wird...« Als er bemerkte, wie die junge Frau vor Furcht nach Luft rang, setzte er feixend hinzu: »Den Pater, welcher neben dem Schreiber Tobias Huber seinen Platz hat, kennst du offensichtlich. Und jener dort drüben, auf der anderen Seite des Richters, ist der Vogt der hiesigen Fronfeste. Als Letzter kommt dann Simon Daickh, welcher ganz wie Josef Schönauer und der Dominikaner zum Beisitzer berufen wurde. So, jetzt weißt du, mit wem du es zu tun hast! Im Grunde ist's viel zu viel Ehre für dich, daß sich solche Herren mit dir abgeben müssen! Besser wär's, man würde dich gleich auf der Stelle verbrennen...«

»Afra Dickh!« dröhnte im nächsten Moment die Stimme des Inquisitors durch den Raum. »Ich, dem der Fürstbischof Macht über Leben und Tod übertragen hat, fordere dich auf, deinen gotteslästerlichen Pakt mit dem Teufel zu bekennen und, um der Rettung deiner Seele willen, alle deine Verbrechen reuig zu gestehen!«

Die Schwarzhaarige, von der ungeheuerlichen Anklage wie von einem Hieb getroffen, fuhr zusammen; schüttelte dabei entsetzt den Kopf.

»Sie ist verstockt! Ganz wie zu befürchten war!« hörte sie das scharfe Flüstern des Mönches, der sich jäh zum Richter hinübergebeugt hatte.

Gleich darauf, ehe Afra überhaupt reagieren konnte, schnellte der Arm des Inquisitors vor; erklang die laute Stimme wiederum: »Dann zeige ihr, was sich dort hinter dem Vorhang befindet, Kerkermeister!«

Hart riß der Büttel an der Kette und zerrte die junge Frau in den Hintergrund des Gewölbes, wo zwischen zwei gedrungenen Pfeilern eine mannshohe schwarze Tuchbahn hing. Die Faust des Mannes griff nach einer Kordel, zog ruckartig an: der wegschnellende dunkle Stoff gab den Blick auf den Holzschragen mit den Folterwerkzeugen und das dahinter stehende Eisenbecken mit den glühenden Holzkohlen frei.

Unwillkürlich begann die Einundzwanzigjährige zu wimmern, doch das hielt den Kerkermeister nicht davon ab, ihr die Funktion der einzelnen Instrumente mit sadistischer Ausführlichkeit zu erklären: »Mit Hilfe der Daumenschrauben werden die Finger gequetscht, bis das Blut unter den Nägeln hervorspritzt... Unter die Nägel selbst können zusätzlich diese feinen Dornen getrieben werden... Oder hier: die Spanischen Stiefel! Die beiden schmalen Eisenplatten mit den querlaufenden Stegen werden dir über die Schienbeine und Waden geschnallt, dann mit diesen Schrauben gegeneinander gepreßt, bis die Knochen brechen... Die Zangen hier müssen zuerst glühend gemacht werden, damit sie dir sodann um so schmerzhafter die Brüste zerfleischen können...«

»Nein!« flehte die Schwarzhaarige. »Bitte nicht...!«

»Doch!« schrie der Büttel sie an. »Wenn du uneinsichtig bist, gibt's keinen anderen Weg...«

Er zwang sie neben dem Kohlenbecken in die Knie, griff nach einem rauhen Strick, der dort von einer an der Decke befestigten Rolle hing, und den Afra bislang nicht bemerkt hatte. Mit verworfenem Grinsen wand er das Seil zur Schlinge, machte Anstalten, sie um den Hals der sich windenden Delinquentin zu legen. Hielt plötzlich inne und raunte ihr zu: »Nein, so schnell geht's später nicht! Das wäre viel zu gnädig für dich, das einfache Henken! Wir strecken dich zunächst einmal; redest du dann immer noch nicht, so beschweren wir dir die Füße mit den Steinen da...« Ein Tritt gegen einen der kopfgroßen granitenen Rundlinge mit der eisernen Öse am oberen Ende machte ihr deutlich, was er meinte.

»Du wirst Höllenqualen erleiden, wenn du dich weiter dagegen wehrst, die Wahrheit zu gestehen!« dröhnte es erneut von der Balustrade her. Während der Kerkermeister die Schwarzhaarige zurückschleppte, fuhr der Inquisitor fort: «Befreie also deine Seele vom Bösen und antworte!«

»Ja! Ich will sprechen...« keuchte Afra. Verschluckte sich, setzte neu an: »Ich hab' doch gar nichts zu verbergen; hab' immer nur bei den Bauern gearbeitet...«

»Darüber wollen wir nunmehr Genaueres hören!« forderte der Richter. »Beginnen wir mit deiner Herkunft. Wer war deine Mutter und wer dein Vater?«

Unzusammenhängend und verschreckt berichtete die Einundzwanzigjährige von der Haindlmühle, von der böhmischen Herkunft der Mariann. »Hab' aber meinen Vater nicht gekannt; bin ein Bankert gewesen...«, preßte sie zuletzt heraus.

Eine jähe Bewegung des Mönches ließ ihren Blick zu ihm zucken; gleichzeitig kam mit seltsamem Unterton seine Frage: »So weißt du also gar nichts über ihn?! Überhaupt nichts?!« Ganz kurz, wie verstört, flackerten seine fast schwarzen Pupillen dabei.

Unmittelbar darauf stieß der Inquisitor nach: »Im Schmalztobel behauptet man, du seist gezeugt worden, als die Wilde Jagd über das Tal fuhr! Und derjenige, der die

Marianne Dickh schwängerte, sei in Wahrheit gar nicht aus Fleisch und Blut gewesen, sondern...«

»Das sind Lügen! Die Leut' haben's ausgebrütet, weil sie's nicht besser wissen!« fuhr Afra geschockt auf.

»Dann sage du uns doch die Wahrheit!« insistierte nunmehr der Schreiber; erntete dafür einen unwilligen Blick des Gastwirts und Viehhändlers Simon Daickh.

»Ich... kann doch nicht! Selbst wenn ich wollt'...« jammerte die Schwarzhaarige.

»Aha?! Selbst wenn du wolltest, dürftest du nicht?! Weil es dir nämlich der Leibhaftige verboten hat, was?!« raunzte der Richter.

»Damit hat sie sich selbst entlarvt! In allen einschlägigen Kodizes, sonderlich dem Malleus Maleficarum, wird solches als hieb- und stichfester Beweis für die Schuld einer Malefizperson gewertet!« flüsterte mit verkniffenen Lippen der Dominikaner; vermied dabei, als empfände er plötzlich Furcht, den Blick der jungen Frau.

»Ebenso aber ist dort festgelegt, daß derartige Indizienbeweise zusätzlich durch das Geständnis untermauert werden müssen!« versetzte der Inquisitor. Dann faßte er den Kerkermeister scharf ins Auge und gab ihm durch ein Kopfnicken das Zeichen.

Afra Dickh spürte den heißen Atem des Büttels in ihrem Nacken; er schien sie anzufauchen wie ein wildes Tier, während er das Ende des rauhen Stricks um ihre Handgelenke knotete. Im nächsten Moment war seine Faust in ihrem langen Haar und riß ihr den Kopf brutal hoch; gleichzeitig spürte sie, wie ihre Arme nach hinten und oben gezerrt wurden. Als der Kerkermeister sich unmittelbar darauf mit seinem ganzen Gewicht an das über die Rolle laufende Seil hängte, schrie die junge Frau unter dem Ansturm der entsetzlichen Qual schrill auf.

Es war ein Schmerz, als ob ein Schwert ihr plötzlich die Rückenmuskeln zerfetzen würde; hinzu kam das Knirschen der Schulterknochen, die unter dem furchtbaren Druck aus den Gelenkpfannen zu springen drohten. Afra spürte, wie ihre Haut dort bis zum Platzen aufschwoll; wie das Blut durch die Poren gequetscht wurde. Und in diese Pein, die jetzt abwechselnd Wellen der nackten Panik und ebenso der heranwummernden Ohnmacht ausgebar, stießen gleich Dolchen erneut die Fragen des Inquisitors hinein.

»Ist es wahr, daß deine Mutter Marianne viel zu früh und keines natürlichen Todes gestorben ist?!« hörte die Schwarzhaarige die dröhnende Stimme. »Stimmt es, daß der Priester von Ringolay verschreckt vor ihrem Grab zurückweichen mußte?! Daß sich auch kein gläubiger Christenmensch dorthin wagte?! Daß allein du es dort aushalten konntest?! Weil nämlich diejenige, die dich warf, auch dich längst in die bösen Künste eingeführt hatte?! Ist es ferner richtig, daß du sofort nach der Höllenfahrt der Marianne Dickh den Ort deiner Geburt gleich einer Furie verlassen mußtest?! Und vagabundiert bist, hierhin und dorthin?! Sonderlich zu solchen Orten, wo auf widernatürliche Weise Gewitter und Hagelschlag erregt, eine Feuersbrunst entfacht, Vieh verzaubert und die Milch der Kühe geraubt wurde?! Willst du weiterhin leugnen, daß du dich mit anderen Teufelsbuhlinnen getroffen sowie an verbotenen Plätzen mit ihnen getanzt, gehurt und Gott gelästert hast?! Dies vor allem im Alten Grund nahe der Ohe, wo der Hexenstein steht?!«

Fragen über Fragen: auf sie einhämmernd, in ihr Gehirn peitschend. Fragen, gegen die sie sich nicht zu wehren vermochte, weil sie ihre ganze Kraft dazu brauchte, die schreckliche Folter zu ertragen. Und immer ärger das Zerren des Strickes und bald auch der Steingewichte an ihren Füßen. Dann das kreischende Wegschnellen auch des letzten rändigen Denkens: nur noch die Qual jetzt, der unsägliche Schmerz. Dazu eine ihr völlig fremde Stimme, die sich mit der des Inquisitors zu mischen schien: in einem dämonisch kreischenden Dialog, der ihr zuletzt solche Angst einjagte, daß sie die Besinnung völlig verlor und ohnmächtig am Seil erschlaffte.

Irgendwann kam sie wieder zu sich: neuerlich angekettet in der undurchdringlichen Dunkelheit des Kerkers. Sie hörte die Ratten um ihren geschundenen Leib wieseln; flehte ins Nichts hinein um einen schnellen, barmherzigen Tod. Doch aus der Finsternis kam keine Antwort; auch auf die Frage nicht, die sie beinahe noch mehr als die körperliche Qual peinigte: Was alles sie unter der Folter gestanden hatte…

*

Während Afra Dickh im Spätwinter und einsetzenden Frühling dieses Jahres 1703 wochenlang lebendig begraben blieb, ließ der Inquisitor nach und nach jene Personen auf die Fronfeste bringen, die, zumeist aufgrund der Aufzeichnungen des Corbinian Wenkh, als Belastungszeugen in Frage kamen.

Verschüchtert stand eines Tages, nachdem erste Verhöre von Betschwestern oder anderen frömmelnden Zuträgern wenig Ergiebiges erbracht hatten, die mittlerweile dreizehnjährige Marei Paumanin vor dem Tribunal. Ohne Argwohn bestätigte sie, daß sie seit Jahr und Tag auf dem Wittersitter Hof als Hütemagd diene. Als der Richter sie wegen der verständigen Antwort lobte, schniefte sie erleichtert auf und wurde deshalb auch nicht mißtrauisch, als die nächste Frage folgte: Ob sie die Schlafkammer gerne mit Afra Dickh geteilt habe? Sie und die Mitterdirn hätten sich immer gut verstanden, gab die Halbwüchsige zur Antwort; setzte dann, naiv um Entlastung der Freundin bemüht, hinzu: »Oft genug haben wir unseren Spaß wegen der Katz' gehabt…«

»Welche Katze?!« griff an dieser Stelle scharf der Dominikaner ein; überrumpelte Marei damit.

»Der Kater halt, der in der Nacht öfter durchs Fenster herein und wieder hinaus sprang. Aber gesehen habe ich ihn nie …« entfuhr es der Dreizehnjährigen, ehe ihr Instinkt ihr sagte, daß es besser gewesen wäre, zu schweigen.

»Denn es hat sich in Wahrheit um einen Dämon gehandelt!« schnappte der Mönch.

»Um einen Inkubus vermutlich, welcher der Hexe, damit sie um so leichter ausfahren konnte, den Weg ins Freie bahnte!« fiel der Inquisitor ein, während die Feder des Schreibers bereits hektisch kratzte und erst innehielt, nachdem der Richter sich nach dem Brand erkundigt hatte: »Kannst du mir sagen, wie das Feuer auf eurem Anwesen entstanden ist?«

»Ich bin's nicht gewesen!« rotzte das Mädchen; stammelte nach einer Zwischenfrage des Dominikaners: »Aber das weiß ich doch nicht … ob die Afra während des Sturms die ganze Zeit in der Kammer gewesen ist … oder nicht!« Erneut schabte der Gänsekiel hastig über den Protokollbogen; auf einen Wink des Richters hin führte der Büttel die Dreizehnjährige weg.

Geleitete bald darauf, nachdem das Tribunal unter anderem auch dem maulfaul wirkenden Georg Frueth und dessen bedeutend mitteilsamerem Eheweib auf den Zahn gefühlt hatte, einen auf die Fronfeste, der nur darauf gelauert zu haben schien, seine Aussage machen zu können.

Fast verschwörerisch nickten der Mönch und Gregory Prämbl sich zu, als letzterer Aufstellung vor der Balustrade nahm; Corbinian Wenkh war es auch, der diesmal das Verhör eröffnete: »Kannst du bestätigen, daß die Angeklagte bereits zu jener Zeit, da sie noch auf deinem Hof diente, während der Nächte sehr oft abwesend war?!«

»Ich hab's nicht verhindern können, auch durch mannigfaltige christliche Vorhaltungen nicht!« erwiderte, fromm die Hände ringend, der Bauer. »Aber nachdem ich rausgekriegt hatte, wohin sie lief, hab' ich sie sofort aus dem Haus gejagt …«

»Wo genau trieb sie ihr Unwesen?« Gespannt beugte sich der Inquisitor gegen den Neidberger vor.

»Im Alten Grund, Herr! Beim Hexenstein! Wo die landfremden Hirten vor zweieinhalb Jahren im Herbst das Runde Häusl aufgerichtet haben! Dorthin hat's die Dickhin immer wieder gezogen…«

»Exakt zu jenem Ort, wo ich etwa zur selben Zeit den Dämon ausgegraben und gebannt habe!« fiel frenetisch der Dominikaner ein. Schoß dabei einen triumphierenden Blick auf den Vogt, der seinerseits irritiert die Augen zusammenkniff und den sanguinischen Schädel schüttelte, als wolle er sich von etwas Unsichtbarem befreien. »Aber das verfluchte Weib hat die höllischen Wesen durch ihr Treiben ganz ohne Zweifel wieder zum Alten Grund zurückgelockt!« fügte Corbinian Wenkh unbeirrt hinzu. »Der Zeuge hat es soeben ans Licht gebracht!«

»Ist sie allein dorthin ausgefahren, oder war sie womöglich in teufelsbuhlerischer Gesellschaft?!« ergriff wieder der Richter das Wort.

»Vielleicht tat sie's am Anfang auf eigene Faust. Aber bald schon nicht mehr«, erwiderte Gregory Prämbl. »Mit der Kölblin, scheint's, ist sie verschworen gewesen…«

»Er meint die Maria Kölbl aus Neidberg, seine Nachbarin!« erläuterte der Mönch.

»Jawohl!« bekräftigte der Bauer. »Die ist zusammen mit der Afra auf dem Besen geritten! Oft und oft haben die beiden zusammengesteckt! Und wo die Mutter der einen aus dem Böhmischen gekommen ist, hat die andere ganz böhmische Augen: wild und schief wie eine Katz'! Gräßlich haben sie's getrieben, die Junge und die Alte! Haben die Kühe verhext, bei uns im Dorf und anderswo, daß die Euter ganz zerbissen gewesen sind und kaum noch Milch gegeben haben! Aber auf den Wiesen sind dann die gestohlenen Rahmbrocken gelegen! Und den Drachen haben sie übers Tal gelockt, das Höllenvieh! Ich selber hab' ihn gesehen, ebenso der Heß und sein Knecht; dazu viele andere! Tagelang sind die zwei genannten Männer todkrank gewesen nach der Heimsuchung! Und niemand sonst als die Dickhin und die Kölblin waren schuld daran!«

»Wir werden auch diese weiteren Zeugen hören!« stellte, mit hektischen roten Flecken im Gesicht, Corbinian Wenkh fest. Insistierte dann: »Und du kannst die Wahrheit deiner Worte bei deinem Seelenheil beschwören?!« Heftig nickte Gregory Prämbl; leistete gleich darauf vor der Bibel und den Kerzen den Eid.

Als er sich wenig später im Hof der Fronfeste in den Sattel seines Rappen schwang und angaloppierte, stand teuflische Genugtuung in seinen Augen.

*

Bedrohlicher noch als sonst wirkten die Pupillen des Kerkermeisters auf Afra. Tückisch wie eine Ratte starrte er sie an: geduckt vor dem niedrigen Türschlupf stehend, die Fackel gegen sie gereckt. An ihrer panischen Angst und ihrem vergeblichen Versuch, noch weiter als ohnehin schon zurückzuweichen, schien er sich grausam zu weiden. Dann, ganz plötzlich, schnellte er herum, griff hinter sich in die Dunkelheit – und schleuderte gleich darauf das aufkreischende menschliche Bündel ins verdreckte Stroh. Doch erst als er die andere Frau ankettete, erkannte die Schwarzhaarige, um wen es sich handelte ...

»Maria?!« flüsterte sie entsetzt, nachdem der Büttel endlich wieder verschwunden war.

Nichts als ein Röcheln und dann ein klagendes Wimmern antwortete ihr. Afra rückte näher, betastete vorsichtig den neben ihr liegenden Körper und fand die Bestätigung für das, was sie bereits vermutet hatte. Auch die Kölblin hatte am Streckseil gehangen, wie die wulstig verschwollenen Schultergelenke bewiesen. Zudem mußte sie noch weiteren bestialischen Foltern ausgesetzt gewesen sein: Blut sickerte aus einer tiefen Wunde am rechten Schienbein; der verkrustete Lappen um ihre eine Hand schien aufgeplatztes Fleisch zu verbergen.

Als die Schwarzhaarige sie dort berührte, zuckte die Neidbergerin mit einem weiteren Wehlaut zurück. »Verzeih!« stöhnte Afra erschrocken.

Diesmal kam die Antwort artikuliert: »Du bist da ...? Bist nicht tot ...? Aber nein ... mich haben sie ja auch noch nicht umgebracht ...« Ein würgender Hustenanfall schüttelte den zerbrochenen Leib, anschließend fielen die Sätze hastiger: »Dabei hab' ich geglaubt, ich müßt' sterben! Wie in der Hölle war's! Wieder und wieder die Folter! Und zwischendurch der Mönch und der Richter! Die Teufel mit ihren Pergamenten! Aus denen sie mir all die Sachen vorgehalten haben! Den ganzen Dreck, den der Prämbl auf mich geworfen hat; auch der Heß! Und dann die anderen: der Freibauer aus Marchetsreuth, der Schmied aus dem gleichen Ort ...«

»Der Tauschen und der Haas?! Aber die sind's doch vor allem gewesen, die den Nutzen von dir gehabt haben: beim Gimpelrupfen!« unterbrach die Schwarzhaarige. »Warum reiten sie dich jetzt so hinein?! Der Prämbl, das Vieh, ja! Aber doch nicht die Kartenspieler ...«

»Weil sie Angst haben, daß es sie auch erwischt!« antwortete mit krächzendem Lachen Maria. »Deswegen sagen sie jetzt, sie hätten mich und dich in den Nächten auf dem Besen reiten sehen! Und über uns am Himmel wär' der Leibhaftige geflogen! So sagen sie's, weil dann nicht mehr die Rede vom verbotenen Hasardieren und vom Bocken im Alten Grund ist! Wo sie selbst die allergrößten Gauner und Saubären waren ...«

»Warum hast du sie denn nicht herausgeschrien, die Wahrheit?!« ächzte Afra.

»Hab's ja versucht!« jammerte die Kölblin. »Hundsgemeine Lügner, so hab' ich sie genannt! Jeden einzelnen von denen! Aber jedes Mal ist mir gleich der Mönch übers Maul gefahren; hat behauptet, meine Widerworte seien bloß ein weiteres Zeichen dafür, daß ich den Satanspakt abgeschlossen hätt' …«

»Daß du dich mit Fleisch und Blut dem Teufel hingegeben hättest?! Das wollten sie von dir hören?!« Die Stimme der Jüngeren war nur noch ein gepreßtes Keuchen.

»Sie behaupten's nicht nur von mir, auch von dir!« flüsterte die ältere Frau. »Darauf läuft jede einzelne ihrer bösartigen Fragen hinaus – weil sie wahnsinnig sind; weil sie's selber mit dem Leibhaftigen haben …«

»Aber du hast nichts gestanden, gell?!« Afra stieß die Worte hervor, als bettle sie um ihr Leben.

»Nein!« kam die Antwort. »Ich hab' mir's nicht abpressen lassen; diesmal hab' ich die Kraft noch gehabt!« Dann, nach einer lastenden Pause, setzte sie hinzu: »Und ich hoffe, auch du wirst stark bleiben können …«

*

Stark bleiben! Mich nicht zerbrechen lassen! Ich hab's der Maria geschworen! Die Schwarzhaarige klammerte sich an diese Gedanken, versuchte alles andere aus ihrem Kopf zu verbannen. Dennoch wich die grauenhafte Furcht nicht; wurde vielmehr mit jedem Schritt, den der Kerkermeister sie weiterzerrte, stärker.

Ganz wie damals – vor Wochen oder vielleicht schon Monaten – dann das große Gewölbe, in dem die blutrot verschlagene Balustrade stand. Darüber die Schädel und Oberkörper der fünf Männer: der Todfeinde. Und am anderen Ende des Raumes der noch schrecklichere Anblick: düster angeglüht vom Kohlenbecken die Folterwerkzeuge und der über die Holzrolle laufende Strick.

Diesmal jedoch, nachdem der Inquisitor ihm sofort den Wink gegeben hatte, schlang der Büttel das Seil nicht um die Handgelenke seines Opfers. Vielmehr löste er die verrostete Kette dort, drängte Afras zitternden Körper gegen die Wand und befestigte ihr die Arme links und rechts über dem Kopf an den dort eingemauerten Eisenringen. Nachdem er sie auf diese Weise völlig wehrlos gemacht hatte, bleckte er geil die Zähne; riß ihr mit dem nächsten Herzschlag den morschen Kittel von den Brüsten bis zur Scham auf. Gellend schrie die junge Frau; wand sich verzweifelt, als seine Hand lüstern ihre schutzlose Haut berührte. Gleich darauf, als er mit drohendem Zischeln wieder von ihr abließ, erstarb ihr die Stimme in einem kraftlosen Wimmern. Denn jetzt erst begriff sie wirklich, was er mit ihr anstellen wollte.

Sie begriff es, als er die ellenlange Zange mit den scharf gezackten Backen in das Becken stieß, in dem sich die knisternden Holzkohlen häuften. Als etwas, das an einen verrotteten Fetzen Fleisch erinnerte und noch am Metall klebte, plötzlich aufflammte und mit widerwärtigem Geruch verbrannte. Als das Folterinstrument allmählich rotglühend wurde; der Kerkermeister es zuletzt an den hölzernen Griffen packte, sich ihr damit langsam näherte.

Die Schwarzhaarige spürte den Biß der Hitze; empfand ihn schon jetzt als unerträglich, obwohl die Zange ihre Haut noch gar nicht berührt hatte. Verzweifelt versuchte sie erneut, sich an das zu klammern, was sie vorher gedacht hatte: Der Maria hab' ich's geschworen! Doch der Gedanke verwich unter einem grellen Blitz, als das Eisen zischend ihre Brüste berührte – und dann war sie nur noch ein einziges Schreien: ein Kreischen und Flehen um Gnade…

»Ja, es soll dir Barmherzigkeit gewährt werden!« Irgendwann drang der Satz in ihr Bewußtsein; nahm der Raum um sie herum wieder reale Konturen an. Der Büttel stand nun lauernd ein paar Schritte abseits; statt seiner schienen die Fünf über der Balustrade sich wie zum Ansprung auf sie geduckt zu haben, und jetzt setzte der Inquisitor hinzu: »All deine Pein kann ein Ende finden, wenn du dich nicht länger verstockt zeigst!«

»Wenn du dich der Fürsorge der heiligen Mutter Kirche fügst, die nichts weiter beabsichtigt, als dich zu erlösen!« erklang gleich darauf die Stimme des Dominikaners.

»Erlöst sein ... Bitte ...« Die Versuchung war viel zu stark, als daß Afra hätte widerstehen können.

»Dann beantworte unsere Fragen!« forderte der Richter. »Gestehe alles, was du zusammen mit Maria Kölbl getrieben hast, wenn der Teufel Macht über euch hatte!«

Die irrationale Hoffnung, der sich die Delinquentin für ein paar Augenblicke hingegeben hatte, brach jäh zusammen. »Nein!« stöhnte sie. »Ich kann doch nicht ... Habe nicht ...«

Für einen kurzen Moment noch brachte sie die Kraft auf. Aber als der Kerkermeister erneut die rotglühende Zange gegen sie hob, brach sie endgültig zusammen – und schrie jetzt alles heraus, was das Tribunal hören wollte.

Schrie und beteuerte, bis der Schreiber auch den letzten Satz festgehalten hatte und dem Inquisitor das Pergament reichte. Erst dann verstummte sie; hing völlig kraftlos in ihren Ketten und hörte, wie der Richter ihr noch einmal alle ihre satanischen Taten vorhielt.

»Ich gebe an und beschwöre, daß bereits meine Mutter Marianne mich auf verworfene Weise getauft und dem Gottesfeind geweiht hat! Daß ich bereits nach meiner ersten Weiberblutung geschlechtlichen Verkehr mit ihm pflegte! Im Rinderstall auf der Haindlmühle, wo er mir in Gestalt eines schwarzen Mannes erschien! Er hat mit mir Unzucht getrieben, hat mir anschließend eine Wunde am Fuß beigebracht und hat zur Besiegelung des Paktes mein Blut getrunken! Weiter gestehe ich, daß ich zum Lohn dafür das belialische Geheimnis erlernen durfte, wie ich Milch stehlen, das Vieh verhexen und heimliche Brände legen könne! In solch satanischen Künsten habe ich mich viele Male geübt! Später, nachdem meine Mutter zur Hölle gefahren war, auch mit einer anderen Teufelsbuhlin, der Maria Kölbl aus Neidberg! Zusammen mit dieser habe ich zahlreiche nächtliche Ausritte auf dem Besen unternommen! Unter Anleitung der Kölblin habe ich auch die Hexensalbe gebraut und habe mit ihrer Hilfe wiederum dem Leibhaftigen gedient! Habe sein eiskaltes Glied in meinem Leib gespürt, wenn er mich nächtens in den Lüften oder auch auf hohen Bergen begattete! Nicht anders trieb es meine Komplizin, und auf ihrem Hof ist die schwarze Salbe auch versteckt!«

Der Inquisitor verstummte, doch die grauenhaften Sätze schienen nach wie vor im Kopf der Afra Dickh nachzuhallen. Dann, trotz allem noch einmal, versuchte sie das Wort zu formen: das Nein! Aber der Hieb des Büttels, quer über ihre konvulsivisch zitternden Lippen, schnitt es ihr ab und ließ sie gleichzeitig abstürzen in die Dunkelheit.

14 DIE HINTERGRÜNDE

Mai 1703

Schwärze und Schmerz – auf diese beiden Pole hatte sich die Welt während der Monate in der Fronfeste reduziert. Jetzt, wie zum Hohn, zeigte sie sich Afra noch einmal von ihrer lockenden Seite. Warm strich der Wind über das Tal; spielte in den Mähnen der Pferde, deren Fell rotgolden aufleuchtete, wenn ein zwischen den Baumstämmen flirrender Sonnenstrahl sie traf. In sanften Windungen schlängelte sich der Weg durch den nach Harz und Blütenstaub duftenden Bergwald. An den harmonisch geschwungenen Hängen träumten die Weiler und Einöden; der Anblick des Pfarrdorfes, das nun schon ein Stück zurück lag, wirkte unglaublich friedlich.

Dies ist das Leben ... dachte die Einundzwanzigjährige. Das große Geschenk jenes unendlich Liebevollen, das sich zwischen den Sternen breitet ... Hingegeben dachte sie es, doch mit dem nächsten Lidschlag zuckte etwas gleich einer kalten, zerrenden Berührung in ihr Inneres, und sie schien ein höhnisches Zischeln zu hören: So zumindest hätte es sein können, dein Leben ...

Als sie ernüchtert zusammenschrak, veränderte sich auch die bukolische Szenerie ringsum. Die besänftigenden Bilder schnellten hinweg, wie hinter einen Nebel. Statt dessen kehrte die harte Wirklichkeit zurück: der geschundene Leib der Kölblin neben ihr auf dem Schinderkarren; die rasselnden Ketten, welche die beiden Frauen aneinanderfesselten; dazu die Reiter in den Harnischen oder dunklen Umhängen, die das Fuhrwerk wie ein Rudel Wölfe umringten. Und wiederum fast im gleichen Moment zeigte sich hinter einer Kehre des Pfades auch die Ansiedlung, bei deren Anblick sowohl Afra als auch Maria unwillkürlich aufstöhnten.

»Neidberg!« Der Korporal des bewaffneten Trupps deutete hinüber; nickte dabei dem neben ihm trabenden Inquisitor zu.

»Das Hexennest, in dem noch immer die höllische Substanz verborgen sein muß!« ließ sich von der anderen Seite des Wagens her der Dominikaner vernehmen. Ein Peitschenhieb traf die Flanke des Maultiers; mit gequältem Aufschnauben galoppierte es davon. Auch der Kerkermeister, der den Karren lenkte, sowie die übrigen Berittenen trieben die Pferde an, so daß die Kavalkade wenig später wie in einem kriegerischen Ansturm über das Dorf hereinbrach.

Verschüchtert duckte sich Veith Kölbl in den Schatten der Stalltür; hinter ihm, noch weiter im Halbdunkel, rudelte sich das Gesinde zusammen. Der Bauer vermied es, sein Weib oder die Schwarzhaarige anzusehen, die jetzt nahe des Dunghaufens im Schlamm standen. Die sich dort wie schutzsuchende Tiere aneinanderdrängten, bis der Richter sein Roß jäh an sie herantrieb und Afra anschrie: »So, und jetzt denk daran, daß du sowieso bereits alles gestanden hast! Mach also keine weiteren Sperenzchen mehr! Führe uns auf der Stelle zu dem Platz, wo ihr die schwarze Salbe versteckt habt!«

Die Einundzwanzigjährige schluckte krampfhaft, dann wies ihre Hand zitternd auf das Wohnhaus. »Dort ist's«, stammelte sie. Wandte sich jäh zur Kölblin und flüsterte mit brechender Stimme: »Verzeih mir, Maria! Ich hab' nicht schwach werden wollen! Aber die glühende Zang' …«

Die ältere Frau, auch wenn sie die Lippen zu einem schmalen Strich preßte, überwand sich. Nahm die Schwarzhaarige unterm Klirren der Ketten in die Arme und raunte ihr zu: »Ich versteh's schon! Wär' wahrscheinlich auch nicht stark genug gewesen …« Im nächsten Augenblick zerrte der Büttel an den Fesseln und trieb die Delinquentinnen quer über den Hof.

Die Luft in der ehelichen Schlafkammer war stickig; niemand schien hier mehr genächtigt zu haben, seit die Bäuerin von den Schergen abgeholt worden war. Die beiden Frauen standen jetzt nahe des Fensters zwischen Bettstatt und Schrank: hatten dadurch den Blick nach draußen auf den Berghang frei, über den sich wie eine gezackte und grau verschorfte Wunde der grob geschichtete Steinwall zog. Und als sich plötzlich die Hand Marias in ihre stahl, wußte Afra, daß sie beide das gleiche dachten. Es war wie ein winziger, vom Verstand her nicht faßbarer Trost für sie; unmittelbar darauf wandte sich die Kölblin den Männern zu, deutete auf die Truhe neben der Tür und sagte anstelle der Jüngeren: »Da drinnen müßt ihr suchen!«

Der Korporal hob den schweren Deckel hoch, ließ ihn krachend gegen die Mauer fallen. Holte dann, unter den lauernden Blicken vor allem des Inquisitors und des Mönches, eines nach dem anderen die Gewandstücke heraus; schüttelte sie aus, warf sie achtlos hinter sich. Machte, gelegentlich unterdrückt fluchend, weiter, bis er zuletzt fündig wurde und dem Richter eine unscheinbare, dunkelbraun lackierte Blechdose reichte. »Ganz unten ist ein Brett lose gewesen; dort hat sie gesteckt!« erklärte er dabei.

Grimmig nickte der Inquisitor, öffnete den Behälter, beroch die schwarze Salbe darin und streckte die Büchse sodann dem Dominikaner hin. Gierig griff Corbinian Wenkh zu; versicherte dabei triumphierend: »Sehr bald wird nun die Macht des Teufels gebrochen sein! Wenn erst das da zusammen mit den Hexen brennt!«

Afra hatte das Gefühl, ihre Knie würden nachgeben und die würgende Übelkeit sie übermannen, doch erneut spürte sie den heimlichen Druck von Marias Hand. Nur mit dieser Hilfe schaffte sie es, wieder hinunter in den Hof und auf den Karren zu kommen; dort die Flüche und Verwünschungen der jetzt aggressiv werdenden Umstehenden zu ertragen. Und auch ganz zuletzt, als das Gefährt jene Zusammenrottung passierte, die von Gregory Prämbl angeführt wurde, entzogen die verkrüppelten Finger sich ihr nicht; blieb der ärmliche Trost, den die angeblich so verworfene Freundin ihr spendete.

*

»Nur wenige Tage noch! Dann werden sie den verdienten Lohn für ihren abgrundtiefen Verrat an Christus und seiner heiligen Kirche bekommen!« Über dem Pokal mit dem schweren Rotwein kauernd, die Ellenbogen links und rechts auf die Tischplatte gestützt, knirschte der Dominikaner die Sätze; setzte, nachdem er fahrig nach dem Humpen gegriffen und unmäßig getrunken hatte, erneut an: »Dann stößt der Henker ihnen die Fackel unter die vom Leibhaftigen beseiberten Röcke...«

Kaum jedoch stand ihm dieses obszöne Bild, das ihn so unvermittelt bedrängt hatte, vor Augen, packte ihn etwas, das seinen hageren Körper wie im Krampf schüttelte. Trotz des Alkohols, der in seinem Schädel dröhnte, sagte ihm sein Instinkt, daß er auf verbotene, gefährliche Abwege geraten war. »Eure höllische Macht... lebt sie denn noch immer?!« stöhnte er gequält. »Oder ist es wieder das... andere, das mich peitscht und treibt?! Das nichts mit dem Glauben zu tun hat, sondern...«

Er wehrte sich panisch gegen das Beängstigende und Abgründige, das ihm ins Gehirn kriechen wollte. Aber er schaffte es nicht; die Obsession war stärker als sein Wille, war viel zu tief eingewurzelt in ihm: seit jener Zeit schon, da er sich erstmals die Frage nach demjenigen gestellt hatte, der seiner Mutter gleich einem nicht greifbaren finsteren Schatten beigelegen und ihn gezeugt haben mußte. »Vater! Warum... hast du mich verlassen?!« brach es aus ihm heraus. »Wo bist... du?! Finde ich dich... denn nie?!« Er hätte nicht sagen können, ob er sich damit ins Gebetsringen zu flüchten versuchte – oder wiederum das Unfaßbare greifen wollte. Er spürte nur, daß der verzweifelte Schrei auch diesmal kein Echo auslöste; daß sein Flehen gegen etwas prallte, das stumm und versteinert war und kein Antlitz besaß.

Weil aber dort kein menschliches Gesicht existierte, klammerte sich die Hand des Corbinian Wenkh erneut um den Pokal. Wie süchtig leerte er das Gefäß bis zur Neige, würgte gleich darauf; schaffte es letztlich doch, den Wein im Magen zu behalten. Und genoß im nächsten Moment, wie die Wärme in ihm aufstieg und die Glut ihm ins Denken schoß: jenes fiebrige Feuer, das ihm die eben noch beklemmende Welt jäh in faszinierenden Farben malte.

Die von ihm überführten Galsterweiber, die Wittersitterin und die Neidbergerin, sah er vor sich. Sah, wie der Henker sie auf den Scheiterhaufen zerrte; wie gleich darauf die Flammen die sich windenden Leiber packten. Wie die beiden Hexen im Tod scheinbar zu einer wurden; zu einer, deren verfluchtes Antlitz jetzt schon vom schwarzen Rauch zerfressen war. Wie die Lohe dann brüllend gen Himmel schoß; sich gleich einem Kometenschweif verfächerte und das Firmament weithin erleuchtete. Wie dieser Glanz zuletzt bis dorthin reichte, wo hoch auf dem Felsporn die fürstbischöfliche Residenz stand …

»Und dann wirst du erkennen, Herr, wem du den Triumph deiner Kirche in Wahrheit verdankst!« keuchte der Mönch. Sein verwüstetes Gesicht zuckte unkontrolliert; dämonischer Ehrgeiz stand einmal mehr in seinen schwarzen Pupillen mit den goldfarben geflammten Rändern. »Begreifen wirst du, daß ich es war, der den Glaubenskampf kühn wie kein anderer ausfocht! Der zum Schwert der einzig wahren Religion wurde! Ich, der neue Erzengel Michael! Der das Fanal gegen Ketzertum und Widerborstigkeit so vieler Abtrünniger entfachte! Ich, den du ins ärmlichste Tal deines Reiches entsandtest; den du dort unter die Spreu zu werfen gedachtest! Ich, dem die Vorsehung gerade hier das Mittel zur Rettung in die Hand legte …«

Zittrig füllte der Dominikaner den Pokal wiederum; soff, würgte und lallte mit glasigen Augen: »Der Fürstbischof … hat sich ja schon… zum Hexenbrand angesagt! Weiß auch längst … daß es ohne mich … nie zum Rachegericht … gekommen wäre! Hat den Wagner … nur als Inquisitor eingesetzt … wegen der juristischen Zuständigkeit! Hat es mir selbst … so erklärt! Hat es mir huldvoll erklärt … weil er … ganz gewiß… ungleich höherfliegende Pläne mit mir hat! Von Fürsteneck … wo sie brennen werden … direkt in die Residenz! Das ist der Weg … dank seiner Gnade … die ich mir erworben habe! Muß es nur abwarten können … bloß ein paar Tage noch …«

Mit irrsinnigem Lachen brach Corbinian Wenkh über der Tischplatte zusammen; stieß dabei den Trinkbecher um. Der dunkle Wein beschmutzte sein Gewand und versickerte in den Dielen des Stubenbodens, doch das bemerkte der Mönch nicht mehr.

*

Der Büttel trieb sein verschwitztes Roß auf den Marktplatz von Perlesreuth und brachte es bei der großen Linde zum Stehen. Noch ehe er ins Horn stieß, rannten bereits die ersten Neugierigen heran; wenig später umringten Dutzende von Handwerkern und Bauern den Geharnischten auf dem dampfenden Braunen. Und dann kam aus der Menge die Frage: »Siehst aus, als wärst du ein bischöflicher Knecht?«

»So ist's!« feixte der Söldner. »Von Fürsteneck komm' ich; vom Pfleggericht. Und fast ein Dutzend Kameraden von mir sind ebenfalls ausgeschickt worden. Auf daß wir die frohe Nachricht in der ganzen Herrschaft verbreiten …«

»Ist's jetzt etwa doch wieder vorbei mit dem zusätzlichen Fronen?« platzte vorwitzig einer der Schaulustigen heraus.

»Das weniger!« raunzte der Reiter. »Aber wartet nur ab! Was ich euch bringe, wird euch bedeutend mehr Freude machen, als wenn man euch bloß den Zins ein bißchen nachließe!« Mit diesen Worten zog er ein zusammengerolltes Pergament aus der Satteltasche, dazu einen Hammer und eine Handvoll Nägel. Trieb gleich darauf das Roß noch näher an den Baumstamm heran und befestigte das Blatt dort mit einigen raschen Schlägen. »So, jetzt könnt ihr's euch selber zusammenreimen«, grinste er zuletzt und zog das Roß auf der Hinterhand herum. Aufkreischend wichen ein paar Weiber zurück; dann, während der Büttel davongaloppierte, drängten sich die Menschen desto enger um die Linde.

»Hinrichtung zweier Malefizpersonen!« las ein Scholar, der auf der Durchreise nach Prag im Ort genächtigt hatte, laut die Überschrift des Erlasses vor. Er wartete ab, bis sich das halb erschrockene, halb sensationslüsterne Stöhnen der Umstehenden einigermaßen wieder gelegt hatte; fuhr dann fort: »Das Fürstbischöfliche Pfleggericht tut allen Hörigen in seinem Herrschaftsbereich kund, daß die Exekution der beiden Teufelsbuhlinnen Afra Dickhin und Maria Kölblin, beide ansässig gewesen zu Wittersitt, respektive Neidberg im Schmalztobel, den kommenden ersten Tag im Monat Junius Anno Domini 1703 vor dem Schloß Fürsteneck stattfinden wird! Dort sollen die Hexen von Einbruch des Sonnenunterganges an durch das Feuer geläutert werden, bis der Tod eintritt! Es wird befohlen, daß die Untertanen sich so zahlreich wie möglich zu dem genannten religiösen Akt einfinden, auf daß sie daraus ihre eigenen Lehren ziehen können! – Gottfried Wagner, fürstbischöflicher Inquisitor.«

Kaum hatte der Scholar geendet, brach auf dem Perlesreuther Marktplatz frenetisches Gebrüll aus. Wie ein Lauffeuer sprang das Schreien und Toben durch den ganzen Ort. Schlug dann aber zurück und kulminierte bei der Kirche: beim vorgeblichen Gotteshaus, wo bereits der Pfarrer wartete, um die außer Rand und Band geratenen Gläubigen schon jetzt auf das bevorstehende Blutgericht einzustimmen.

*

In der Fronfeste, im Gemach hoch oben im Torturm, saßen zur selben Stunde zwei jener Männer beim Wein, welche das Urteil zu verantworten hatten: der Vogt Josef Schönauer und der Gastwirt und Viehhändler Simon Daickh. Dieser, während der Lärm des Pöbels selbst bis hier herauf drang, stöhnte soeben: »Wahnsinn! Nichts anderes ist es im Grunde ...«

»Gerade deshalb solltest du deine Zunge im Zaum halten!« fuhr der Ritterbürtige auf. Setzte beschwörend hinzu: »Ich meine es dir gut, Simon! Deinen eigenen Kopf könnte es kosten, wenn solch ein Ausspruch an den Unrechten käme! An den Wenkh, zum Exempel ...«

»Ihn müßte man auf den Scheiterhaufen schicken!« Der rotblonde Schnauzbart des korpulenten Daickh sträubte sich vor Zorn. »Ihm allein ist es zu verdanken, daß die mörderische Narretei überhaupt ins Werk gesetzt werden konnte! Der Dominikaner hat gehetzt und geschürt, bis es nicht mehr aufzuhalten war! Und du, Josef, wenigstens jetzt muß ich es dir einmal sagen, hast zu wenig getan, um es vielleicht doch noch abzuwenden ...«

Hastig griff der Vogt nach seinem böhmischen Weinglas; preßte es, als wollte er es zerbrechen. »Ich hab's doch, bei Gott, versucht! Habe ihm Widerstand geleistet, als er die Hirten vertreiben wollte. Auch später noch, während er bereits wie eine Natter durch den Schmalztobel fuhr und den Tölpeln sein Gift ins Gehirn spritzte. Selbst nach dem Brand in Wittersitt habe ich ihn noch einmal zusammengeschissen. An mir, Simon, zielt dein Vorwurf also vorbei ...«

»Du bist trotz allem der Herr hier auf der Fronfeste gewesen!« beharrte Daickh. »Und deswegen versteh' ich nicht, wie du letztlich vor dem Mönch hast kuschen können ...«

»Weil er mich übertölpelt hat!« raunzte der Ritterbürtige; trank gleich darauf unmäßig. Stellte den Pokal hart zurück und blickte, als er weitersprach, den Freund beinahe flehend an: »Weil ich zu feige war, den Fürstbischof um Audienz zu bitten und dort meinen Standpunkt zu vertreten! Weil ich es dem Geschorenen freistellte, an meiner Statt in die Residenz zu reiten! Weil ich hoffte, er würde es letztlich nicht wagen! Aber er, der Intrigant, hatte die ganze Zeit über nur auf diese Chance gelauert! Brach noch am gleichen Tag auf und präsentierte dem anderen, dem hochwohlgeborenen Pfaffen, den Köder offenbar dermaßen schlau, daß der in seiner eigenen Bösartigkeit gar nicht anders konnte, als zuzuschnappen...«

Erschrocken warnte der Viehhändler: »Jetzt sei du besser still! Hörst dich ja auf einmal wie ein böhmischer Ketzer an...«

»Weil's wahr ist!« wetterte der Vogt. »Und den Beweis dafür habe ich in Händen!« Er stand auf, hastete zu seinem Schreibpult, holte ein gesiegeltes Dokument heraus und warf es vor dem Schnauzbärtigen auf den Tisch. »Da! In dieser schriftlichen Anweisung des Fürstbischofs an mich steht's schwarz auf weiß! Daß der Hexenprozeß um jeden Preis durchgezogen werden muß. Daß ich dem Inquisitor darin in allen Dingen Vorschub zu leisten habe. Daß das Todesurteil auf jeden Fall mit den Stimmen des Richters, des Dominikaners und meiner eigenen gefällt werden muß...«

»Und das erfahre ich erst jetzt?!« stöhnte Daickh. »Alles ein abgekartetes Spiel... Und ich selbst in der Rolle des Hanswursten darin... Warum, Josef?!«

»Weil unser aller Herr sofort gewittert hatte, wie er für sich den denkbar größten Vorteil aus der Sache herausschlagen konnte«, versetzte der Ritterbürtige. Bitter lachte er auf. »Erinnerst du dich nicht, wie nach der Erhöhung der Abgaben der Unmut bei den Bauern im Schmalztobel laut wurde? Und weißt du nicht, welche Mühe es gekostet hätte, sie wieder zu bändigen, falls wirklich eine Rebellion ausgebrochen wäre? Einen Haufen Gold für die Söldner hätte der Fürstbischof aufwenden müssen! Aber dann ergab sich ja auf einmal die einzigartige Gelegenheit, daß man nur diese beiden armseligen Weiber einzukerkern brauchte, um die Dörper derart einzuschüchtern, daß sie im Traum nicht mehr an einen Aufstand denken würden! Ein ausgemachter Narr wäre der Landesherr gewesen, wenn er's nicht getan hätte!«

Wieder trank der Vogt wie süchtig; fuhr dann fort: »Und natürlich erkannte er auch, daß er noch eine zweite Fliege mit derselben Klappe schlagen konnte! Ahnst du, was ich meine? Nein? Dann will ich's dir sagen: Wenn du nur die ungebildeten Bauern dazu bringst, daß sie ihren Abscheu auf den Teufel und seine vermeintlichen Gespielinnen lenken, dann kommen sie nicht auf den Gedanken, die Kirche zu hassen; mag diese in Gestalt ihrer Priester sie noch so sehr ausbeuten! Und damit ist auch der Ketzerei jeglicher Nährboden entzogen! Denn kein Aas wird in einer solchen Situation mehr auf einen protestantischen Prediger hören; einen neuen Jan Hus, Martinus Luther oder Thomas Münzer gar! Die haben ausgespielt im hiesigen Herrschaftsgebiet; sind mundtot gemacht, solange auf den Bauernhöfen die Erinnerung an den Hexenbrand lebt...«

»Das also versteht der Fürstbischof unter der Wiederherstellung des katholischen Glaubens... Unter der Neubelebung des Evangeliums, von der er so gerne spricht...« murmelte erschüttert Simon Daickh. »Ein Rattenfänger ist er...«

»Und ein Zyniker dazu!« schnaubte der Ritterbürtige. »Weil er die vorgeblichen Galsterweiber zwar verbrennen läßt, aber in Wahrheit keineswegs an die Existenz solcher Wesen glaubt! Oder denkst du, er würde die Wahnvorstellungen des im Dunkeln vegetierenden einfachen Volkes teilen? Nein! Aus sicherer Quelle weiß ich, daß er sich im vertrauten Kreis ausschüttet vor Lachen über den Aberglauben!

Nach außen hin fördert er ihn freilich noch, weil er eben gerade dadurch die Tölpel unter der Knute halten kann! Nur darf ihnen das nicht bewußt werden – und genau aus diesem Grund hat er heute auch die Büttel mit dem Aufruf losreiten lassen! Damit die Dummköpfe in hellen Haufen zu dem großartigen Schauspiel rennen, das er ihnen zu bieten gedenkt: in Fürsteneck! Und wenn sie die Frauen dort brennen sehen, dann werden sie ihrem geistlichen Herrn unendlich dankbar sein! Weil er sie nämlich durch seine Großtat vom Bösen, das sie vermeintlich allesamt bedrohte, befreit hat! Kriechen werden sie vor ihm und ihm die Stiefel lecken; dieselben Stiefel, mit denen er sie dann um so nachdrücklicher wieder treten kann!«

Unter heiserem Auflachen griff Josef Schönauer nach dem Zinnkrug; füllte seinen und Daickhs Pokal noch einmal bis zum Rand. »So, und jetzt will ich mich zusammen mit dir besaufen, bis ich nicht mehr denken kann«, knirschte er. »Denn was anderes bleibt uns nicht mehr zu tun; weder mir noch dir. Marionetten sind wir gewesen; ganz nach Belieben hat der Hochgestellte an den Fäden gezogen. So war es, keiner hätte es ändern können; alle zwei müssen wir's einsehen…«

Der Vogt hob den Weinbecher, wollte unter bitterem Grinsen mit Simon Daickh anstoßen. Doch der Schnauzbärtige fuhr zurück, sprang auf und schrie: »Wenn du glaubst, daß es damit getan ist – nur zu! Aber ich kann mir's nicht so leicht machen! Weil die Schuld sich durch einen Rausch ganz gewiß nicht auslöschen läßt!« Mit diesen Worten drehte er sich um und hastete davon.

»He, wo willst du hin?!« rief ihm der Ritterbürtige nach.

»Abbitte leisten!« kam es grimmig über die Schulter des anderen zurück; unmittelbar darauf krachte die Tür hinter ihm ins Schloß.

*

»Nein!« keuchte in Todesangst Afra Dickh, als sie das harte Knallen der Riegel vernahm, die draußen an der Kerkerpforte zurückgestoßen wurden. Die Kölblin, unterm Rasseln der Ketten, legte wie beschützend die Arme um sie. Doch dann, als der flackernde Schein der Fackel ins Verlies fiel, erkannten die beiden Verurteilten, daß es noch nicht der Henker war, der zu ihnen kam.

Gebückt tastete sich Simon Daickh in das niedrige Gewölbe; ächzte, als ihn der Gestank traf und ihm die Luft verschlug. Fing sich aber gleich darauf wieder, steckte den Feuerbrand in den Ring an der schwitzenden Mauer und ging vor den Gefangenen in die Knie.

Die beiden Frauen und der Mann starrten einander an: quälend lange. Zuletzt hielt Maria es nicht mehr aus und murmelte: »Ich habe dich schon gesehen... Neben dem Mönch und dem Richter...«

»Still!« Das ängstliche Unbehagen in der Stimme der Neidbergerin schien seinen Widerhall im hastig geraunten Wort des Perlesreuthers zu finden. »Still!« wiederholte er. »Ich will euch nichts Böses... Will euch vielmehr fragen, ob ich... noch etwas für euch tun kann?«

»Du...?!« Die Frage der Schwarzhaarigen klang wie ein Wimmern. »Ausgerechnet du?!«

»Weil ich es nicht gewollt habe! Weil ich jetzt weiß, daß ich an euch schuldig geworden bin! Deswegen habe ich den Büttel bestochen...« Mit einem rauhen Aufschluchzen brach Simon Daickh ab; nur das Flehen in seinen Pupillen und auf seinen zitternden Lippen blieb.

Wiederum lastete das Schweigen, bis Maria flüsterte: »Ja, ich glaube dir! An deinen Augen kann ich's erkennen, daß es dir ernst ist... Und auch beim Tribunal hab' ich's bemerkt, wie widerwärtig es dir gewesen ist...«

»Ich hätte mich nie dazu hergeben dürfen!« beteuerte der Beisitzer des Inquisitionsgerichts. »Aber der Fürstbischof

hat an mir kaum weniger teuflisch gehandelt als an euch!
Wir alle sind zu seinen Opfern geworden…«

»Nur wirst du nicht brennen!« Scharf zischelten die
Worte Afras durch das Kerkerloch.

Simon Daickh nickte; vergrub mit dem nächsten Lidschlag das Gesicht in den Händen. Und dann neuerlich die
unerträgliche Stille, in die hinein endlich die heiseren Worte
der Kölblin fielen:»Wenn du wirklich bereust, dann könntest du tatsächlich noch etwas für uns tun…«

»Was?! Sag's mir!« Die verkrampften Finger lösten sich
vom Antlitz des Perlesreuthers; schlossen sich, zärtlich beinahe, um die verkrüppelte Schulter der Neidbergerin.

»Die Hexensalbe…« flüsterte Maria.»Wenn es dir
gelänge, nur ein bißchen davon ins Verlies zu schmuggeln,
ehe wir…«

»Das Teufelszeug?!« fuhr Simon Daickh unwillkürlich
auf.

»Glaubst du tatsächlich an dieses Ammenmärchen?«
kam hellsichtig die Frage der Kölblin.

Als der Mann den Blick niederschlug und langsam den
Kopf schüttelte, setzte die Neidbergerin hinzu:»Die
schwarze Salbe wirkt nicht anders als ein Rauschtrunk! Wein
für arme Weiber ist sie…«

»Das habe ich mir immer gedacht«, gestand der Perlesreuther.»Trotzdem … komme ich nicht an sie heran! Der
Richter hält die Dose, die wir in deiner Schlafkammer gefunden haben, unter strengstem Verschluß!«

»Aber es gibt noch eine andere Möglichkeit«, raunte
Maria. Als sich die Pupillen des Simon Daickh erstaunt weiteten, zog sie seinen Kopf ganz nahe zu sich heran und flüsterte ihm etwas ins Ohr.

15 DER SCHEITERHAUFEN

Anfang Juni 1703

Schon mit dem Morgengrauen waren die ersten Grüppchen von den entlegenen Höfen aufgebrochen; später am Tag hatten sich auf den Treidelpfaden entlang des Flusses, den gewundenen Waldwegen oder auch der breiteren Straße von der Residenz her Dutzende und bald Hunderte weiterer Menschenhaufen zu denen gesellt, die schon seit Tagesanbruch unterwegs waren. Und alle, sowohl die Armen zu Fuß als auch die Wohlhabenderen auf Eseln, Mähren oder Karren, hatten dasselbe Ziel: das bischöfliche Schloß Fürsteneck.

Auf einem Felssporn, hoch über einer Schleife des tief unten strudelnden dunklen Gewässers, war die Zwingburg vor einem halben Jahrtausend errichtet worden; seither hatten Renaissance und Barock den einen oder anderen nicht ganz so trutzigen Anbau hinzugefügt. Dennoch wirkte das nunmehrige Schloß mit den beiden himmelstürmenden Türmen einschüchternd wie eh und je; schien wie eine Faust, welche bedrohlich zwei Finger abstreckte, über dem Land zu lasten.

Gleich einer überdimensionalen Zunge hingegen zog sich der von düsteren Tannen und Föhren umstandene Anger jenseits des Grabens und der Zugbrücke über den nördlich angrenzenden Hügelrücken. Und hier, nicht in der Festung selbst, sollte an diesem ersten Junitag des Jahres 1703 das Grauen seinen Höhepunkt finden. Hierhin strömten die Menschenmassen; hier versammelten sie sich zu Tausenden und rudelten sich immer enger zusammen, während die Sonne höher kletterte und allmählich ihren Mittagsstand erreichte.

Ihre gleißenden Strahlen beleuchteten ein beklemmendes Bild. Dumpfe Furcht und gleichermaßen geile Sensationsgier zeichneten die Gesichter der hörigen Bauern, der Knechte und Mägde, die das Gros der Menge bildeten. Brutale Zoten brüllten die Männer; kreischenden Beifall spendeten ihnen die Weiber, von denen viele selbst ihre Kinder mitgeschleppt hatten. Durch schadhafte, gelb und bräunlich verfärbte Zähne zischelten Greise und Vetteln sich gegenseitig ihre von der Religion gezüchteten Obsessionen zu. Bresthafte und Krüppel vergaßen im Brutdunst der aufgepeitschten Masse vorübergehend ihre eigenen Gebrechen; malten sich statt dessen genüßlich die noch viel schlimmere Pein aus, welche nun alsbald die Hexen erleiden würden.

Kreuz und quer durch die nach dem Geruch des gewaltsamen Todes lüsternen Rotten schlängelten sich die Zwielichtigen: die Beutelschneider, Taschendiebe und Trickbetrüger; dazu die unautorisierten Devotionalienhändler mit ihren wertlosen Reliquien, Blechmedaillen und zauberkräftigen Amuletten. So unauffällig wie möglich die einen, aufdringlich die anderen, versuchten sie die Gimpel zu fangen; tauchten nur dann kurzfristig unter und anderswo wieder auf, wenn ihnen einer der geharnischten Büttel allzu nahe kam.

Verbargen sich dann womöglich dort, wo die Gaukler und Possenreißer ihren Profit mit den Dörpern zu machen gedachten. Die Bärentreiber etwa, die ihr Podest ganz in der Nähe der Zugbrücke aufgeschlagen hatten und das durch den Maulkorb und die Ketten notdürftig gebändigte Tier wieder und wieder zum grotesken Tanz anstachelten. Oder die Feuerspucker, die sich nahe der Angermitte festgesetzt hatten: dort, wo die roten Pfosten und Schnüre das verbotene Geviert absperrten. Gerade hier schienen die Schaulustigen es ganz besonders zu genießen, wenn ihnen aus den Mündern der vermeintlichen Magier die fauchenden Flammen entgegenschlugen; die Fahrenden wiederum, wenn sie sodann mit obszönen Gesten auf den bewußten Platz deu-

teten, konnten sich immer von neuem des begeisterten Auf-
johlens sicher sein.

Der Lärm insgesamt aber steigerte sich in der Mitte des
Tages zu einem frenetischen Crescendo, als nunmehr unter
dem Schloßtor der Karren erschien, der von einem halben
Dutzend Henkersknechten begleitet wurde. Unter tausend-
stimmigem Brüllen rumpelte das von zwei Maultieren gezo-
gene Gefährt über die Zugbrücke und bahnte sich seinen
Weg bis zu dem abgesteckten Areal. Zunächst flogen Dutzende von meterlangen Reisigbündeln von der Ladefläche;
gleich darauf folgten krachend die Balken und Bretter. Und
während nun auch die fürstbischöflichen Schergen auftauchten, um den Platz mit Hilfe ihrer quer gehaltenen Hellebarden zusätzlich zu schützen, begannen die Gehilfen des
Scharfrichters mit ihrer schaurigen Arbeit: dem Zimmern
des Podiums, auf dem anschließend der Scheiterhaufen auf-
geschichtet werden sollte.

*

Das wahnwitzige Toben der außer Rand und Band geratenen Menschenmenge war die ganze Zeit über in der
Gefängniszelle hoch oben im Bergfried zu hören gewesen,
doch die beiden Frauen hatten es irgendwie geschafft, sich
innerlich dagegen zu wappnen. Doch jetzt, als plötzlich der
scharfe Hall der Hammerschläge durch die Fensterkerbe
drang, erbleichten beide jäh.

»Ist es... soweit?!« Gehetzte, kreatürliche Furcht
schwang in Afras Stimme mit.

»Nein!« versicherte Maria. »Schau zum Himmel, dann
siehst du's! Die Sonne steht noch hoch. Der Tag ist kaum zur
Hälfte vorbei...«

»Aber wenn das Licht schwindet...« flüsterte die
Schwarzhaarige wie geistesabwesend. »Dann...«

»Bis dahin haben wir uns ihrer Grausamkeit längst entzogen!« fiel ihr die Kölblin ins Wort. »Glaub mir's nur; es ist Verlaß auf das Mittel!«

Die Einundzwanzigjährige starrte mit einem unsäglich bettelnden Ausdruck in den graugrünen Augen auf die Ältere; zwang sich endlich zu einem Nicken und murmelte gepreßt: »Ja, ich glaub dir's schon...«

»So ist es gut!« murmelte Maria. Dann, obwohl ihr die Ketten dabei schmerzhaft ins eiternde Fleisch schnitten, zog sie den Kopf der Freundin in ihren Schoß.

Stunde um Stunde, sich gegenseitig festhaltend, kauerten die beiden Frauen auf dem nackten Steinboden ihres Kerkers. Nach wir vor drangen von draußen die Hammerschläge herein, die mit ihrem satanischen Rhythmus das Kreischen des Pöbels zu skandieren schienen. Fielen zuerst noch donnernd und schwer, klangen später dünner und zugleich härter; zuletzt, als sie ganz verstummten, fiel das Licht bereits schräg und rötlich in die Gefängniszelle.

Die Kölblin, hochruckend, suchte den Blick Afras; hielt dem angstvollen Flackern in den hellen Pupillen solange stand, bis sie spürte, daß die Schwarzhaarige wie unter einem Bann ruhiger wurde. Erst dann löste sie sich von ihr, führte die Arme hinter den Kopf und begann an dem schweren Haarknoten zu nesteln, den sie sich noch in der Perlesreuther Fronfeste gewunden hatte. Wenig später hingen ihr die dunkelbraunen Flechten wieder weit über die Schultern, und in der Hand hielt sie nun jene kleine Büchse aus dunklem Holz, in der Afra erstmals das Brät mit dem Dachsfett vermischt hatte: etwas mehr als ein Jahr zuvor im Versteck unter dem grob geschichteten Steinwall, der sich wie eine gezackte und grau verschorfte Wunde über den Berg zog.

»Der Daickh hätte uns auch hereinlegen können, nachdem ich ihm das Geheimnis verraten hatte«, flüsterte Maria, während sie den Behälter öffnete. »Daß er's nicht getan hat und uns das da trotz der eigenen Gefahr ins Verlies schmuggelte, soll ihm in der Ewigkeit angerechnet werden; trotz allem!«

»Werden wir denn wirklich noch einmal ... reiten?« raunte die Schwarzhaarige mit zitternden Lippen.

Die Kölblin, den gekrümmten Finger in die Holzbüchse führend, schüttelte den Kopf. »Nein, diesmal geht's viel einfacher. Wir müssen die Salbe bloß schlucken...« Sie kratzte einen walnußgroßen Brocken aus dem Behälter und bot ihn Afra dar. »Laß es langsam unter der Zunge zerschmelzen. Dann hast du einen Schutzschild, den der Schmerz nicht durchdringen kann...«

Die Einundzwanzigjährige nahm die Droge zu sich; gleich darauf tat Maria es ihr nach. Und wiederum wenig später näherten sich dem Kerker die schweren Schritte; dazu das Klirren von Waffen und Harnischen. Ehe die Schergen aber durch die Tür kamen, tröstete die Kölblin ihre aufwimmernde Freundin noch: »Mußt überhaupt keine Angst mehr haben! Wir sind nicht die ersten, denen die Hexensalbe bis zum Ende hilft! Schon früher hat so manches arme Weib es ebenso gemacht...«

*

Das Firmament im Osten hatte sich bereits violett verfärbt; im Westen war der Himmel noch dunkelrot übergossen. Auf dem Burganger wiederum ragte schwarz der Scheiterhaufen empor: das blasphemische Fanal, wo die beiden Frauen brennen sollten.

Ein dumpf röhrendes Stöhnen lief durch die vieltausendköpfige Menschenmenge, als der Henkerskarren aus dem Schloßtor rumpelte. Afra Dickh und Maria Kölbl standen gefesselt in ihrem aus derben Stangen gefügten Käfig: zwei magere Gestalten in blutverkrusteten Fetzen; ärmlicher anzusehen als selbst die Schindmähre, die, von einem Knecht des Scharfrichters geführt, das Gefährt zog.

Protzig herausstaffiert waren dagegen die fürstbischöflichen Büttel, welche in ihren blinkenden Harnischen und grellfarbenen Pluderhosen den Karren eskortierten und dabei den Eindruck erweckten, als müßten sie das Volk mit ihren blanken Hieb- und Stichwaffen vor den Hexen schützen. Diese Akteure des zynischen Schauspiels sorgten nun auf dem Weg zur Hinrichtungsstätte dafür, daß sich das Toben der Masse allmählich zu einem immer unmenschlicheren Kreischen steigerte; zu einem infernalischen Brüllen, das im selben Moment kulminierte, da das Gefährt seinen Bestimmungsort erreichte.

Unmittelbar vor der Plattform, über der sich die Pyramide der Reisigbündel häufte und die beiden eng nebeneinanderstehenden Pfähle gen Himmel wiesen, kam die Mähre zum Stehen. Gleichzeitig trat aus einem mit dunklem Tuch bespannten Verschlag der Scharfrichter mit seinen Gehilfen hervor. Wiederum fast im selben Augenblick, während zwei Henkersknechte die Seitenwand des Karrens herabließen und andere die Frauen packten, tauchte ganz in der Nähe die mit purpurfarbenem Brokat bespannte Sänfte auf. Dutzende Kriegsknechte umringten den zwischen zwei Rappen hängenden Tragstuhl und drängten den Pöbel zurück, so daß sich die schwarzen Rösser ihren Weg bis dorthin bahnen konnten, wo die Verurteilten jetzt soeben zur schräg am Scheiterhaufen lehnenden Leiter gezerrt wurden.

Zuerst mußte Afra Dickh den doppelt mannshohen Kegel besteigen. Nachdem sie oben angelangt war und taumelnd Fuß auf dem schmalen Brettervorsprung gefaßt hatte, kettete sie der Scharfrichter an dem ihr zugedachten Brandpfahl fest. Wie betäubt ließ die Schwarzhaarige sich die eisernen Fesseln um den Nacken, den Leib und die Beine legen. Wenig später erlitt Maria Kölbl das gleiche Schicksal; leistete ebensowenig wie zuvor Afra irgendwelchen Widerstand. Und auch dann, als die Henkersknechte damit begannen, das Haar, die Haut und die Kleiderfetzen der Delinquentinnen mit erhitztem Pech zu bestreichen, ertrugen die Frauen diese Tortur stumm.

Das Brüllen der Menschenmenge, das beim Erscheinen der Sänfte vorübergehend abgeflacht war, steigerte sich neuerlich zum frenetischen Toben; enttäuscht und deshalb um so blutrünstiger klang das Schreien jetzt. Verwunderte Blicke tauschten auch diejenigen, die sich nahe des mit dem dunklen Tuch bespannten Verschlages aufhielten: die Mitglieder des Tribunals. Lediglich zwei der Männer achteten nicht auf das, was an der Spitze des Scheiterhaufens geschah; es waren Simon Daickh und Corbinian Wenkh.

Der eine stand weiterhin starr und auf beinahe erschreckende Weise in sich gekehrt da; der andere – der Mönch – vermochte ganz offensichtlich den Blick nicht von der Sänfte zu lösen. Etwas hinter dem purpurn schillernden Brokat, der den Tragstuhl umhüllte, schien den Dominikaner völlig in seinen Bann geschlagen zu haben. Wie paralysiert fixierte er den schmalen Spalt, der sich, nachdem die Rappen gezügelt worden waren, zwischen zwei Tuchbahnen geöffnet hatte – und der dennoch nichts als einen finsteren Abgrund zu umschließen schien.

Erst als vom Schloß her der dumpf rollende Trommelwirbel ertönte, zuckte Simon Daickh zusammen; riß Corbinian Wenkh seinen Blick von der Sänfte los. Auch hinter den feudalen Vorhängen war auf einmal so etwas wie eine jähe, flüchtige Bewegung auszumachen – und schien gleichzeitig ihren Widerhall oben auf der Pyramide zu finden. Denn dort, als dunkler Schattenriß vor dem ersterbenden Abendrot stehend, streckte der Scharfrichter unvermittelt den Arm aus; wirkte dabei wie ein drohendes Phantom. Im nächsten Moment aber, nachdem sich ihm von unten her ein zweiter Schemen genähert hatte, glühte plötzlich die Fackel auf.

Unter dem erneuten Aufheulen der Menge schwenkte der Henker den nun wild hochlodernden Feuerbrand – und stieß ihn zuletzt zu Füßen der Verurteilten zwischen zwei

Reisigbündel. Während der Vermummte dann so schnell wie möglich nach unten kletterte, fand die Glut weitere Nahrung und warf ihren rasch wachsenden blutroten Schein über den Scheiterhaufen und die beiden Frauen.

*

Das Denken Afras schien sich verändert zu haben; schien, von etwas Weichem und Pluderndem abgedämpft, viel langsamer als gewöhnlich abzulaufen. Dieser mentalen Reaktion auf die Droge entsprach die körperliche; als man die Schwarzhaarige auf den Holzstoß gezerrt, sie an den Pfahl gekettet und mit dem Pech beschmiert hatte, war es für sie fast so gewesen, als schändeten die Männer gar nicht ihren Leib, sondern den einer Fremden. Und auch jetzt, da die Flammen sich immer näher an sie heranfraßen, spürte Afra die Hitze nicht stärker als früher, wenn sie im Sonnenglast eines Hochsommertages bei der Ernte geholfen hatte.

Einzig das Atmen fiel ihr plötzlich so sonderbar schwer, aber auch das hatte nichts wirklich Bedrohliches an sich. Vielmehr wollte der in ihrem Kopf aufsteigende Nebel sie ganz offenbar zusätzlich schützen: wollte sie einsaugen in seine sanft ziehenden Schwaden, um ihr – auf einmal begriff sie es – noch einmal die Brücke hinüber in die Traumwelt zu schlagen. Halb vom Verstand her, halb instinktiv nahm sie die Gnade an; im nächsten Moment löste sie sich völlig aus der Fessel ihres Körpers und schoß hoch über den Schloßanger empor: direkt auf das millionenfache Funkeln der Sterne zu.

Während des Aufsteigens wurde die Schwarzhaarige sich ihrer Schwingen bewußt und breitete sie wie in einer lächelnden Bewegung aus; im selben Augenblick begannen die Gestirne in vollkommener Harmonie um sie zu kreisen. Umhüllten sie mit einer warmen Kaskade aus unbeschreiblichen Farben, zeugten und gebaren sie innerhalb eines einzigen Herzschlages neu: ließen sie staunend hinausgleiten unter das Licht des anderen Himmels. Des Firmaments, das ihr von früher her vertraut und das dennoch völlig verändert war: unendlich kraftvoll und zart, weit jenseits allen irdischen Empfindens; sehr nahe vielmehr der tosenden göttlichen Lust schon.

Schmetternd schien sich ein kosmischer Liebesakt vorbereiten zu wollen; schon wollte Afra sich rückhaltlos öffnen und sich verzückt hingeben – als aus dem Hinterhalt jäh der blasphemische Drache herangewitterte und die vor Finsternis glühenden Tatzen zwischen sie und die Schönheit des Ewigen schlug. Brutal peitschte der alles überschattende Hieb gegen den Leib der jungen Frau. Das Grauen würgte sie und ließ sie krampfhaft röcheln; ließ sie inmitten der Höllenglut verzweifelt nach Luft ringen.

Die Todesangst schmetterte Afra zurück in die Realität. Schrill schrie sie auf, als sie das brennende Reißen der Flammen auf ihrer Haut spürte; als sie sich bewußt wurde, daß die Glut bereits das Fleisch an ihren Beinen aufplatzen ließ. Ihr Körper krümmte und spannte sich; kämpfte panisch gegen die Ketten und den prasselnden Ansprung der mörderischen Hitze an. Des Feuers, in das jetzt ein Windstoß fuhr; ein Luftwirbel, der den blutroten Schein zuerst nach oben und dann unvermittelt hinaus auf den Schloßanger lecken ließ. Und der dort, vor der Kulisse der blutgierig tobenden Menge, das noch fürchterlichere Bild aus der Dunkelheit schälte.

Scheinbar selbst von den Flammen umzüngelt, den einen Arm wie zum Fluch gegen sie gereckt, stand dort unten der Mönch: der Bestialische, der sie gejagt hatte gleich einem tollwütigen Tier. Der Dominikaner, der so maßlos in seinem Wahn war, daß er selbst jetzt noch wie außer sich gegen sie geiferte. Doch das war noch immer nicht das Schlimmste, denn hart neben dem Mönch bauschten sich unter den Wellen der erhitzten Luft jetzt die purpurnen Vorhänge der Sänfte. Und dahinter wurde das absolut Böse sichtbar: dieses völlig leidenschaftslose und steinerne Antlitz, das nur ganz kurz enthüllt wurde und sofort wieder in die Schatten zurückwich.

Doch der flüchtige Anblick genügte, um Afra das wahre Gesicht Satans erkennen zu lassen. Die Fratze, die keineswegs so aussah, wie die Priester sie wieder und wieder ausgemalt hatten – die vielmehr dem Hohenpriester selbst zugehörte.

In fundamentalem Entsetzen riß die Sterbende den Kopf herum; suchte noch einmal die Augen Marias. Und erkannte dort dasselbe Begreifen; erkannte es und teilte es mit der Schwester, bis zuletzt der Tod nach den beiden Frauen griff.

*

Erst als die Körper an den Pfählen sich hinter der nun fettig qualmenden Lohe zu schwarzen Klumpen zu verformen begannen, wandte Corbinian Wenkh den Blick ab. Aber nur, um das zu tun, was er sich die ganze Zeit über mit äußerster Willensanstrengung verwehrt hatte: so nahe wie möglich an den Tragstuhl heranzutreten.

Jetzt, so räderte es ihm dabei durch den Schädel, ist die Stunde meines Sieges gekommen! Er hat mich die ganze Zeit über beobachtet; ununterbrochen habe ich seine Augen gespürt! Weil er nun doch begriffen hat, daß es seinen Triumph ohne mich nicht gegeben hätte! Ich allein habe das gotteslästerliche Verbrechen aufgedeckt! Deswegen durfte ich so nahe wie keiner bei der Sänfte stehen, während die Hexen zur Hölle fuhren! Er hat es geduldet; hat mich dadurch privilegiert gegenüber dem Richter und dem Vogt! Das aber kann nur eines bedeuten: Endlich wird er mir den Lohn zukommen lassen, den ich mir – um seinetwillen – so bitter verdient habe!

Zitternd und dennoch entschlossen wie nie zuvor in seinem Leben streckte der Dominikaner die Hand aus, um den Brokat zu fassen; ihn beiseite zu ziehen und das dahinter verborgene Antlitz zu enthüllen. Doch ehe er das purpurne Tuch noch berührt hatte, vergrößerte sich, wie einladend, der Spalt von selbst.

Aus dem Halbdunkel vernahm der Mönch die Stimme des Fürstbischofs: »Du kommst zu mir, mein Sohn, ohne daß ich dich rufen mußte …?«

»Ja!« stöhnte Corbinian Wenkh; jäh verzückt angesichts der so milden Anrede. »Ja, ich komme … Weil ich …«

»Weil du den verdienten Lohn für deine Dienste heischst! Ich weiß!« unterbrach ihn der andere. »Und er soll dir werden! Denn in der Tat hast du der heiligen Mutter Kirche genützt wie keiner deiner Amtsbrüder sonst! Aus diesem Grunde gestehe ich dir eine Gunst zu! Erbitte sie dir!«

Der Dominikaner schluckte; schien Mühe zu haben, die Tränen zurückzuhalten: Tränen der Liebe. Endlich, nachdem er mehrmals vergeblich angesetzt hatte, brachte er heraus: »Die Pfründe in Ringolay … Sie liegt so verloren in den tiefen Wäldern … Wenn ich dagegen draußen im Stromtal … Dort, wo die Flüsse sich treffen …«

»Du meinst, es würde dir in der Residenz gefallen?« fiel ihm der Kirchenfürst erneut ins Wort.

Atemlos nickte der Mönch; krampfte, ohne daß er es bemerkte, jetzt doch die Finger in den Brokat.

»Nahe an meinem Thron? Sehr nahe bei mir?« kam es aus dem Halbdunkel.

»Wenn es möglich wäre …« stöhnte Corbinian Wenkh. »Ich wäre der glücklichste Mensch auf Erden …«

»Menschenglück suchst du?! Nicht den tieferen Sinn eines Priesterlebens?! Du enttäuschst mich, mein Sohn!« Schroff klang die Stimme des anderen plötzlich.

»Nein … Ich habe nur sagen wollen …« stammelte der Dominikaner.

»Daß du deinem Orden die Treue halten möchtest? So meintest du es, nicht wahr?!« Diesmal schwang ein drängender Unterton in den Fragen mit.

Der Mönch, eher verwirrt als einsichtig, nickte.

»Gut so!« stieß der Fürstbischof nach. »Dann soll dir dein Wunsch erfüllt werden! Du verläßt das Pfarrdorf, ganz wie du es wolltest! Da jedoch in der Residenzstadt keine Niederlassung deiner Bruderschaft existiert, ist es am besten für dich, wenn du in jenes Kloster zurückkehrst, in dem du erzogen wurdest und auch deine Gelübde abgelegt hast! Wir stimmen sicherlich beide darin überein, daß du dort mehr als irgendwo sonst der Kirche wirst dienen können!«

Er will mich abschieben! dachte der Geschorene. Sein hagerer Körper krümmte sich wie im Krampf; Panik stieg in ihm auf. Lebendig begraben will er mich! Will mich noch tiefer in die Wälder verbannen als bisher! Aber warum…?!

»Warum?!« Es wurde ihm nicht bewußt, daß er das Wort jetzt herausschrie; gleichzeitig den Vorhang der Sänfte weit aufriß. Erst als er aus seinen fast schwarzen Pupillen, denen die goldfarben geflammten Ränder etwas Raubtierartiges gaben, in das versteinerte Antlitz des Älteren starrte, begriff er, was er getan hatte.

Und begriff mit demselben qualvoll jagenden Herzschlag noch unendlich viel mehr. Denn das andere Augenpaar zeigte dasselbe Dunkel und dieselbe gesprenkelte Zeichnung der Iris wie bei Corbinian Wenkh. Die Natur hatte sowohl den Fürstbischof als auch dessen Kreatur auf völlig identische Weise gezeichnet…

*

Das schmutzfarbene Maultier preschte über den Anger; bahnte sich seinen Weg durch den schweißigen Brodem der vielen tausend Menschen und den beißenden Qualm, den der Nachtwind jetzt vom Scheiterhaufen in die Tiefe drückte. Teilweise wichen die Leibeigenen erschrocken vor dem Mönch zurück, teilweise verspotteten sie ihn; er selbst jedoch, über dessen Gesicht der Wahnsinn zu zucken schien, bemerkte von alledem nichts. Denn alle seine Sinne waren gefangen von dem, was unsichtbar tief in ihm tobte: von den Gedankenfetzen, die im gleichen Rhythmus wie die Hufschläge herandröhnten und ihm die Seele abzuwürgen drohten.

Mensch gewordene Ausgeburt des Satans! schmetterte es ihm wieder und wieder durchs Gehirn. Dort ist die Schuld; nicht bei denen, die brannten! Er, Luzifer, zog die Fäden! Von der Stunde meiner Geburt an! Da er mich verstieß, um mich desto unwiderstehlicher zu locken! Und ich ein ganzes Leben lang vom Wahn gefangen! Weil ich ihn mit allen Fasern erkennen wollte! So werden wie er! Mich erheben zu ihm! Auge in Auge vor ihm stehen! Ich, der Mörder! Der Lügner! Der Gotteslästerer! Ich, der ich jetzt in den Pfuhl stürze! Weil ich, zerstört durch ihn, die Unschuldigen schlachtete! Die Schwarzhaarige, die Neidbergerin! Die mir Schwester und Mutter hätten sein können!

»Schwester und Mutter ...« Gleich einem Tobsüchtigen röchelte er es heraus. »Euch hat der Teufel auf dem Gewissen, nicht anders als mich ...« Und dann, als das Maultier den Waldrand erreichte, das schaurig gellende Lachen; das höllische Keckern, das sich gleich darauf jäh in der Finsternis verlor.

*

Mit Anbruch des neuen Morgens machten sich die Schergen daran, die verkohlten Trümmer des Scheiterhaufens wegzuräumen und die gesprungenen Gebeine aus dem Brandschutt zu klauben, um sie anschließend im dunklen Fluß zu versenken. Dabei trieb ihnen der an diesem Tag seltsam unberechenbare Wind immer wieder die Asche in die Gesichter.

Die fürstbischöflichen Henkersknechte fluchten deswegen und gaben einmal mehr den vermeintlichen Hexen die Schuld, doch die vom großen Strom heraufziehenden Ausläufer des Sturmes scherten sich nicht um solchen Aberglauben. Sie wirbelten hierhin und dorthin, in völliger Freiheit; bahnten sich wenig später ihren Weg nach Norden.

Bald hatte das Unwetter auch das tief in den Wäldern gelegene Tal erreicht, wo sich nahe des Weilers Wittersitt am Ufer der Ohe der Alte Grund erstreckte: der verstrüppte Flecken Unland, auf dem das verlassen Runde Häusl stand. Dort fegte die Wilde Jagd unters fichtenbärtige Dach und zerrte so lange am verdorrten Gefüge, bis die morschen Vertäuungen nachgaben und darunter der uralte Dolmen sichtbar wurde.

Genau im selben Moment aber, in dem das geschah, hielt der Sturm jäh den Atem an. Ganz so, als erschrecke er vor dem grauenhaften Bild, das sich ihm bot: vor dem Mönch, der dort drinnen erhängt am Hexenstein hing.

NACHWORT

Der Hexenprozeß von Ringelai/Perlesreut fiel in eine Zeit, in welcher der Höhepunkt derartiger Verfolgungen (15. bis frühes 17. Jahrhundert) längst überschritten war. Trotzdem fanden allein in Bayern nach dem Jahr 1703 mehr als sechzig weitere Tribunale statt, welche mit Sicherheit eine noch höhere Zahl an Menschenleben forderten. Die letzten Verbrennungen in diesem geographischen Raum ereigneten sich im katholischen Hochstift Kempten (1775) sowie in Memmingen (1790) und in dem kleinen Ort Zusameck (1792). Ebenfalls 1792 fand der letzte Schweizer Hexenbrand in Glarus statt. 1793, im preußischen Posen, kam es noch einmal zu einem Inquisitionsverfahren auf deutschem Boden. Die Diskriminierung und Dämonisierung von Frauen hielt jedoch noch sehr viel länger an und ist gerade in stark religiös geprägten Gegenden Europas und anderer Kontinente bis heute zu beklagen.

Aufklärung tut also nach wie vor not – und in diesem Zusammenhang gilt mein Respekt der Gemeinde Ringelai (Landkreis Freyung/Grafenau im Bayerischen Wald), wo man alles tat, um das Verbrechen des Jahres 1703 – parallel zu diesem Roman – aufzuarbeiten. Eine Dauerausstellung am Ort dokumentiert den Hexenprozeß und zeigt unter anderem die Originalprotokolle des fürstbischöflichen Pfleggerichts Fürsteneck sowie weiteres aufschlußreiches Material. Zusätzlich wurde ein Lehrpfad eingerichtet, der zu den erhaltenen Schauplätzen führt.

Diese Initiative ist vor allem Norbert Peter und Josef Groß aus Ringelai zu verdanken. Daß Norbert Peter mir zudem uneigennützig alle von ihm gesammelten und ausgewerteten Dokumente zum Prozeß zur Verfügung stellte, werde ich ihm nicht vergessen; ähnliches gilt für Paul Freund aus Lichtenau, von dem der wertvolle archäologische Tip hinsichtlich des »Alten Grundes« kam.

Salzweg, im Frühjahr 1997

Manfred Böckl

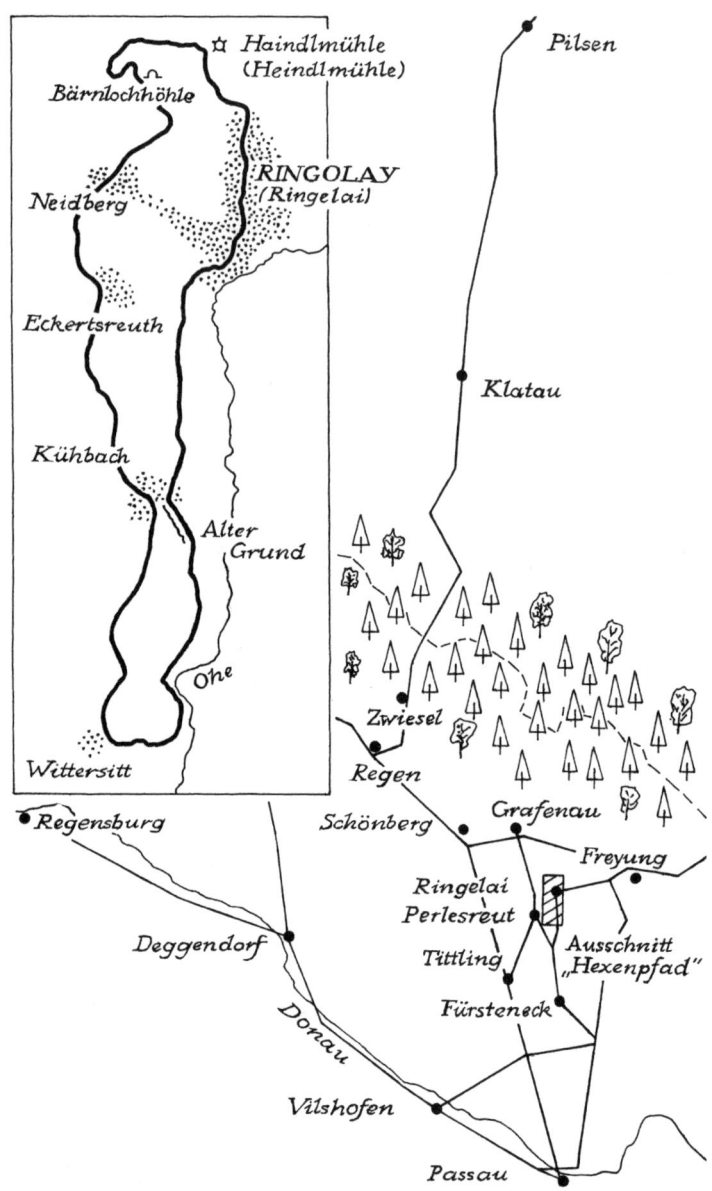

Haindlmühle
(Heindlmühle)

Bärnlochhöhle

RINGOLAY
(Ringelai)

Neidberg

Eckertsreuth

Kühbach

Alter
Grund

Ohe

Wittersitt

Pilsen

Klatau

Zwiesel

Regen

Schönberg

Grafenau

Freyung

Ringelai
Perlesreut

Tittling

Ausschnitt
„Hexenpfad"

Fürsteneck

Regensburg

Deggendorf

Donau

Vilshofen

Passau

DER BAYRISCHE ROBIN HOOD

Das Leben des Georg Jennerwein ist zur Legende geworden. Fasziniert von der Jagd, die nur den Reichen gestattet ist, beginnt Jennerwein als Vierzehnjähriger, in den bayrischen Wäldern zu wildern und das Fleisch an die hungernde Bevölkerung zu verteilen. Manfred Böckl erzählt die aufregende Lebensgeschichte eines abenteuerlustigen Draufgängers im 19. Jahrhundert, der die Ungerechtigkeit der Welt nicht hinnehmen wollte und deshalb zum Volkshelden wurde.

Aufbau
Taschenbuch
Verlag

Manfred Böckl
Jennerwein
Roman
173 Seiten
DM 13,90
AtV 1291

Manfred Böckl
Die schwarzen Reiter
Eine Kriminalgeschichte aus
dem Dreißigjährigen Krieg
256 Seiten, TB 25177-5
Originalausgabe

Deutschland im Jahre 1632:
Gustav Adolf, der große
Schwedenkönig, zieht in die
alles entscheidende
Schlacht gegen Wallenstein.
Plötzlich tauchen wie von
Geisterhand schwarze
Reiter auf dem Schlachtfeld
auf, die dem schwedischen
Herrscher den Untergang
bringen.

Manfred Böckl

DIE SCHWARZEN
REITER
Eine Kriminalgeschichte aus
dem 30jährigen Krieg
ECON

ECON TASCHENBÜCHER

ECON